ザレゴトディクショナル

戯言シリーズ用語辞典

西尾維新

講談社ノベルス
KODANSHA NOVELS

Zaregoto Dictionary

Book Design Hiroto Kumagai · Noriyuki Kamatsu
Cover Design Veia   **Illustration** take

第二十四幕	……………………	ね	243
第二十五幕	……………………	の	251
第二十六幕	……………………	は	255
第二十七幕	……………………	ひ	265
第二十八幕	……………………	ふ	279
第二十九幕	……………………	へ	287
第三十幕	……………………	ほ	291
第三十一幕	……………………	ま	295
第三十二幕	……………………	み	303
第三十三幕	……………………	む	313
第三十四幕	……………………	め	317
第三十五幕	……………………	も	323
第三十六幕	……………………	や	327
第三十七幕	……………………	ゆ	333
第三十八幕	……………………	よ	337
第三十九幕	……………………	ら	341
第四十幕	……………………	り	345
第四十一幕	……………………	る	349
第四十二幕	……………………	れ	353
第四十三幕	……………………	ろ	355
第四十四幕	……………………	わ	359

目次

第一幕 ……………………	あ	13
第二幕 ……………………	い	39
第三幕 ……………………	う	57
第四幕 ……………………	え	65
第五幕 ……………………	お	75
第六幕 ……………………	か	83
第七幕 ……………………	き	93
第八幕 ……………………	く	103
第九幕 ……………………	け	121
第十幕 ……………………	こ	125
第十一幕 …………………	さ	133
第十二幕 …………………	し	153
第十三幕 …………………	す	171
第十四幕 …………………	せ	177
第十五幕 …………………	そ	187
第十六幕 …………………	た	193
第十七幕 …………………	ち	199
第十八幕 …………………	つ	207
第十九幕 …………………	て	211
第二十幕 …………………	と	217
第二十一幕 ………………	な	225

登場人物紹介

冗談に本気を混ぜて変化をつけるのは、よいことである。

——ベーコン

ZaregotoDictionaʃ

☆本書『ザレゴトディクショナル』は、西尾維新が二〇〇二年二月から二〇〇五年十一月までの約四年の間に刊行した一連の小説・戯言シリーズのオフィシャル・ファンブックです。

　全四百六十項目、十五万字に亘《わた》り、戯言シリーズやその周辺のタームについて、西尾維新のコメントが述べられています。

☆戯言シリーズとは、以下の九冊です。

『クビキリサイクル　青色サヴァンと戯言遣《づか》い』
（二〇〇二年二月刊）

『クビシメロマンチスト　人間失格・零崎《ぜろざき》人識《ひとしき》』
（二〇〇二年五月刊）

『クビツリハイスクール　戯言遣いの弟子《でし》』
（二〇〇二年八月刊）

『サイコロジカル（上）兎《う》吊木《つりぎ》垓輔《がいすけ》の戯言殺し』
（二〇〇二年十一月刊）

『サイコロジカル（下）曳《ひ》かれ者の小《こ》唄《うた》』
（二〇〇二年十一月刊）

『ヒトクイマジカル　殺戮《さつりく》奇術の匂宮《におうのみや》兄妹《きょうだい》』
（二〇〇三年七月刊）

『ネコソギラジカル（上）十三階段』
（二〇〇五年二月刊）

『ネコソギラジカル（中）赤き征裁《せいさい》vs.橙《だいだい》なる種《しゅ》』
（二〇〇五年六月刊）

『ネコソギラジカル（下）青色サヴァンと戯言遣い』
（二〇〇五年十一月刊）

九冊六作。
全て講談社ノベルス。

絶賛発売中。

の、はずだけれど。
☆本書は以上の九冊について致命的なネタバレ・制作秘話・裏話を含んでいますので、これらの九冊、戯言シリーズを全て読了した上で、しかも心からその内容を愛してくださった包容力溢《あふ》れる優しい方向きの内容となっております。
　戯言シリーズを、九冊の内の一冊でも未読の方は、まずそちらを楽しめるものなら楽しんでいただいて、それからまだ精神に若干《じゃっかん》の余裕があれば、本書にお手を伸ばしてください。
☆ていうか本書から読むとわけわかんねえ。
☆あくまで蛇足《だそく》としての一冊です。おまけというにも口幅ったいほどの蛇足です。あるいは打ち上げ、ともすれば打ち上げの二次会的な一冊だとお考えください。
☆戯言シリーズには外伝的小説が存在します。

『零崎双識《そうしき》の人間試験』　（二〇〇四年二月）
『零崎軋識《きししき》の人間ノック』　（二〇〇四年六月）
『零崎軋識の人間ノック2　竹取山決戦！』　（二〇〇五年十一月）

『零崎双識の人間試験』は講談社ノベルスで出版されているＣＤ－ＲＯＭ付属の単行本。『零崎軋識の人間ノック』『零崎軋識の人間ノック2』は、短編小説です（二〇〇五年現在）。

　その性質上、本書内でこれらの小説の内容について、ある程度踏み込んで記述している箇所がありますが、こちらについては、致命的なほどのネタバレ・制作秘話・裏話といったようなものは書かれておりません。

　既読の方も未読の方もどうぞ。

☆また、その他の西尾維新の著作にも、多少は触れておりますが、そちらについては宣伝にもならないような紹介程度なので、考慮の必要は全くありません。
　お気になさらず。
☆しかし、何度も繰り返して言いますが、裏話や制作秘話、副音声、コメンタリー、ライナーノーツ風の文章がお好きでない方には、やっぱり本書はあんまりお勧めできません。本書にはそういうことしか書いてないからです。
　そういうの、別にそこまで嫌いじゃないけれどという方であっても、本書の中には「うわー……、なんでそういうことバラしちゃうのかなあ」と思われるようながっかり記述が一切ないとまでは保証できませんので、その辺り、用心は必要です。
☆本書は小説ではありません。ただしかなり虚実《きょじつ》入り混じった出来となっております。筆者の記憶力はとても不安で不確かで不安定で不確定です。記述の中に矛盾《むじゅん》を見つけても、そっとしておいてあげてください。
☆本書はエッセイではありません。その上かなり虚実入り混じた出来となっております。筆者の感性はとても不安で不確かで不安定で不確定です。記述の中に矛盾を見つけても、そっとしておいてあげてください。
☆時折、作者の自画自賛が見受けられます。
　片腹痛くとも、優しい目で見てあげてください。
☆一応は辞典の形式を取っていますので、どこから読んでいただいても、まあとりあえずは構いませんが、一応、最初に読むときは、前から後ろに、順番に読むのがわかりやすいかもしれません。
　基本的に、そういう順番で書きました。
☆登場人物・登場用語を、とりあえず目につく限りは網羅しましたが、紙幅の都合もあり、そういう意味では完全なリストとはなりえていません。ので、そんな風に謳《うた》うことはしませんが、しかし、戯言シリーズに関して表に出せるだけの裏エピソードは、全てここに出《で》揃《そろ》っています。もう逆さに振っても何も出ません。

☆本書に記されている全ての情報は基本的に執筆された当時（二〇〇五年十月）のものであり、それ以降の時期にあたる情報はあくまでも予定・推測・希望の域を出ません。それはキャラクターなどの裏設定についても同様です。この先を保証するものではありませんし、特に裏設定という言葉には僕の場合、その日の気分という側面が常にあるよう気がします。

☆本書はフィクションであり、実在の事件・人物・団体には一切関係ありません。戯言シリーズは実在の小説ですが、西尾維新は架空の小説家です。

第一幕——《あ》

ZaregotoDictionaJ

0

僕は何を言われても仕方がない。
だけど、きみが何を言ってもいいわけじゃない。

1

哀川潤　**【あいかわ・じゅん】**

泡坂妻夫《あわさかつまお》先生のお作りになった名探偵の一人に『亜《あ》愛一郎《あいいちろう》』という素敵なキャラクターがいて（苗字が『亜』で名前が『愛一郎』。職業はカメラマン）、その一風変わった名前は『探偵辞典が作られたときに、このキャラクターが一番先頭に来るように』ということらしいのだけれど、そういった意味では、特に意図したわけでもなんでもないけれど、本書の一番先頭に哀川潤が来ることは、僕にとっては非常に感慨深いことだ。いや、探せば哀川潤より先に来る用語も、ひょっとしたらあるのかもしれないけれど、あえてそれを無理に探すことはしなかった。

別に余談というほどでもないのだが、泡坂妻夫先生の作品を僕が初めて読んだのは中学生の頃で、笠《かさ》井潔《いきよし》先生の『バイバイ、エンジェル』と共に『亜愛一郎の狼狽《ろうばい》』を購入したことを憶えている。とある本でこの二冊（というか、この二人の先生）に関する言及があり、ちょうど探していたところで、リメイク的な文庫化がなされていたのだ。創元推理文庫。運命的なとまでは言わないけれど、とてもいいタイミングだった。

僕は今現在、言葉遊びを前面に押し出した小説家として認知されているが、その言葉遊びの基礎を最初に習わせていただいたのは、この亜愛一郎シリーズだったように思う。そもそも本名のアナグラムである泡坂妻夫というペンネームは――『妻』、『夫』、なんて作りは今打鍵するだけでも、本気でどきどきする――戯言シリーズの読者ならば、にやりと微笑《ほほえ》むことができるのではないだろうか。一口に言葉遊びといっても、韻《いん》を踏んだり奇名だったり掛詞《かけことば》だったり暗号だったり、その種類は百花繚乱《ひやつかりようらん》、とにかく色々あるが、僕が泡坂妻夫先生から学んだ最たるものが、回文だ。泡坂妻夫先生の作品の中に『喜劇悲奇劇』というタイトルのものがあって、そのタイトルから察することのできるよう、これは回文を主たるテーマにした小説である。読了後、もう僕は完全に回文にとりつかれてしまって、字の並びを見ればひっくり返さずにはいられない人間、即ち回文病の患者となった。正直その病気はまだ完治していないのだが（慢性になった感じだ）、まあ、そのとき考えた回文の一つが西尾維新という名前だったりする。そういう言い方をすれば、結構歴史のあるペンネームなのだ。因縁《いんねん》というか何というか。

（ちなみに、回文のことは置いておくとして、泡坂先生の作品の中で僕がもっとも感銘を受けたのは、『しあわせの書』と『生者と死者』の二冊である。特に『しあわせの書』が白眉《はくび》。ああいう企《たくら》みを誰よりも先駆けてできれば、どれほどの幸福感を味わうことができたのだろうかと思う。僕にとって『しあわせの書』は、通過点でない到達点としての、目標の一つである）


で、哀川潤の話。

人類最強の請負人《うけおいにん》。

赤色。

何から語ってもどうにも正しくないような気がするので、先述のセンテンスを伏線だったということにするために、その名の由来から説明しよう。


哀川潤。

戯言シリーズ内では、結構というか、比較的普通な感じ、実在してもおかしくない感じのこの名前は、何かの船に乗っているときに思いついたものだ。何の船だったかは忘れたけれど、波に揺られていたことだけは憶えている。『純愛』という言葉を織り込んだ名前を作れないかどうかを考えていて、だから最初は『愛川純』だったのだけれど、そういう形にしてしまうと、なんだか『愛』も『純』も、少しばかりあざとすぎる感じがあった。名前として強過ぎる。ただ、語呂やバランスはとてもよかったので、形はそのままで、漢字の方を変えることにして、『愛』を『哀』、『純』を『潤』に変更。『潤』は、苗字《みょうじ》に『川』があるから、なんかそれっぽいと思ったので。『愛』を『哀』にしたのは、まあなんとなく意味もなくなのだけれど、『哀川』、なんか格好いい並びだったので、すぐにそれを決定版とした。

投稿時代、僕はこの哀川潤を主人公にした小説でデビューしようと目論《もくろ》んでいた。格好いい女請負人が無理難題を解決するという物語のパターンで、ちょっとだけ推理要素もいれて——みたいな。それまでに僕は何人か哀川潤という名前のキャラクターを書いていたけれど（お気に入りの名前だったから、使い回していた）、この頃の、投稿作品の中での哀川潤は、まあほとんど今のまんまだ。つまり、ああいう形って、作者としてはかなり動かしやすい造形だということである。ただし、当時の哀川潤は、まだそれほど赤色でもなかったし、人類最強でもなかった。結構苦戦してたりするし、つまらないミスも連発していた。性格は悪いというより非情だったし、一匹狼でもなく専属のワトソン的助手もいた。その辺は削《けず》った設定だけれど、別の形で生かされている感じだ。

『デス13』。

『デヴィル14』。

『クイン8』。

そういうタイトルの三つの小説をメフィスト賞に応募したけれど、まあぶっちゃけ、箸《はし》にも棒にもかからなかった。受けた講評を要約すると、『理想と妄想との違いとは何か』ということだった。厳しい言葉だが、その通りではある。

　結局、小説を『とりあえず』書いてはいけないということだ。

　と、思う。

　設定自体が変更されているので本来あまり関係はないけれど、この、幻の哀川潤シリーズの内、『クイン8』という小説には、『クビキリサイクル』の舞台となった鴉《からす》の濡《ぬ》れ羽島《ばじま》の原型のようなものが登場していて、例のお嬢様や三つ子メイド達が登場している。『クビキリサイクル』で玖渚友《くなぎさとも》が言っていた『この島で昔あった事件』というのは、その辺を踏み台、たたき台にしているわけだ（設定が変わっているので、直接繋《つな》がっているのではないけれど）。ついでに言うなら、『クイン8』というタイトルからは、『クビシメロマンチスト』で戯言遣いが暇潰《ひまつぶ》しの道具にしているエイトクイーンを連想することもできるのだが、しかしそれは単なる偶然で、僕もたった今気付いたところである。

　まあ、そういう偶然は、割とよくあること。

　大数の法則。

　さて、この哀川潤を戯言シリーズのキャラクターとしてキャラ立てするにあたって、考えなくてはならないのは（考え直さなくてはならなかったのは）、立ち位置だった。主役を戯言遣いに譲《ゆず》ることになると、ならば何らかの形でそれに対応する形での性格にしなくてはならなかった——が、普通の探偵役にしちゃうのはなんだかなー、みたいな違和感があって、結果、『請負人』から『人類最強の請負人』へと、ジョブチェンジ（クラスチェンジといった方が正確かな）。そして、ヒロインの玖渚友の『青』に対応する形で、『赤』という色を、決定的に彼女のカラーにすることにした。要するに、駄目《だめ》な主役に対する格好いい女、みたいになればいいという、比較対象としてのデザインだ。アンバランスというか、メリハリ。対照的というより対になる存在として。

イラストレーターの竹《たけ》さんによってビジュアル化されたその姿は、見事、美しいとしか言いようがないのだが、しかし、そのキャラデザを見て、最初から謎に思っていたのは、額《ひたい》部分の稲妻《いなずま》マークだった。果たしてこれは頭髪の一部なのか、それともアクセサリーなのか、長い間不思議だった。訊《き》いて教えてもらおうにも、こうも堂々と描かれていると、却《かえ》って訊きづらい。いわゆる『萌《も》え要素』としての『触角』（頭髪の一部が触角のように跳《は》ねている髪型。戯言キャラなら、零崎人識）のようなものなのか、それとも、いざというときのための武器なのか……（そんな設定はないぞ！）。が、『ヒトクイマジカル』において、初めてスーツ姿以外のカジュアルな姿で登場した彼女が、裏表紙で描かれることとなり、そしてその哀川潤には、稲妻マークがなかったのである。取り外しができるということは、髪の毛ではなくアクセサリーだったのだろうと、僕の中での長年の謎が氷解したのだった。サンバイザーか何かなのかもしれない。ちなみに、その『ヒトクイマジカル』裏表紙の哀川潤を、あまりにも印象が違いすぎて、誰だかわからない人というのも一定数、いたみたいだ。

うん。

なお、『ネコソギラジカル』の下巻では、哀川さん、バンダナと稲妻が一体化している。これで誰かわかるようになった。

最強キャラだから、シリーズ展開していくにあたって出番は少なくなるだろうということは最初からわかっていたので（僕が読んできた推理小説のほとんどは、シリーズの途中から探偵役がどんどんフェイドアウトしていくという展開だった。行き着いてしまうと、解決編にしか探偵が登場しない、とか。

それは推理小説に限らずシリーズ物に課せられた呪縛のようなものだろう。というのも、最強ゆえにピンチに陥《おちい》るシーン、苦戦するシーンを、描くわけには行かず、しかも、冒頭に登場させると、その時点で事件、物語が解決してしまうからである）、それでも構わないくらいに強烈なキャラにしようと意気込んだ。その結果が主役をいきなりボコるあの登場シーンだったのだろうが、今読み返してみると、作者の僕でも結構ビビるシーンだ。

なんだこの人……。

はしゃぎ過ぎである。

まあ、言ってしまえば『おいしいとこ取り』なキャラクターなのだが、戯言遣いが成長するにつれ、（予定通りと言えば予定通りに）後ろに引いていくようになって、『ヒトクイマジカル』においては、初めてエピローグに姿を現さなかった。その辺を書いたとき、ああ、そうなんだな、そういうことなんだな、と、西尾さんは、思ったとか、思わなかったとか。

ただ、まあ、『ヒトクイマジカル』では、先に挙げた問題点を回避するためでもなかったのだが、事件が後半まで何も起きないので、哀川潤の登場シーンが前半に集約される形になっている。キャラを強烈にする以外にも、そういう解決方法もあったわけだ。

今後の参考にしていきたい。

戯言遣いにとっては『頼れる先輩』であると同時に、最終的には『越えるべき、越えられない壁』となった哀川潤だが、彼女の過去エピソードについては、結構最初から、ある程度、考えていた。だから、最終巻——即ち『ネコソギラジカル』が、戯言遣い最後の話であるならば、必然的に哀川潤の過去に触れざるを得なかったのだけれど、それをどこまで踏み込んだ描写にするべきなのかは、悩みどころだった。あんまり踏み込み過ぎると、戯言遣いの話じゃなくなっちゃうし、全く触れないと、哀川潤の意味がなくなっちゃうし——で、今のような形となった。既に終わっちゃった話、というわけだ。

読者から、

「最強最強って、具体的にはどのくらい強いの？」

みたいな質問を受けることの多い彼女ではあるが、それに答えている内は最強じゃない、というのが、哀川潤の回答だろう。

【あいかわ・じゅんや】
藍川純哉

名前だけ登場、哀川潤の父親（役）。
西東天《さいとうたかし》の昔の同志。
現在死亡。

人物としては登場していないキャラクターなので多くは語らないけれど、まあ、西東天に対する突っ込み役みたいな立場で、お人よしの後輩だったのだろうと思う（なんとなく）。哀川潤はこの男から、多くのものを受け継いでいる感じ——別に父親として慕っていたわけではないようだけれど。

じゃあ、どのように慕っていたのか、とか。

最初は『純一郎《じゅんいちろう》』という名前にしようと思っていたのだけれど、それ以前に『卿壱郎《きょういちろう》』というキャラクターを登場させてしまったので、かぶりを避けるために、『純哉』になった。『藍川』は、勿論《もちろん》、哀川潤が先にある。こちらを『愛川』にしてもよかったのだが、やっぱ、あざといので、『藍川』。

赤は藍より出でて藍より赤し。

哀川潤と藍川純哉。

普通ならば一瞬で気付くだろうこの名前の相似《そうじ》に、かなり遅くまで思い至らない戯言遣いは、作者的にはなかなかの笑いどころなのだが。

名前にこだわり過ぎな、戯言遣いの一面。

【あいき】
合気

澪標《みおつくし》姉妹《しまい》の使用する技術。

最小の力で最大の打撃を与える。

人体力学を知り尽くした二人だからこそ——とか、そんな感じ。

合気道をオリジナルに練り上げた技術。


「枷鎖——」

「——真風」

「川遠——」

「——境域」


という、彼女らの順繰りの言葉は、技の名前だ。

最初は、繰り出す技の一つ一つの型を考え、その描写もあったのだけれど、メタメタにやられながら解説を続けるいーちゃんの姿があまりに滑稽《こっけい》だったため、シリアスな空気が削がれてしまうということで、技は名前だけのお披露目《ひろめ》となった。

くどくなくてそっちの方がいい感じ。

愛知県 【あいちけん】

中部地方の太平洋側の県。

県庁所在地は名古屋。

『サイコロジカル』の舞台である斜道《しゃどう》卿壱郎の研究施設があるのがこの県という設定なのだけれど、読んでいただければ分かるよう、別にそれが愛知県である必要は全くないので（ういろうくらいにしか触れていない）、その辺は具体的な地名をぼかすことも可能だったのだけれど、クルマで行けるほどに京都から近くて（フィアットと、車中での会話を書きたかった）、全国的にも通りのよい、分かり易い地域だし（案外ない）、僕自身、割と好きな都道府県なので、使わせてもらった。『愛を知る』なんて、なかなかどうして、いかした地名だと思う。

ちなみに愛知県には『西尾市』がある。

僕が作家としてだけでなく、人間としても尊敬させていただいている、メフィスト賞の先輩作家、森博嗣先生の書く講談社ノベルスのシリーズも、この愛知県を舞台にした物語である。

葵井巫女子　【あおいい・みここ】

クラスメイト。

みたいなっ。

酔うと脱ぐ。

意外と大食。

『クビシメロマンチスト』に登場した戯言遣いの大学の同級生なわけだが、作者的には割と手なりで書けてしまったキャラクターであり、故に苦労話や裏話めいたものは、ほとんどない。このまんま、みたまんまである。葵井巫女子なんて、名前だけでキャラが立っちゃってるところからわかるように、名前先行型のキャラクターだ。戯言シリーズのキャラクターの大半は名前先行型だけれど（既に項のあった哀川潤も藍川純哉も、勿論名前先行型だ）、彼女はその代表例と言ってもいいかもしれない。

　極端な話、名前があればキャラなんて後からいくらでもついてくる。どこまで一般的に言えるのかはわからないけれど、少なくとも僕の場合は、そうである。

　確か最初は『青井巫女』という名前を考えたのだ。玖渚友に対応する形で、『青』を含んだキャラクターにしようと思って。ただ、いまいち味のない名前だと思い（今から思えば、『青井』では対応しているというよりただ単にかぶってるだけのような気もするし）、もう少し考え続ける。先に『巫女子』を思いついて、連想的に苗字も『葵井』になった。双方、『一文字多い』。発音してみても面白《おもしろ》い名前だったが、平仮名《ひらがな》で書いたときに『あおいいみここ』となるのが楽しかった。

『クビシメロマンチスト』作中においてお亡くなりになってしまった彼女だが、彼女を書いた経験によって、最初から死ぬことを前提に書いたら思いの他キャラクターが立つということがわかった（いわゆる『しばり』というものだ）。しかし、そうは言っても、西尾維新は『クビシメロマンチスト』の時点では、『キャラ立てのためのキャラ立て』を、あんまりよしとはしていないところがあったので、葵井巫女子のキャラクターは、どちらかというとストーリーの要請による比重が大きい。つまり、葵井巫女子が萌《も》えキャラであれば萌えキャラであるほど、それが事件の真相からのミスリードになるだろうという小賢《こざか》しい計算がそこにはあった。ヤな作者。

『探偵が犯人』。

『被害者が犯人』。

『警察官が犯人』。

『ヒロインが犯人』。

　などなど、推理小説の世界にはそう言ったあれこれが数え切れないほどあるが、ミスリードとしての『萌えキャラが犯人』というのを狙ってやったのは、どうだろう、僕が初めてだったと思うのだが。『萌えキャラが被害者』の時点で、もうかなり珍しかったと思う。少なくとも僕が読んでいた種類の推理小説は、読後感を悪くしないように、とか、ゲームを知的にするために反社会的要素を排除する、とか、そういう理由によって、『殺される人間には殺されるだけの原因がある』と、被害者は分かり易い悪人であることが多く、この『分かり易い悪人』と『萌えキャラ』は、通常の手際では相容《い》れないものだから。

　まあ、悪人と悪役との違い。

　とはいえ、『萌えキャラが被害者』も『萌えキャラが犯人』も、今では両方、あんまり珍しくなくなっちゃった感もあるけれど、少なくとも当時は、どちらもそれなりに斬新だったように思う。

　もっとも、この娘、書いてる内にどんどん楽しくなってきちゃって、彼女が死ぬシーン、『クビシメロマンチスト』の第六章が近付いてくるにつれ、

「僕はなんてことをしてしまったんだ……」

と、慚愧《ざんき》の念にかられることになった。

　書くのやめようかなー、とか思った。

やめなかったけど。

ただ、読み返してみると、語り部である戯言遣いは、そういった葵井巫女子の『萌え要素』部分に関しては、終始ドン引きであって、なんかそこにだけ嫌なリアリズムを感じてしまった。何にせよ、自分で書いた小説を客観的に読むのはあまり気分のいいものではない。

ところで、一冊にしか登場していない割にイラスト化率の異様に高い彼女なのだが（一冊の中で四枚）、中でも『クビシメロマンチスト』の表紙は、読了後に見るともろにネタバレであって、割と冷や冷やする。恐らくはイラストレーターの竹さんのアイディアだが、なかなかどうして、大胆なことをする。自分で自分の首を絞《し》めて死ぬことができるのかどうかという論に関しては、できるという説とできないという説と両方があって、なにぶん実験するわけにはいかない話なので微妙なところだが、できる説の方が有力そうだったので（と、僕が判断したので）、そちらを採用させていただいた。筋肉は死んだ後でも生きている、とか。

青色サヴァン　**【あおいろさゔぁん】**

玖渚友のこと。

『サヴァン』はフランス語で、そのまま、天才。幼い頃、玖渚友は、そう呼ばれていた。そこに『青色』という言葉を引っ付けた。造語としてはあまりに無骨で乱暴な手法なのだけれど、しかし、驚くほどぴったりくる言葉に仕上がっているように思う。なんというか、たとえ言葉の意味が通じなくとも、とにかくインパクトだけは与えられる。

青田狩り　**【あおたがり】**

三《み》好《よし》心視《こころみ》の二つ名。

いーちゃんや、他のプログラム生からそう呼ばれていたらしい。真心なんかも、そう呼んでいたのだろうか……微妙なところだ。

　無論、『青田買い』のもじり。

あおちゃん　【あおちゃん】

　玖渚友の呼称。

　鈴無《すずなし》音々《ねおん》がこう呼ぶ。

　美少女好きの彼女ならではの、親しげな呼び方。

　まあ他のニックネームについてもいえるけれど、玖渚自身は、誰にどう呼ばれても、どうでもいいと思っている風がある。

赤神　【あかがみ】

　四神一鏡《ししんいっきょう》の一。

　赤神財閥。

　名前に『赤』が入っているのが、哀川潤との関連性を窺わせる。また、作者的には『赤紙』との言葉遊びでもある。いわゆる大戦中の、召集を知らせる赤紙のことで、『戦争開始』みたいなことを考えていたようないなかったような。四神一鏡という設定の方が後付けで、まずこの赤神財閥という名前があった。頭文字が『あ』だったから、じゃあ『いうえお』も作ろう、と。

赤神イリア　【あかがみ・いりあ】

　『クビキリサイクル』に登場し、まあ、あらゆる意味で物語の中心にい続けたお嬢様。後々の戯言シリーズの展開を考えればまず間違いなく殺されている立ち位置でありながら、大したものだ。

　二十一歳くらい。

　読み返してみると、結構嫌な性格をしている。

　戯言遣いとそんなに変わらないが、変に貫禄があるので、戯言遣いは彼女のことを『ちゃん付け』では呼ばない。そのあたりのいーちゃんの基準は、かなり露骨《ろこつ》である。イリアという名前がイリアスから来ているというのは、作中でも言われているけれど、それは実際の名付け方でもある。当然、妹のオデットは、そこから派生的に考えた名前だ。

　双子だらけの島に住む双子のお嬢様——というのが一番最初のコンセプトだった。お嬢様も双子なら、メイドも全員双子だった。『クイン8』の時点では、まだそのおもかげは残っていたけれど、戯言シリーズにあわせて更に色々いじっている内に、その設定はあんまり残らなくって残念。

『クビキリサイクル』のトリックは、言うまでもなく警察が来ればすぐに露見するタイプのものなので、絶海の孤島とは言えさてどうしたものかと考えたとき、彼女が一言こう言った。

「警察は嫌い。だから呼びません」

　推理小説史上に残る革命的アイディア！　とか思ったものだけれど、編集者さんから当然のように「これはどうかと思う」と、冷静至《し》極《ごく》な突っ込みを受けることになった。奇抜なアイディアはえてして正論に弱い。しかし僕は自分のミスを認めるにあたって非常に消極的な人間なので、頑張って彼女が警察を嫌いである理由を色々と考えた。その結果至った地点の一つが、自動症、殺傷症候群、すなわちD・L・L・Rシンドロームだった。苦《くる》し紛《まぎ》れではあったが、いい設定になって、小説世界が膨《ふく》らんだように思う。僕の場合、自分の未熟を隠すために色々やっている内に、物語に広がりが生じるということが、ままある。案外作家なんてみんなそんなもんじゃないの、とか思うけれど、具体的なデータはない。

　ところで、『クビキリサイクル』のラスト近くで、彼女はメイド長である班田《はんだ》玲《れい》と、入れ替わっていたことが判明する。その入れ替わりは、物語的な意味合いとは別に、更にその後に展開されるエピローグで明かされることとなる、伊《い》吹《ぶき》かなみと園山赤音《そのやまあかね》の入れ替わりの伏線としての意味を持たせていたのである。

「こんな風に入れ替わっていることもあるんだよ」ということを、先に一例として示してからでないと、さすがに無理筋になると思ったのだろう。今から読み返せば、自分のことだけにその思惑がおぼろげながらも透けて見える分、「小賢しいなあ、この野郎」と見えなくもないけれど、ミステリーとしてフェアであろうとしている当時の自分を、誇らしいとまでは言わずとも、微笑ましくは思う。

赤神オデット　【あかがみ・おでっと】

赤神イリアの妹。

双子の妹。

赤神イリアに殺された——ということになっている。その辺は色々あったという感じで、それについては、『零崎軋識の人間ノック2　竹取山決戦』でも触れられているが、まあ、結局は詳細《しょうさい》不明という感じ。そういう『思わせ振り』な記述は、ちゃんと決めて書いているのかと訊かれることがあるけれど、その答としては『決めているけれど、書いてないことはいくらでも変える』といったところだ。

姉のイリアに対応する形で、オデットは、オデュッセイアから。イリアスもオデュッセイアも、ホメロス作の古代ギリシアの長編叙事詩。

この一族の、他の名前を想像してみると、面白い。歴史の勉強にもなるかもしれないので、高校生にお勧め。

赤き征裁　【あかきせいさい】

哀川潤の異名の一。

最初はこう書いて『オーバーキルドレッド』と読まれていたのだけれど、その内、『あかきせいさい』でも通り出した。別にどっちでもいいみたい。

征裁は造語。

故に、赤き制裁と、誤記されがち。

誤記というか、どちらかといえば……否、本来的にはそっちが正しいのだけれど、まあ、『制』って一字だけ取り出してみると、なんか思っているのとイメージと違うなー、みたいな感じだったので、『征服』の『征』を当てた。『制する』のではなく『征する』ということで、うん、こっちの方が素敵なイメージ。

あと、『赤い征裁』だと、有名な二つ名であるところの『赤い彗星《すいせい》』と語呂が似てしまうので、『赤き』と回避した。まあ回避できているかどうか微妙だし、赤いって時点で十分にかぶっているので、あんまり意味らしい意味はないのだけれど、これは作り手の気分の問題。

嘲る同胞　【あざけるどうほう】

梧轟正誤《ごとどろきせいご》のコピー。

詳細不明。

しかし、単純に解釈すれば、こいつは仲間にするとヤな奴だったんだろうなあと思わせるような、そんなコピーである。

浅野みいこ　【あさの・みいこ】

戯言シリーズのキャラクターの大半は名前先行型とついさっき、葵井巫女子の項で述べたばかりのところで何だが、この浅野みいこが、数少ない例外の、キャラクター先行型のキャラクターである。西尾維新の中では、それなりに歴史のあるキャラクターであって、付き合いも長い感じ。なので、多少ひいきされている。

えーっと、『常時日本刀を携帯《けいたい》している女子高生』というイメージが最初にあって、それはまず、同級生の主君に仕える現代に生き残った武士、というような形を取った。当然の如《ごと》く敵キャラで、セーラー服に二刀差し、手裏剣を携帯し、ことあるごとに人を斬《き》ろうとし、走ってる電車の中に手榴弾《しゅりゅうだん》を放り込むような、そんなはっちゃけた女武士だった（どこが武士だ）。

　浅野という苗字は、まあ言うまでもなく、赤穂《あこう》浅野から来ている。安直だ。みいこは、なんとなく。みい子と誤記されること多し。まあ、日本刀を振り回すような人間に、そんな可愛《かわい》らしい名前がついているというギャップを楽しもうというネーミングだったのだ。『ぴったりくる名前』『しっくりくる名前』もいいけれど、この手の『違和感を憶える名前』も、僕は好きだ。

　で、その後、彼女を主役に据《す》えた小説を一本だけ書いた。『クビキリサイクル』を書いてから『クビシメロマンチスト』を書くまでの、その合間に書いた小説である（未発表）。こちらが現在の浅野みいこの原型となっている（そういう意味では、みいこさんは、名前先行型とキャラ先行型の、折衷というべきなのかもしれない）。性格も大体今と同じ——ただし、まだ女子高生なので、みいこさん、若干人間ができていないところがあり、激昂《げっこう》することの多いキャラクターだった。この浅野みいこを主役にした小説の中には、葵井巫女子という名前のキャラクターも登場しており（キャラ付けは『クビシメロマンチスト』の形とは大分違ったと思うけれど）、このときから、

「ああ。なんか名前の似てる二人だなぁ」

　と思っていた。

　そういうわけで、みいこさんには決定版・葵井巫女子が登場した『クビシメロマンチスト』に、一緒に登場してもらった——女子高生のままだと戯言遣いより年下になってしまうので、二十二歳のおねいさんとして登場してもらったわけだ。『みいこさん』が『みいこちゃん』じゃ、どうも締まらないから。かわいすぎる。その結果、『日本刀』や『直情型』

など、原型を引《ひ》き摺《ず》っている部分はあるものの、いい感じの和風おねいさんに仕上がったように思う。

甚平《じんべい》がいいよね。

　背中に漢字でそのときの感情が書いてあるという設定が最初はあったけど、その内なくなった。何故《なぜ》かというと、京都の夏に甚平は暑いから。寝巻きとしてならともかく、流石《さすが》に素肌に直接甚平を着せるような、あざとい真似《まね》をみいこさんにさせるわけにはいかなかった（この辺りがひいき）。

　髪を下ろしたストレートの、洋服バージョンも見てみたかったけれど、イラスト化される機会はなかった。その姿は、零崎人識くんの、好みらしい。

　戯言遣いにとっての正ヒロイン。

　彼女がいなければ駄目になっていた。

　振られたけれど。

　まあいーちゃんは、基本的に望みのない相手しか好きにならないから（一種の自己防衛）、そんなものだろう。みいこさんがもうちょっとメインストーリーに食い込んでくる予定もあったのだが、結果的にはそこまでには至らなかった。今から考えれば、その方がよかったのかもしれない。『日常』とか、『普通』とか、そっちサイドの住人だったということで、つまり、その辺に戯言遣いは惹《ひ》かれていたのだろう。狐面《きつねめん》の男が十二代目古槍頭巾《ふるやりずきん》を特別扱いしたように。

　ところで、浅野みいこには煙草《たばこ》嫌いという設定があるのだけれど、イラストにおいては、彼女は大抵《たいてい》煙管《きせる》を咥《くわ》えている。『ネコソギラジカル』上巻の裏表紙では、煙管がかんざしにまでなっている有様《ありさま》だ。ひょっとしたらみいこさん、煙草以外の何か間違ったもんでも吸ってるんじゃないのかと一部で話題騒然だが、これは、煙草嫌いという設定が初めて本文に登場するのが『サイコロジカル』であって、『クビシメロマンチスト』をビジュアル化する時点では、まだイラストレーターの竹さんがそこまで読んでなかったから生じた齟齬《そご》である。お互いに今更変更することのできなかった結果であって、まあ、ミスというほどのことではない。解釈としては、とりあえず、伊達《だて》煙草だと思っていただければ。

【あっちゃん】

あっちゃん

《チーム》の中の一人の、呼称。
OS《ジオサイド》の製作者。
　誰のことなのか、詳細不明。

【あてみや・むいみ】

貴宮むいみ

　貴宮というのは、『宇津保《うつぼ》物語』に登場する絶世の美女のことなのだが、その事実自体とはあまり関係なく、『貴宮』と書いて『あてみや』と読む、その言葉の響きが面白かったので、いつか使えそうだとメモしておいた名前。むいみは無意味。『平仮名で書くと人の名前になるシリーズ』の一パターンだけれど、特にそんなつもりもなかったのだが、結果的には、彼女の名前が『無意味』というのは、意味深という気もする。『あてみや』の中には『当て身』という言葉が含まれているが、それをうまく絡《から》めることはできなかった。なんか駄洒落《だじゃれ》っぽいし（この辺の感覚は個人個人で、『じゃああれはいいのかよ、これはどうなんだ』という話だろうけれど）。

茶髪でジャージで煙草呑《の》みで元ヤン。

　という造形は、戯言遣いにとっては割と好みの対象であり、なので、彼女について、戯言遣いは最初、比較的好意的に捉《とら》えている。まあ最後にはああなっちゃったわけだが——その後一体彼女がどうなってしまったのかは、特に設定していない。どうにかなっちゃったか、どうにもならなかったか……。過去を振り返る意味で『ネコソギラジカル』のエピローグに、彼女を登場させようかとも思ったのだが、なんだかそれは『クビシメロマンチスト』の後味の悪さを損なうような気がしたので、やめておいた。『ネコソギラジカル』の上巻に登場するという案も、そう言えばあったけれど、同じ理由でやめた。再登場する余地はあったし、またする意味もあるキャラクターだったのだけれど、それよりも小説一つ一つの完成度を高めようと思ったのだろう、西尾さんは、生意気にも。

なお、念のためとしての豆知識だが、煙草の火を指でねじり消すと、火傷《やけど》をするはずだ。慣れればどうとか癖《くせ》がこうとか、そういうレベルで語れる問題ではないと思う。

貴宮無理【あてみや・むり】

貴宮むいみの妹。

名前だけ登場。

むいみが『平仮名で書くと人の名前になるシリーズ』なら、こちらの無理ちゃんは『漢字のままで人の名前になるシリーズ』の一パターンなのだけれど、うん、やっぱり少し無理がある。無理があるというとうまいこと言ったみたいな雰囲《ふんい》気《き》になってしまうところも嫌だ。だから名前だけの登場なのだった。『むいみ』を使ってしまった以上、それと絡める形でしか『無理』は使えないというのもあったし——とはいえ、考えた話の展開の一つに、『姉の敵《かたき》を討つために、戯言遣いの許《もと》を訪れる貴宮無理』というものもあったりしたというのだから驚きだ。

あるいは、戯言遣いが家庭教師のバイトをしていた相手というのが、この無理ちゃんだったりしてね(思いつき)。

アトガキ【あとがき】

西尾維新の本には大体、最後に後書きが付属している。とりあえず現時点で、唯一それがないのは『零崎双識の人間試験』だけだ。

まあ、僕の場合はともかくとして、小説には後書きのあるものと後書きのないものがあって（当たり前だ）、その割合はまちまちだけれど、ライトノベル（風の小説）は、大多数のものに後書きがある。作者の性格・傾向というよりは、読者からの需要が大きいらしい（僕も、好きな作家の後書きを読むのは、基本的に好きだ）。あと、非常にテクニック的な話をすると、『後書きから読む人』対策ということもある。そういう人達に対して後書きがないと、小説の最後の一行を最初に読まれてしまう危険性があるので、そのリスク回避のための後書きということだ。僕の場合も、『こういう小説の場合、後書きがあった方が印象がいいよー』という編集者さんの言葉に『書く書く書きたいー』と従う形で、つまり軽い気持ちで手を出したのだが、後書きというのは本作りの中ではかなり抜きん出て苦労するパートだということが、後に判明した。最初の頃こそはよかったが、その内書くことがなくなっていくのだ。嫌々書いているわけでは勿論《もちろん》ないけれど（小説の後書きには、明らかに作者が嫌々書いている後書きというものが少なからず存在するのだ。嫌なのは仕方ないけど、嫌だと思っていることは隠そうよと思わなくもない）、丁度二ページでまとまるような都合のいいテーマが毎回あるわけもなく、書けないときは徹底的に書けない。真面目《まじめ》な話、後書き一つ書く間に短編小説一本書けるくらいだ——大袈裟《おおげさ》でも冗談でもなく、真面目な話。

阿弥　【あみ】

萩原子荻《はぎはらしおぎ》の手下その一。

阿弥《あみ》というのは阿弥陀号《あみだごう》。

この場合、確か引用元は、河竹黙阿弥《かわたけもくあみ》だった。話の展開から考えるに、戯言遣いの見ていないところで、哀川潤か紫木一姫《ゆかりきいちひめ》か、そのどちらかに倒されたのだろうけれど、どちらに倒されたかで、生きているか死んでいるかが分かれるわけだ。

【あやみなみ・ひょう】

綾南豹

《チーム》の一員。
ちぃくん、《凶獣《チーター》》。
あるいは『回る鈴木《すずき》』。

玖渚友と同い年で（つまりいーちゃんとも同い年で）、刑務所暮らしの探索者《シーカー》。懲役《ちょうえき》百五十年、プラス八年で百五十八年。プラス八年というところがミソなのだが、その辺を明らかにする機会はなかった。当初考えていた展開の一つとして、こいつが戯言遣いの恋敵《こいがたき》として登場するというものも、まあないでもなかったのだが（同い年設定は、そのための伏線）、この手のキャラクターは『登場しないことによって存在感を増すタイプ』だと判断したので、結局のところ、戯言シリーズに直接の登場は、しなかった。何でも知っている、『銀河系の中において知らないことはない』という設定は、便利ではあったが、ちょっと便利過ぎた。それは反省だと思う。そのせいで登場できなかったというのも少なからずあるから。

どんな奴だったんだろうね。

まあ、悪ぶってる善良、ってところか。

《チーム》内においては、いじられ役だったみたい。主に相手は兎吊木垓輔。いいコンビだったんだろうなあ。

一人だけ《ちーくん》じゃなくて《ちぃくん》。

綾南豹という名前は、しかし、とにかく気に入っている。四国に『綾南』と書いて『りょうなん』と読む地名があって、苗字の由来はその辺。下の名前が豹というのはありそうでなさそうでありそうな、微妙にベタな感じ。豹なのにチーターというのが間違っていて面白い。それでシーク係というのが更に面白い。

そして、割とそういう風に言われがちだけれど、『回る鈴木』というのは誤記ではない。最初は誤記だったけれど後に引けなくなったわけでもない。作者の遊びということでもなく、やけに格好いい別名を持つ他の《チーム》の連中に対する綾南豹からの皮肉ということ。名前なんかにこだわってんじゃねーよ、格好つけてんじゃねーよ、とかね。いるよね、こういう自己破滅型のシニカル野郎。

　名前にこだわらないというのは、いーちゃんとの対照。

粗筋　【あらすじ】

　講談社ノベルスの場合、本の裏に書かれているアレ。

　編集者さんの担当するパート。わずかな文章で読者の目を引かなくちゃならないけれど、ネタバレとか色々気にしなくてはならないことがあるのであまり簡単ではないらしい。特に内容が、上下巻や上中下巻で、二冊三冊と、巻を跨《また》いで亘《わた》る場合は、その傾向が特に強い。『サイコロジカル』の下巻の粗筋《あらすじ》は、そういう意味では苦肉の策なのだが、あれは出版界史上初めての行いだったのではないかと思われ、そういう意味では、僕としては誇らしいものだ。というか、あの粗筋は単純に興味をそそられる。それが粗筋の役割なので、大成功なのだろう。

　この粗筋を自分で書いている作者もいるらしいが、僕の場合は、今のところ、編集者さんにまかせっきり。上遠野浩平先生を気取って、自分で書こうとしたこともあったのだが、どうもその方面の才能はなかった。

ある果実　【あるかじつ】

西尾維新作の短編小説。

日本橋ヨヲコ・絵。

宝島社のムックに掲載。

日本橋ヨヲコ先生といえば、間違いなく僕の原点の一人なので、イラストを担当していただけたこと、これは素直に、嬉しい。

本来ならばこの小説が単行本の形になった際、その後書きで感謝の言葉を述べるのが正しい作法なのだろうけれど、この小説が単行本になるのはかなり先のことだろうから（ならないかもしれない）、ここで深々と頭を下げることで、それに代えようと思う。

本当にありがとうございました。

先生の作品、全て大好きです。

歩く逆鱗　**【あるくげきりん】**

玖渚友、《死線の蒼》バージョンのコピー。

詳細不明。

アルコール　**【あるこーる】**

僕はお酒が一滴《いってき》も呑《の》めない。ゆえに、姫菜《ひめな》真姫《まき》だったり、あるいは『クビシメロマンチスト』の飲み会のシーンだったりは、完全に想像に拠《よ》っている。

お酒だけにね！

アルバイト　**【あるばいと】**

フリーターのみいこさんは、接客業をしてはクビになることが多いようだ。自分の適性というものが、いまいちわかっていない。戯言遣いは女子中高生相手に家庭教師をしていたらしいが、匂宮《におうのみや》出夢《いずむ》とのバトルの結果入院することになって、なしくずしにクビ。石凪《いしなぎ》萌太《もえた》は、ツナギを着ているところを見ると、そういう関係の力仕事なのだろうと思われる。人間関係については彼はかなり要領がいい方だろうから、みいこさんやいーちゃんみたいにクビになることはないだろう（円満退職もうまそうだ）。

暗殺者　**【あんさつしゃ】**

《殺し名》序列二位、闇口《やみぐち》の肩書き。

ある特定の他人のためにのみ殺す。

錠開け専用鉄具　**【あんちろっくどぶれーど】**

十一代目古槍頭巾の製作した一振り。

銘はない。

錐《きり》みたいな形らしい。

零崎人識はこれを百五十万円で購入したようなことを言っている。ただ、奴がそんな金を持っているとは思えないので、あくまでそれは値札に書かれた値段であって、非合法の手段で手に入れた可能性の方が高いように思える。誰かから貰ったのかもしれない。どうも、『零崎軋識の人間ノック』の頃には、所持していない模様だが……。


まあ、『サイコロジカル』ネタバレ防止のため、このアイテムについてはちょっと表記が微妙なのだけれど、この一振りの所有権はあっちこっち移りまくりである。

詳しくは以下のように。

まず最初に零崎人識が持っていて、
←それを哀川潤が奪い、
←それを石丸小《いしまるこ》唄《うた》が盗み、
←それを哀川潤が『仕事料』として返してもらい、
←石丸小唄に変装した哀川潤が、
←戯言遣いに『餞別《せんべつ》代わり』といって投げ渡す。

この内、『哀川潤から石丸小唄が盗んだ』という部分が、戯言遣いにとっては舞台裏であり、はっきりとは知らないわけだ。つまり戯言遣いは、自分が石丸小唄（に変装した哀川潤）から入手したそれが、零崎人識が持っていたそれと同一であることを、知らなかったのである。ただしどうやら西東天はそのことを知っているようで、その旨の発言が、『ネコソギラジカル』の上巻にある。

　デスノート並みの所有権の移動だけれど。

　まあ、別にどうでもいいっちゃどうでもいい。

　ミステリーの世界においては絶対領域ともいえる密室状況を台無しにしてしまう一品で、あまりこういうのを乱用するのはよくないのだけれど、ゆえに、戯言遣いがこれを入手してからは、物語から密室という言葉がフェイドアウトしていった。

　勿論こんな便利なナイフは実在しない。

というかもうナイフじゃないよな、これ。

第二幕――《い》

ZaregotoDictionary

0

どこかに行きたいと思うこと。
ここに居たくないと思うこと。
違うかと言われれば、それは一緒のこと。

1

ＥＲ３システム【いー・あーる・すりー・しすてむ】

または大統合全一学研究所。
学術のさい果て。
『ＥＲ３』と略されることもしばしば。

アメリカはテキサス州ヒューストンにある研究団体——無論、この組織自体は実在はしないけれど、こんなような感じの組織は、実際にあるらしい。現実には、真面目に研究活動に勤《いそ》しんでらっしゃる皆さんなのだろうけれど、戯言シリーズにおいては、恐るべきマッドサイエンティスト集団になってしまった。

ハリウッドの映画とかでよくあるよね……。

『ＥＲ３』というのは、『１、２、３』という洒落というか言葉遊びというか、そんなところ。作中では、それは『設立者の頭文字』ということになっていて、その設立者というのは、本文には登場していない。登場する必要は、別にないだろう。最初は園山赤音や戯言遣いといったキャラクターの背景として戯言シリーズに登場させただけの組織だったのだが、結構最後の方までかかわってきてびっくり。西東天だったり想影真心《おもかげまごころ》だったり、大変。

『ネコソギラジカル』の中巻あたりで、この組織を訪ねて戯言遣いが渡米するという展開もありえなくはなかったのだが、やめておいた。零崎人識は『クビシメロマンチスト』でフェイドアウトしてから『ネコソギラジカル』で再登場するまでの間、この辺にいて、どうやら何かをやっていたらしいけれど、詳細は不明。

ER2システム【いー・あーる・つー・しすてむ】

ER3システムの前身というか、頂点が先代だった頃の名称。ということは、翻って、この組織にはトップが存在するということなのだろう。トップダウン式の組織なのだろうか。戯言シリーズ内でスポットがあたることはとうとうなかったけれど、ER2システムからER3システムに変遷する時期は西東天が哀川潤と争う、狐と鷹の『大戦争』と時期がぴったり一致するという設定で、それはまあ、つまり、そういうことだ。

ERプログラム【いー・あーる・ぷろぐらむ】

ER3システムの若者育成プログラム。

次世代応援。

と言えば、聞こえはいい。

戯言遣いと想影真心はここで出遭う。

これに参加できたということは、戯言遣いは相当頭のいい人間であるということになるけれど、実際のところは、『サイコロジカル』でも触れられている通り、その性質の特殊性を買われたところが大きかったのかもしれない。つまり、想影真心の鞘《さや》として、存在を許されていたのだろう。結果としては成功過ぎて大失敗だったわけだけれど。

裏事情を語ると、作者としてはとにかく戯言遣いの精神年齢を下げなければならなかったので（それも説得力のある形で、精神年齢を下げなければならなかったので）、中学二年生あたりから、一般の

(学校)生活から隔離されていたという設定を盛り込みたく、そういうわけで半ば強引に、こういうプログラムをでっち上げ、帰国子女になってもらったというわけだ。その辺から色々設定が広がって今に至っているわけだけれど。最初は、このERプログラム時代の戯言遣いの物語を、『ネコソギラジカル』のどこかで回想として描くと言う計画もあったけれど、まあ、想影真心の登場だけで十分に同じ効果が得られそうだったので、やめておいた。

『サイコロジカル』で三好心視が言及した試験は、実際にあったらとても嫌な感じだなあと思いながら、書いた。

いーいー　【いーいー】

戯言遣いのニックネームの一つ。

これで戯言遣いを呼ぶのは看護師の形梨《かたなし》らぶみ、一人。

多分、石凪萌太《いしなぎもえた》が『いー兄』と呼ぶのを、聞き違えたのが最初なのだろう。

ESP　【いー・えす・ぴー】

Extrasensory Perception。

まあ、超能力。

予知能力とか読心術とか過去視とか。

これに対し、念動力などはサイコキネシスで、PKと略す。

関連項目・姫菜真姫。

推理小説にこういう能力を持ったキャラクターを出すことについては賛否《さんぴ》両論ある。能力が本物でもそれを前提として、とにかく読者に対してフェアであればいいという姿勢も(その能力をあくまで『論理的』な材料の一つとして扱うということ)、そもそも実在しない架空の能力を認めることは、論理に揺らぎを生じさせる(事件が解決したところで、

『でも、そういう能力があるならこういう能力もあるかもしれないじゃん』みたいな反論の余地が生まれるということ）という姿勢も、どちらも五分の理があるだろう。この手の微妙な問題に関してはできるだけ静観を決め込みたいというのが西尾さんの基本方針なので、一応は推理小説の体裁《ていさい》をとっていた『クビキリサイクル』内においては、姫菜真姫の超能力は、本当かもしれないし嘘《うそ》かもしれないという、どっちつかずの曖昧《あいまい》であやふやな立場に、しかも事件とはあまり関係のない位置に、置かれていた。『ネコソギラジカル』あたりになると、もう戯言遣いは、彼女の能力を前提に考えているみたいなところがあったけれど。

謂神　**【いいがみ】**

四神一鏡の二。

詳細不明。

読みの中に『いい』の二文字が入っているため、戯言遣いとの関係を窺わせないでもないけれど、戯言遣いの態度からすると、どうも無関係っぽい。もしも関係者なら、赤神家について、彼がよく知らないわけもないし。

いーたん　**【いーたん】**

戯言遣いのニックネームの一つ。

哀川潤がこう呼ぶ。

本当は一過性のものにしようかと思ったのだが、可愛いのでそのまま使い続けることにした。哀川潤は玖渚友のことも『玖渚ちん』と呼んだり、姫ちゃんのことを『姫っち』と呼んだり、とにかく身内を普通に呼ばない。

大人なのに。

『ネコソギラジカル』の下巻において、その哀川さんを真似る形で、零崎人識が戯言遣いをこう呼んだ。一度目は対応できなかった戯言遣いだが、二度目は、ちゃんと応えている。

さすが。

いーちゃん　**【いーちゃん】**

戯言遣いのニックネームの一つ。

というか代表。

これで戯言遣いを呼ぶのは、玖渚友と想影真心の二人だけ——例外として戯言遣いの妹、あるいは物真似している状態での哀川潤、括弧《かっこ》のくくりつきで《十三階段》の皆さんなのだけれど、読者も作者も、大概はこのニックネームで呼んでいる。だから、戯言遣いについての項目はここに書くのが正しいのかもしれないが、というか普通なのかもしれないが、まあ、もったいぶる意味も込めて、ここではあくまでニックネームの一パターンという扱いに留めておこうと思う。こんな頭の方に、哀川潤も戯言遣いも出てくるんじゃ、ちょっと興ざめだし。

焦《じ》らし作戦。

焦土《しょうど》作戦！

そういえば、『クビキリサイクル』内において、戯言遣いが事件のタイムテーブルというかなんというかを作成するシーンがあるのだが、彼は自分で自分のことを『いーちゃん』と書いていた。

おいおいというシーンである。

一喰い　**【いーてぃんぐわん】**

匂宮出夢の必殺技。

にして、通常技。

これを自ら封じるために、匂宮出夢は常に拘束衣を着用していた。簡単過ぎてつまらないと思ったのだろう。ただし、殺戮の際には必ず使用するらしい。まあ要するには全体重を乗せた、ただの平手打ちなのだけれど……。

『ネコソギラジカル』で示されたよう、防御不可能な究極技のように見えて、割と避けやすいし反撃も受けやすい、弱点だらけの技なのだけれど、出夢くん自身は、そんなのどうでもいいと思っているようだ。派手なのが好き、それだけ。片手で撃つのが普通だが、これを両手で撃つと、『暴飲暴食』という別の技になる。

この技の登場と共に、戯言シリーズの世界内に、『人外バトル』という、新たなキーワードが組み込まれたのだった。姫菜真姫のESPのように、曖昧にすることができない、物理的な現象だったから……そういう意味じゃ、出すべきかどうか、迷った技ではあるのだけれど、もう『曲絃糸《きょくげんし》』とかもあるし、いいかー、となし崩し。

ルビのイーティングワン。

訳すと『喰らうもの』。

クトゥルーを意識した造語。

別シリーズで短編の副題にも使用しました。

いー兄　**【いーにい】**

戯言遣いのニックネームの一つ。

これで戯言遣いを呼ぶのは、石凪萌太、一人。

割と馴《な》れ馴《な》れしい感じだ。

石凪萌太の性格をよく表している。

けど、戯言遣いとしては、本当は崩子《ほうこ》ちゃんの方に、こう呼んで欲しいと思っていただろう。

いーの　**【いーの】**

戯言遣いのニックネームの一つ。

これで戯言遣いを呼ぶのが誰かは、本文を読む限りは不明だけれど、消去法で考えてみると、どうも隼《はやぶさ》 荒唐丸《こうとうまる》のようだ。

井伊遥奈

【いい・はるかな】


戯言遣いの妹。

ただ、この名前は嘘かもしれない。

『いーちゃん』が『井伊ちゃん』だとは限らないように。

妹が実在するのは、確かなようだけれど。

『遥奈《はるかな》』という名前は、好き。

家出兄妹　【いえできょうだい】

石凪萌太と闇口崩子のこと。

いーちゃんが二人をまとめて、こう呼んでいた。

家出兄妹が学校にも通わずボロいアパートで二人暮らしとなると、はっきり言って結構大変な社会問題だが、その辺はアパートの皆さんがうまくカバーしていたっぽい。

斑鳩数一　【いかるが・かずひと】

京都府警捜査第一課の刑事。

佐々《ささ》沙《さ》咲《さき》と相棒関係。

作者はこの名前をとても気に入っているのだが（ちなみに斑鳩というのは奈良の地名だ。なんだか戦闘機とか戦艦っぽいけれど）、『クビシメロマンチスト』に登場して以来、ずっとフェイドアウトしていた。一般世界の警察当局が絡める事件が、その後起こっていなかったからなのだけれど、『ネコソギラジカル』の下巻において、誰もが予想しないまさかの再登場を果たした。

まあ、本編にこそ登場していないものの、戯言遣いは『クビシメロマンチスト』のときに生じた、この刑事二人組との付き合いを、ずっと続けていたらしい。狙いは主に佐々沙咲の方なのだろうけれど、『ネコソギラジカル』でのエピソードを見る限りにおいて、彼はどうも、単純に警察との繋がりを持っておいた方が自分にとって都合がいいとも考えたのかもしれない。

　腹黒い奴だ。

石凪　【いしなぎ】

《殺し名》の序列七位。

最下位ながらにして、しかし死神。

詳細不明。

石凪萌太　【いしなぎ・もえた】

骨董《こっとう》アパートの住人。

元死神。

存在自体は『クビシメロマンチスト』から、名前は『クビツリハイスクール』から、そして出番は『ネコソギラジカル』から。

　この項を書くにあたって彼のことを回想してみるが、しかし作者である僕からしても、

「彼は一体なんだったんだろうなあ」

　というのが本音である。

　ほとんど何もしていない。

　登場し、早々に死んでしまっている。

　普通なら失敗キャラとなってもおかしくない立ち位置、結果であるにもかかわらず、しかし、結構な存在感である。それは妹を庇《かば》ってという殉死《じゅんし》めいた死に方がインパクトなだけかもしれないけれど、どうもそれだけというわけでもなさそうだ。

　キャラクターメイキングについては、正直、ニッチをついたところが大きい。実のところ、骨董アパートの家出兄妹については完全に妹先行で、兄についてはあんまり考えていなかったのだ。『クビシメロマンチスト』で『地獄主義者』と書いたときには、どちらかというと、匂宮出夢みたいなキャラクターを想定していないでもなかったのだが、そのキャラは匂宮出夢で完膚《かんぷ》なきまでに使ってしまったし、『ネコソギラジカル』には《十三階段》という

集団が出てくる都合上、いざ登場するにあたって、誰ともかぶらない性格というのは、ほとんど残っていなかったのである。それで、そのほとんど残っていない中から、苦肉の策というほどでもないけれど、『性格の悪い博愛主義者』が選ばれたわけだ。

外見的にはツナギ。まあツナギ。

あの服、やけに格好いいよね。

イラストレーターの竹さんのデザインによって、水玉キャラになった。水玉の大鎌なんて、死神キャラ初の試みだろう。靴《くつ》も水玉。下着も水玉なのかもしれない。

本当を言うと、最初は法被《はっぴ》キャラの予定だったのだが、そんなつもりもないのに『法被』という字が、同じ話に登場する澪標姉妹の『法衣』と似てしまうので、ツナギになったのだ。

名前に関しても妹先行で、『萌え』と『崩《くず》れ』って、なんか似てるよねという理由で、『崩子』と『萌太』。その案に忠実であろうとすれば、こう書いて『ほうた』と読むべきなのだろうけれど、なんかそれだとあまりに綺《き》麗《れい》過ぎて嫌味というか苦味があったので、『もえた』と、ちょっとばかしダサくなってもらった。

……なんだか、彼の『一歩引く』キャラは、こうしたメイキングと深いかかわりを持っているのかもしれないと、今思った。人の邪魔をしないようにと、気を遣い過ぎだ。骨董アパートに限らず、無愛想かイッちゃってるかの両極端ばかりの戯言シリーズにおいては、結果的には、清涼剤みたいなキャラクターである。

そんなメイキングではあるものの、今となっては、彼の番外編を書きたくてしょうがない。うーむ。

【いしまる・こうた】

石丸小唄

大泥棒。

十全ですわ、お友達《ディアフレンド》。

『サイコロジカル』に登場……していない。

『サイコロジカル』に登場したのは哀川潤が変装した偽者の小唄さんで、『ネコソギラジカル』に登場したのが本物の小唄さん。

区別方法は眼鏡《めがね》。

『ですわ』キャラを書いてみたかったのだ。

ほとんどその情熱だけで書かれたキャラである。

後は三つ編み。

別に『サイコロジカル』の役回りで言えば、特に変装するまでもなく、石丸小唄のパートはそのまま哀川潤に置き換えても問題はないのだけれど、哀川潤が隣にいると戯言遣いがサボるので、『変装』という縛りをつけて、ちょっとパワーダウンしてもらったというのが舞台裏。だから最初は、石丸小唄は哀川潤の別の顔の一つという予定だったのだが（まあ、多羅尾《たらお》伴内《ばんない》みたいなもんだ）、そういう捨てキャラにするのは惜しいかなと思い直して、『実在』することになった。『ネコソギラジカル』での彼女の活躍を思うと、うん、それで正解だったのだと思う。

ただ、『入れ替わり』というミステリー的なネタバレを含んでいるために、『ネコソギラジカル』（あるいはその間に挟まれた話である『ヒトクイマジカル』）における、石丸小唄の描写には、どうもいまいち曖昧なところがある。知っている人からすると、もどかしいともとれる描写かもしれない。この手のネタバレ防止のための文章は、作者としては、書いていてとても楽しい場面ではあるのだが、やっぱり実際、

「なんではっきり書かないんだ」

と、歯《は》痒《がゆ》く思う人もいたようだ。

イラストレーターの竹さんが描いた、石丸小唄の絵をよく見ると、三つ編みの髪の毛がそれぞれハート形になっていて、そのこだわりに驚かされる。どんな風に結《ゆ》ったらあんなことになるのかは不思議だ

が……。

壱外　【いちがい】

玖渚機関の一部署。

九州ら辺の組織らしい。

また、一里《いちり》塚木《づかこ》の実《み》は、この組織と何らかのかかわりを持っているとか。

一里塚木の実　【いちりづか・このみ】

《十三階段》の二段目。

登場は、架城《かじょう》明楽《あきら》を除けば一番最後なのだが、『空間製作』という彼女の能力は、『ネコソギラジカル』の上巻から、随分な影響力を発揮していた。中巻の頃にはもうほとんど超能力者・化物クラスの立ち位置にあったので、それならば逆にと、割とあっけない感じの実物登場シーンと相成った。会う時点では、既に戯言遣いとは敵対関係ではなかったり。

澄百合学園の元生徒。

中退者。

本来絶無の、中退者。

まあ、策師のはしりみたいなところがあったのだと思う。

狐面の男に心底心酔していて、狐面の男の方からも多大なる信頼（のようなもの）を受けていて、匂宮出夢と仲が悪くて、玖渚機関の『壱外』と何らかのかかわりがあって、戯言遣いとキャラがかぶっていて——まあ、それくらいか。しかし彼女の場合も、綾南豹と同じく、『登場しないことによって存在感を増すタイプ』なので、矢張《やっぱ》り一番印象が強いのは、空間製作という、その特性だろう。

種が明かされれば割と地味な作業だったが。

中巻の後半から下巻にかけて、とにかく滅茶苦茶のぐてぐてになりかけた『ネコソギラジカル』を、なんとか物語の形にまとめることができたのは、彼女の功績が大きい。

いっきー　**【いっきー】**

戯言遣いのニックネームの一つ。

これで呼ぶのは春日井《かすがい》春日《かすが》と円朽葉《まどかくちは》。ただし、作者的には一番いいセンスのニックネームだと思う。

センスがよければいいというものではないが、妙に爽《さわ》やか感がある。

一騎当千　**【いっきとうせん】**

哀川潤の異名の一。

そのまんま、彼女が十代の頃、三人の父親と共に行動していた頃に、一人で千人を相手にしたことがあるところに由来している。しかし割とよく聞く四字熟語ではあるものの、一騎当千って、よく考えてみればすごいよね。

現実にはどんな奴のことなんだろう。

いっくん　**【いっくん】**

戯言遣いのニックネームの一つ。

大学ではこう呼ばれている。

あるいは、裏切り後の絵本園樹《えもとそのき》もこう呼ぶ。

犬　**【いぬ】**

ネコ目（食肉類）イヌ科の哺乳類《ほにゅうるい》。

ネコなのかよ。

戯言シリーズ内では、春日井春日の実験動物として三つ子の犬が登場した。黒い犬。一匹は戯言遣いに殺されてお亡くなりになり、残り二匹がどうなったのかは不明だけれど、春日井春日が普通に処分していそうだ。戯言遣いが殺した一匹の、凶暴化した姿は、まあ、どことなく想影真心を思わせなくもないか？

あるいは崩子ちゃんのことを指す。

わんこちゃん。

いの字　【いのじ】

戯言遣いのニックネームの一つ。

浅野みいこと鈴無音々がこう呼ぶ。

時代劇や時代小説を好む方々には御馴染《おなじ》みだけれど、『佐《さ》の字』とか『円《えん》の字』とか、まあ、時代がかった感じの呼び名で、浅野みいこに相応《ふさわ》しい。

鈴無音々は、まあ、それを真似ているだけなのだろう。

いのすけ　【いのすけ】

戯言遣いのニックネームの一つ。

これで呼ぶのは七々見《ななななみ》奈波《ななみ》（恐らくは）。

なんだか親しげに見えて割と小馬鹿《こばか》にしている感じが滲《にじ》み出ていて、いい感じだ。

伊吹かなみ　【いぶき・かなみ】

画家。

『クビキリサイクル』に登場、そして被害者。

『伊吹かなみ』という名前をローマ字にしてひっくり返すと『IBUKIKANAMI』→『IMANAKI-KUBI』、『今無き首』となる。だからどうしたんだという話かもしれないが、まあ、知って得した気分になる、裏話。本来、この本にはこういうことばかり書いていればいいのだろうが、どうも筆が滑っている感じだ。

天才としては結構典型的な造形。どちらかというと、暴言キャラとして書かれたのかもしれない。そういう意味では、基本を押さえてはいるか。

入れ替わったりなんだりでややこしいことになっ

ている彼女ではあるが、『本物』の『本物』の伊吹かなみは、戯言シリーズ史上、もっとも報われないキャラクターなのかもしれない。

なるようにならない最悪　**【いふなっしんぐいずばっど】**

萩原子荻曰《いわ》く、戯言遣いの才能。

何もしない癖《くせ》に周囲を狂わせる磁力。

無《む》為《い》式《しき》。

最悪、だそうだ。

勿論、萩原子荻に言わせれば、西東天も当たり前のように、この才能を持ち合わせているのだろう。

イラスト　**【いらすと】**

後書き同様、当たり前ではあるが、小説にはイラストのあるものとイラストのないものがある。戯言シリーズは、イラストのある小説だ。

特に中期以降の戯言シリーズは、イラストレーターの竹さんの絵が扉にあることを前提に書かれているので、その辺も意識した内容になっている。つまり、

「この章にはこいつが扉に来る感じで」

とかなんとか思いながら書いていたりするわけだ。あるキャラクターを書くとして、イラストの方が先に来るか、それとも文章の方に先に登場するかで、描写の仕方も変わってくる。

戯言シリーズに限らず、今のところ、西尾維新の書く小説は、大体イラストレーターさんの力を借りている。カバーだけにイラストがあるタイプ、文章の途中に挿絵《さしえ》としてイラストがあるタイプ、章の冒頭に漫画があるタイプ――イラストのある小説の、そのほとんどの種類を網羅《もうら》しているような気がする。

音楽の世界には『ジャケ買い』という言葉があって、つまり、CDの中身を聴いたことがなくとも、

そのアルバムのデザインに魅せられて購入することを指す言葉なのだが、小説の世界にも、そういうシステムはある。たとえイラストを使わないとしても、買い手の購入意欲をそそるデザインにするのは、売り手としては当然だろう。デザインにまで気を配られた商品は中身もよくて当たり前――のはずだから。実際には羊頭狗肉《ようとうくにく》というか、『表紙に綺麗なイラストを載せておけば内容なんてなくてもいい』という風潮も少なからずあって、こればっかりは日本経済だから、その辺の理屈は仕方ないにせよ、だからこそ、竹さんのイラストに頼り切りにならないようにと、もたれかかってはいけないと、僕は四年間頑張ってこられたように思う。

以下は駄文。

『クビキリサイクル』のメフィスト賞受賞、出版が決定し、とりあえず、それまでの『小説家になる』という、夢というか目標というかを、叶《かな》えたり達成したりした僕だが、そんなとき、編集者さんから、

「次の目標はなんですか？」

と訊かれた。

作家になったというだけで満足してしまい、モチベーションがダウンしてしまう新人が多いという当時の出版界の内情が、背後にあっての質問だったのだろう。

僕は答えた。

「ノベルス界をイラストの表紙で埋め尽くす」

…………。

小粋なジョークのつもりだったのだけれど、あれから四年が経過して、その事態は、残念ながら僕とはあんまり関係のない、大きな流れ《ブーム》の一環としてではあるが、達成されてしまった。

うかつにジョークも言えない世の中だ。

領域内部【インサイド】

《チーム》の別名。

《二重世界《ダブルフリック》》、日中涼《ひねもすすず》がこう呼んでいたらしい。
　理屈っぽい感じー。

インタビュー　【いんたびゅー】

　デビューしてから、僕は若手作家としてはそれなりの数、いくつかの媒体でインタビューを受けさせてもらっていたので、本書を書くにあたって、その全てを読み返してみた。……割とちぐはぐなことを言っていてびっくりする。同時期のインタビューでそれぞれ正反対のことを言っていたりするのだ（しかもかなり堂々と）。インタビューは、基本的にはインタビューアーさんとの対話で行われるため、ついつい見栄を張ってみたり、意地を張ってみたり、誤魔化《ごまか》してみたり、あるいはインタビューアーさんの期待に応えてみたりするので、その結果だろう。

　僕の場合、『生来の嘘つき』とともに『過剰な秘密主義』という、社会人的に最低のコンボを通常スキルとして所持しているので、更に混乱は増すわけだ。

　では、インタビューではない、作者本人が自ら記している本書においてはそんな心配はないのかと言えば、まさかそんなわけがない。見栄を張っているし、意地を張っているし、誤魔化しているし、読者の期待に応えようと思いながら執筆されている。何が本当であるのか、僕自身が忘れてしまっている、間違って思い込んでしまっているということすら、あるのだ。なので、

「この項とこの項、ちぐはぐじゃない？」

　と思っても、ご笑覧いただきたい。

第三幕——《う》

ZaregotoDictionary

0

僕達は新しいものを作ろうとしただけで、古いものを壊すつもりは、別になかったのだけれど。

1

ういろう　【ういろう】

名古屋銘菓。

漢字で書くと外郎。

おいしいよ。

浮雲さん　【うきぐもさん】

骨董アパートの元住人。

戯言遣いが骨董アパートに入居した頃、一階の姫ちゃん、紫木一姫の部屋に住んでいたのだが、骨董アパートが戯言遣いの住居として本文に登場する前には、退室していた。歌手の卵で、デビューするために東京に行ったのだとか。

どうも女性のようだが、詳細は不明。

『浮雲』が苗字《みょうじ》なのか名前なのかも不明。

そもそも、浮雲というのは、単なるニックネームなのかもしれない。伴天連爺さんの名を、かなり長い間知らなかった戯言遣いのことだから、十分にあり得る話だろう。

浮雲さんが登場する伏線も、実はいくつか張ってあるのだけれど、その伏線が生かされる前に、シリーズ自体が終わってしまった。

請負人　【うけおいにん】

哀川潤の肩書き。

要するに何でも屋さん。

便利屋さんとも言う。

ただ、請負人というのが、一番格好いいと思う。

どうして請負人にしようと思ったのかは、忘れてしまったけれど、何かから着想を得たというよりは、偶発的な思いつきだったように思う。

数々の経験を経て、最終的には戯言遣いもこの肩書きを得ることになった。特に資格が必要なわけでもないので、『戯言遣い』同様、名乗った者勝ちなところがある。ただし、『人類最強の請負人』と名乗れるのは、勿論、この世でただ一人、哀川潤だけなのだ。

蠢く没落　【うごめくぼつらく】

式岸軋騎《しきぎしきしき》のコピー。

詳細不明。

鵜鷺ちゃん　【うさぎちゃん】

『サイコロジカル』に名前だけ登場した、姫ちゃんのお友達。戯言遣いとも面識はあるらしい。名古屋名物ういろうをゲットしたはずだ。

フルネームは嵯峨埜《さがの》鵜鷺。

『不自然でない程度に難しい漢字を使用した、読みが普通の名前』というテーマを元に創造された名前の一つで、まあまあいいんじゃないかという出来。

「小学生の頃とか、テストで名前書くとき、大変だったでしょ」

「今でも大変です……」

「じゃあ、一生大変だね」

という、戯言遣いとのやり取りを夢想しながら書いた。

本編に登場させることができなかったことを、これは本当に悔《く》やんでいる。

元々は『クビツリハイスクール』に登場させる予定のキャラだったのだが、その辺の経緯は、『クビツリハイスクール』の項、参照。

宇佐美秋春【うさみ・あきはる】

『クビシメロマンチスト』に登場し、誰も彼もからかなり不遇な扱いを受けた末に、殺されてしまったキャラクター。割と読者からの同情を一身に集めてしまった。

ただし、彼が、戯言遣いが現れるまでは、美少女三人に囲まれたハーレム生活を送ってきたという事実があると思うと、そこまで同情されるほど不幸な奴でもなかったんじゃないかとは思う。飲み会とかすごく楽しかっただろう。

最終的には、善人というか、とにかく『いい奴』という位置づけになった宇佐美秋春くんだが、『クビシメロマンチスト』の構想段階では、実は事件の黒幕的存在として考えられていた——って、全く逆じゃん。葵井巫女子のキャラクターが思ったよりも立ちそうだったことと、江本智恵《えもとともえ》のキャラクターが、執筆直前に変更することになったのを受けて、現在の位置づけに。まあ、ぶっちゃけて言うと、他のキャラに『喰われた』わけだ。

『クビシメロマンチスト』において、とうとうイラスト化されることなくお亡くなりになった彼ではあるが、しかし、あまり知られていない事実だが、別の場所で、公式にイラスト化されている。勿論、公式というからには、イラストレーターは公式イラストレーターの竹さん。いつのことなのかといえば、『活字倶楽部』に僕のインタビューが初めて掲載された際である。

「こいつ、こんな奴だったんだー」

と、割と感慨深かった。

また、そのイラストでは貴宮むいみの長髪バージョンも見ることができる。

氏神　【うじがみ】

四神一鏡の三。

最初、『蛆神《うじがみ》』という漢字にしようかと思ったけれど、トンガリ過ぎなので、普通にした。時の氏神とか、なんとか。

　戯言シリーズの本編には登場しないけれど、『零崎双識の人間試験』において、零崎双識が、この苗字を持つ誰かに、電話で連絡を取っているシーンがある。

宇瀬美幸　【うぜ・みさち】

『サイコロジカル』に登場、斜道卿壱郎の秘書。

　読み返してみるとものすごい存在感の無さである。何もしていないどころか、下手すれば警備員さんの方が話に噛《か》んでいるくらいだった。戯言遣いは、多分彼女のことを、完全無欠に忘れてしまっているだろう。

　ただ、そんな彼女にも唯一の見せ場である、石丸小唄との対決シーンがある。どんなキャラにも必ず見せ場をという、西尾さんのポリシーに基づくシーンだ。拳銃を持って。戯言遣いが後々まで使用する、大事なアイテムとなるその拳銃の、最初の所持者は、そう、彼女だったのだ。そういう意味ではなかなか味のあるシーンなのだが、実はこのシーンの中で、彼女は地味に、四則演算を間違えている。しかも、銃を向けている小唄さんにそれをフォローされたりしている情けなさ。

　これは最初、西尾維新が素で間違えたのだ。本来なら「ヤベエ！　割り算もできねえバカだと思われる！」と直すべきミスなのだが、何か彼女のキャラ的にリアリティぽかったので、そのまま美幸さんに罪をかぶってもらったという経緯がある。しかしこの間違い、割とスルーされがちだ。読んでいて特にフックにならないらしい。

踏んだり蹴《け》ったりとはこのことだ。

宴九段【うたげ・くだん】

《十三階段》の四段目。

架空兵器。

にして、実は《チーム》の一員、滋賀井《しがい》統乃《とうの》。

詳しくは滋賀井統乃の項に移すが、新キャラばかりで構成された《十三階段》の中に、誰か玖渚友とかかわりのある人間がいないと、うまく話を繋げることができないという事情からの一人二役であったということだけは、こちらに書いておこう。

最初はアナグラムだったり暗号だったりで、その繋がりを表そうとしたけれど、そんな露骨なのに、狐面の男も戯言遣いも、気付かないわけがないので（いや、多分、この二人なら気付かないかもしれないけれど、読者が読者として納得できる出来にはならないだろうと思ったので）、『九』と『玖』くらいの、偶然でありえる、片付けることができる程度の符合にとどめておいた。

『宴』という苗字は、かなりのお気に入り。

実在しないかなあ。

兎吊木垓輔【うつりぎ・がいすけ】

《チーム》の一員。

さっちゃん、《害悪細菌《グリーングリーングリーン》》。

または『裁く罪人』。

『サイコロジカル』に登場し、被害者になったり犯人になったり死んだり生き返ったり、かなり多忙な人だった。『サイコロジカル』は、登場人物の平均年齢が戯言シリーズの中では恐らく一番高いはずだが、それに一役買っている、中年のおっさん。戯言遣いが地の文で呼び捨てにする、数少ない一人——さすがに会話するときは、さん付けにしているようだけれど。

『サイコロジカル』から、戯言シリーズは第二期に入っているわけだが、それにあたって、《チーム》の誰かに登場してもらわなければならなかった。当初それの第一候補としては綾南豹が予定されていたのだが、戯言遣いよりも年上、それもかなり大人の方がいいだろうということで（ギャップが大事）、この方に舞台に上がってもらった。《チーム》の、玖渚友を除く八人の中では、一番いーちゃんに嫌悪感を与えるだろう存在として。

《チーム》の中でも嫌われ者だったっぽい。

あとはまあ、単純に僕が、少女に中年がかしずくという絵が好きだという事情も、ないでもない。少年少女同士では、そういうのはあまり絵にならないのだ。

名前は『移り気』の当て字。

ガイは数学っぽく。

しかしその名前よりも、『害悪細菌』と書いての『グリーングリーングリーン』というルビが、僕としてはかなりのヒット作だった。これを思いついた瞬間、『サイコロジカル』は大丈夫と思った。無論、『グリーングリーン』という、あの有名過ぎる唱歌を下敷きにしたネーミングだけれど、一個『グリーン』を増やすだけで、随分と印象が変わってしまう。これだから言葉遊びは面白い。やめられない。

関係ないが、僕はその『グリーングリーン』という歌が、子供の頃好きで好きで、やたら緑色の服を着ている時代があった。アホじゃねえのかと思う一方、今だって割とそんなもんかもしれないなあと、思わなくもない。

『ネコソギラジカル』において、玖渚友のマンションに、《チーム》のメンバーが集まるという描写があるが、全員が集まらず、また集まったメンバー、五人が、誰と誰と誰と誰と誰だったのかは、明確には表されていない。全員が集まらなかったのは、綾南豹やらの事情があるからだけれど、揃ったメンバーの名前が明かされていないのは、兎吊木が『サイコロジカル』で死んだことになっているので、そのネタバレを防ぐため。あそこまで来れば、ネタバレなんてあんまり意味はないかもしれないけれど、まあ、社交儀礼として。

　勿論兎吊木は、あの場にいたのだろう。


特異性人間構造研究【うるとらひゅーまのいどどぐま】

　斜道卿壱郎が、愛知県の山奥で、大垣志人《おおがきしと》や兎吊木垓輔を実験台に、着々と進めていた研究。打ち明けて言うと、天才製造計画。更に露骨に、噛み砕いて言うと、玖渚友の意図的な生産——ＥＲ３システムの橙なる種の製造にも似た、計画である。

　その伏線は、玖渚直に連れられた、幼い頃の玖渚友と出会ったこと。春日井春日、三好心視、根尾古《ねおふる》新《あら》、神足雛善《こうたりひなよし》の四人が、研究局員として参加。しかしこの内根尾古新は、この研究を探るために他所《よそ》から派遣されてきた、スパイである。

第四幕——《え》

ZaregotoDictional

0

きみにできることが、きみにしかできないことであることを、私は祈る。そう祈ることは、きっと私にしかできない。

1

英題　【えいだい】

本文の最後の一行。

『クビキリサイクル』で言うなら、『Alred marchen』、『クビシメロマンチスト』は『Easy Love, Easy No』、『クビツリハイスクール』は『ZigZag Highschool』、『サイコロジカル』は下巻のみ、『MAD DEMON & DEAD BLUE』、『ヒトクイマジカル』は『Do not eat,need we say more?』、『ネコソギラジカル』は上・中・下巻それぞれにあり、『Party』、『Halloween』『After Festival』、そして戯言シリーズ全体に冠せられた英題が『Juvenile Talk』。

『メルヘン』がドイツ語だし、『オールレッド』が造語なので、クビキリサイクルの英題は大嘘。まあ言語意も大嘘だし。『Easy Love, Easy No』は『Easy Come Easy Go』のもじり。ちょろい愛はちょろく消えゆく?　『ZigZag Highschool』……『Highschool』は『High school』では?　『MAD DEMON & DEAD BLUE』……『vs.』じゃなくて『&』なところがポイント。『Do not eat, need we say more?』は、『食べられません、言うまでもないでしょう』。食えない話だ。『ネコソギラジカル』の三つは、そのまんま、『パーティ』『ハローウィン』、『祭りの後（後の祭り）』で、『Juvenile Talk』は、同じくそのまんま、戯言って意味になりますね。

エイトクイーン　【えいとくいーん】

『クビシメロマンチスト』で、戯言遣いが、葵井巫女子を待っている間に行った、暇潰《ひまつぶ》し。チェス盤の上に八つの女王を配置して、それぞれがそれぞれから攻撃を受けないような形にするというゲーム。やってみればわかるけれど、意外と簡単で、まあ、やっぱり暇潰しくらいのゲームである。ただし、実際に盤を使わずに、頭の中だけでやれと言われれば、それは常人には不可能に近い。まず、盤を思い浮かべることができないだろう。

最初はこのシーン、いーちゃんにはエイトクイーンではなく詰め将棋で暇潰しをしてもらおうと思っていたのだけれど、書いてみたら、なんか気取り過ぎだったので、やめた。なお、他のシーンでエイトクイーンとともに並べられている『宣教師と人食い人種』というゲームは、日本風に言えば、『矢切の渡し』。どんどん数を増やしていったり、川の間に島を作ったりすると、楽しい、こちらは発展性のあるゲーム。

そう言えば、『クビキリサイクル』において、戯言遣いが園山赤音とチェス対将棋の勝負をする場面があるけれど、あれで、チェスで将棋に勝つのは、至難の業だ。相手の駒が使えるかどうかというルールの違いだけでも、もうかなり決定的だと思う。

絵鏡　【えかがみ】

四神一鏡の四。

ただ一家だけ、神ではなく鏡。

詳細不明。

エピグラフ　【えぴぐらふ】

引用文のこと。

戯言シリーズ——というか、僕が書いた小説には、十四冊目の『ニンギョウがニンギョウ』を除けば、今のところ全てに、プロローグの扉絵に、このエピグラフがある（中巻・下巻などは換算せず）。大体のところ、内容に合った文章を、本棚から探してくる形だ。さすがにこれで、エピグラフの方が先にあるということは、今のところは、ない。

戯言シリーズを読んでくださっている皆さんには今更改めて言うまでもないことだけれど、僕はかなりの名言格言マニアなので、とにかく、先人の言葉を引用したくて仕方ない人間だ。だからこそ、自分が書くときにも、読んだ方に引用したいと思わせるようなパワーのある文章を書きたいと思っている。言い換えれば、引用されても恥ずかしくないだけのインパクトを、一文一文に持たせたいと考えている——不遜《ふそん》だけれど。

ちなみに、戯言シリーズのそれぞれの章の冒頭にある『0』の部分の文章は、エピグラフではなく、僕が自分で考えているものだ。なんであれ引用文めいたものが冒頭にあると後の文章が圧倒的に締まるというのがその理由だけれど、本が引用文だらけになるのはやっぱり避けたいので、自分で考えているわけだ。ただ、その手法自体は、森博嗣先生や上遠野浩平先生といった、偉大な先人の模倣《もほう》と言っていいだろう。

本書においてもそれは行われているが、約五十個という数は、さすがにキツい……適当に考えればいいってものじゃないし、内容とも合わせなくちゃいけないし。そうでなくとも、実際のところ、本文の中ではかなり悩みどころのパートだったのだ。まあ、戯言シリーズが終わった今、繰り返すことはないのだろうけれど……。

でも、評判はいいみたいで、嬉しい。

MS-2　【えむ・えすーつー】

ER3システムの一部門。

想影真心を完成品とする、橙なる種を創造した——というより、橙なる種を創造するためだけに、現存している部門。

今となっては、現存していた、かな？

元々は西東天・藍川純哉・架城明楽の三人が、共同で立ち上げた組織で、それをER3システム——当時はER2システムだったが——が、取り込んだ形。まずは『未完成品』として哀川潤を創造し（創造というよりは改造だが）、その後、西東天達三人が抜けて十年後、『完成品』として、想影真心を創造（こちらは改造でなく純粋な創造）した。

目的は特になし。

本当に特になし。

西東天達には『世界の終わり』という明確な目的があったけれど、後追いのこの部門は、単にそれを、『なんかいーじゃん』と、真似《まね》ただけ。ただし、後追いがゆえに本家を超えるというのも、ままあることだ。思想がない分、躊躇《ちゅうちょ》がない。現実にもままあることなので、案外、劣化コピーとは、少しの力で化けるコピーのこと、なのかもね。

あくまで『組織』なので、個人の描写は一切ない。一応、戯言遣いの恩師である三好心視は、ここにかかわっていた——ということなのだが、何故か中途退場。戯言遣いは、その辺について多くを語らないけれど、語りたがらないけれど、どうせ真心がらみで、彼がいらんちょっかいを出したことは、まず間違いがないだろう。

狐面の男は、戯言遣いと敵対するにあたって、キーパーソンとしての想影真心を、ここから拉致《らち》してきたわけだ。その辺に、当時ヒューストンにいた、零崎人識が、かかわっているとかいないとか。

絵本園樹

【えもと・そのき】

医者。

ドクター。

元々、《十三階段》の中に、絵本園樹という名前の『治療役』を入れようというのは、物語上の要請から、決定していたことだった。問題はそのキャラ付けだったのである。最初に考えたのは、よくある、ステレオタイプな『医者』の造形。強いて言うなら、兎吊木みたいな感じの、白衣姿のマッドサイエンティスト調の男――男――ただ、その辺のキャラは、どうも使い尽くした感があった。並んでしまえば、時宮時刻《ときのみやじこく》と、かぶりそうな気もしたし……しかし、特に代案も思いつかなかったので、『どうせすぐ死ぬだろうから、いいか』くらいで、捨てキャラとして、そのまま『ネコソギラジカル』の上巻を書き始めた（つまり当初は、絵本さんは中巻で死んでしまう予定のキャラだったのだ。無論、真心に殺されて）。

『ネコソギラジカル』第七幕まで書き終わり、いよいよ絵本園樹の登場――ちなみにこの時点では名前の読みは、『そのき』ではなく『えんじゅ』だった――そこで、

「やっぱ駄目だ」

と、考え直すことにした。

「死ぬキャラだからこそ、キャラを立てるというのが、僕のやり方だったはず」

と、そう思ったのだ。

思ったというか、思い出したというか。

しかし、考え直すと言っても、もう結構な分量まで書いちゃってるわけだし、今更どうすんだと思い――まさか一から書き直すのか、それは嫌だ――ああそう言えば、絵本さんのこと、男だとは一言も言ってないよなと言うことで、いきなり、女性化してもらった。さて、他には、……ああ、白衣としか書

いていない。ならば、白衣以外のところはいじれるのでは――その結果、僕は、『白衣に水着』という、新カテゴリーを作り上げたのである。

後は性格である。

人間不信、ネガティヴ、鬱気質。

現在の絵本園樹の完成である。

結果として、それまで全く書いたことのないキャラクターに仕上がったので（ニッチをついたというより、新しい領域の開拓だった）、かなり書いていて楽しいキャラになった。書きやすいことと、書いていて楽しいことは、似て非なるものだが、絵本さんの場合、その両方だった。『ネコソギラジカル』という物語は、全体的に、かなりの割合で彼女に引っ張っていってもらったと言っていい（まとめたのは一里塚木の実だけれど）。逆に言えば、《十三階段》の面々は、かなりの人数が、絵本園樹に食われてしまった（一番食われたのは一里塚木の実だけれど）。その辺は素直に惜しむべきところだ。ひいきしちゃったかなー。

ちなみに『レインコートに長靴』というのは、『白衣に水着』で町を歩いたら、戯言シリーズの世界でも流石《さすが》につかまってしまうだろうからという配慮で考案したファッション。でも、裏設定な話、レインコートの下は、絵本さん、裸《はだか》である。裏設定も何も、いーちゃんに彼女のレインコートを剝《は》がさせるわけにもいかなかったので、お蔵入りになったアイディアだ。

『絵本』と書いて『えもと』と読むのが好き。勿論そうすると、江本智恵とかぶってしまうのだけれど、かと言って、そうなるとむしろ、他の小説で使うわけにもいかないので、あえて戯言シリーズに登場してもらった（裏切り後、『いっくん』と呼ばせてみたり）。つまり、戯言遣いが『闇口』や『石凪』が、崩子ちゃんと萌太くんにかぶっていることに気付かない伏線として、利用することにしたのだ。全く小賢《こざか》しい……本当に小賢しいよ、西尾維新という作家は！

『園樹』は、キャラを変えるにあたって、『えんじゅ』を、ゆるやかに読み替えた。『えんじゅ』でも別に女性名として通るけれど、どこか硬質的なので、柔らかに。ちなみに『えんじゅ』は『槐』。マメ科の落葉高木。一文字で四つのルビがある漢字って格好いいよね、とか、その辺。

　で、裏話。

『新カテゴリーを作り上げた』とばかり思っていた『白衣に水着』なのだが、下巻を書いている頃、久し振りに『新世紀エヴァンゲリオン』を見返していたら、第一話でいきなり、その『白衣に水着』が登場していて、唖然となった。このアニメ、一体どれだけ時代の先を行っていたんだと言うべきか……いや、むしろ、僕の所属する世代にかけられた、エヴァの呪縛の、信じられないえげつなさを知ったと言うべきか……。

江本智恵　【えもと・ともえ】

　クラスメイト。

　酔うとキス魔。

『クビシメロマンチスト』登場。

　名前は回文。

　さすがに安直過ぎたけれど。

　葵井巫女子に『あお』で、玖渚友とかぶってもらったように、彼女には『とも』で、かぶってもらった。

　登場してすぐに死んでしまったが、戯言遣いにはかなり大きな印象を与えた存在。『クビシメロマンチスト』においては、いーちゃんは、彼女のために動いた。ただのいい子に見えて、案外爪を隠し持っていたわけだが。なんというか、最初の被害者でありながら、どうも、宇佐美秋春以上に、巻き添え道連れとばっちりで死んでしまった感のある彼女だが、だからこそ、あのグループの実際的な中心人物は、この娘だったのだろうなあ、と思う。ゆえに、彼女が死んだ後、櫛《くし》の歯が抜けるように、次々と崩壊していってしまったのだろう。その部分に関してのみは、別に戯言遣いだけの責任じゃないのだろうと思う。

エリミネイター・00

【えりみねいたー・ぜろぜろ】

エリミネイターというナイフがあるんです。

滅茶苦茶《めちゃくちゃ》格好いいんです。

『クビツリハイスクール』で、西条玉藻《さいじょうたまも》が右手に持っている方がそう——ただし、特に何に配慮したわけでもないけれど、ちょっとだけ名前をいじっておいた。

『ぜろぜろ』なんつって、別に後々（というか、前々というか）、西条玉藻が零崎一賊と絡むことになる伏線では、全然なかったのだけれど。

第五幕——《お》

ZaregotoDictionary

0

騙《だま》していいから、感動したい。

1

大垣志人　**【おおがき・しと】**

『サイコロジカル』に登場、斜道卿壱郎の助手。

チンピラ風というかトンガリ風というか、かなり突っ張った性格なのだが、そこは女子供には滅茶苦茶強い戯言遣いに、いいようにあしらわれるばかりだった。

突っ込みキャラなのだが、それだけだと戯言遣い一人で事足りてしまうので、ノリ突っ込みキャラという、かなり特殊な位置づけのキャラクターになってもらった。ノリ突っ込みをメインに使用するキャラというのは、新しいよね。

卿壱郎博士にボコられたり石丸小唄にボコられたり、とにかく報われないキャラだった。カップリングとして宇瀬美幸と仲良しらしいのが、救いと言えば唯一の救いか。

『ネコソギラジカル』に登場する予定もなくはなかったが（つまり、斜道卿壱郎博士の『研究』と、橙なる種をかませるという話の展開にする予定があったのだけれど）、結局そのアイディアは、伏線ごとお蔵入りになった。

大泥棒　**【おおどろぼう】**

石丸小唄の肩書き。

狙った獲物は逃さない。

泥棒と言えば、ミステリー畑においては、やっぱり代表的なのはアルセーヌ・ルパンなのだろうけれど、僕の世代になると、『ルパン三世』とか『キャッツ♡アイ』とかになるのかなあ。

【おーばーきるどれっど】

赤き征裁

哀川潤の異名の一。

詳しくは『あかきせいさい』の項。

この『オーバーキルドレッド』というルビは、『オーバーキルド・レッド』、あるいは『オーバーキル・ドレッド』、どちらとも読むことができるようになっており、当初は、『赤き征裁』は『オーバーキルド・レッド』、『橙なる種』は『オーバーキル・ドレッド』とルビを振る——という、想影真心の登場までを見込んでのルビ、伏線だったのだけれど、『橙なる種』に関しては、そういうルビみたいなのがない方が明らかに格好いいだろうという結論に落ち着いた。まあ、その線を活かしておけば、シリーズ最終作は『ネコソギラジカル』ではなく、『オーバーキルドレッド』というタイトルになっていたのだろう。

それじゃあ哀川さんが主役じゃん。

【おたべ】

おたべ

京都銘菓・八つ橋の一形態。

一般におたべという場合、四角い生八つ橋を、餡《あん》を挟む形で二つに折って、三角の形にしたものを指す。まあ他県の人が八つ橋と言われて、一番最初に連想するのは、この形態かもしれない。

餡は、普通の粒餡から漉《こ》し餡に始まって、チョコレートだったりメロン味だったり、皮の生八つ橋自体が、抹茶だったりストロベリーだったり、とにかく百花繚乱《ひゃっかりょうらん》。新京極辺りに行けば大体全部手に入るので、京都観光の際には、是非御賞味あれ。

帯【おび】

着物の腰の部分に巻く布のことを言うのが一般的だが、まあ、ここでは、本の下部に巻いてあるアレのこと。

本には必ずといっていいほど、この帯がついているのは、皆さんご承知のことだろう。キャッチコピーだったり推薦文だったりが書かれているのが一般的で、戯言シリーズもその例に漏《も》れない。レーベルの何かのイベントと重なると、銀色だったり金色だったりになることがあって、戯言シリーズの場合、『クビシメロマンチスト』、『クビツリハイスクール』『サイコロジカル』の上下巻、この四冊が、連続で銀帯だった。これはついていたとしか言いようがない（現在は白帯になっているけれど）。京極夏彦先生レベルになると、普通に金銀帯だ。恐るべし。

また、二重帯というパターンもあって、通常の帯の上にもう一枚、その頃開催されているフェアなどに乗っかる形で、帯を巻くことがある。戯言シリーズの場合も、何回かそういうことはあった。

本を売るためには、この帯というものが不可欠であり、買う側としても、裏にかかれた粗筋と共に、購入のヒントとなるパートなのだから（一番参考にされるといっても過言ではない）、あるべきだというのは大前提だけれど、本のデザイン上、どうしても妨げになってしまうことがある。特に戯言シリーズのように表紙がイラストである場合、その大事なイラストの約三分の一が隠れてしまうのだから、やり方によってはいくらでも台無しになる。

「本と帯は恋人同士だ。それを引き裂きたいとは思わない」

という人もいるだろうけれど（僕がそうだ）、騙されたと思って一度だけでも、帯を外して、本全体を見てほしいと思う。個人的には『ネコソギラジカル』の中巻や、『きみとぼくの壊れた世界』あたりは、帯を外せばもう一冊買いたくなってしまうこと請け合いである。

　まあ、『ニンギョウがニンギョウ』のように、帯をデザインに取り込んでしまうという手法もあるので、この辺の事情については、一概に言えたものじゃないのだけれど。

【おもかげ・まごころ】

想影真心

『ネコソギラジカル』に登場。

　名前自体は『クビツリハイスクール』から出ていたし、『橙なる種』という言葉も、その時点で登場していたが、本人が出てきたのは、実際的には『ネコソギラジカル』の中巻以降。上巻には、登場しているとは、あんまり言えない。

『おもかげ』は、一文字で『俤』と書いた方が格好いいのだけれど、『えんじゅ』と同じく、それだと硬質過ぎるので、『想影』と当て字。格好いい格好悪い、くらい。格好悪い格好いい、だったら駄目(微妙な基準)。下の名前は、単純に『漢字のままで人の名前になるシリーズ』。これくらいだと、現実にいてもおかしくないレベルのネーミングだろうと思う。

　戯言遣いに、ER3システム、ERプログラム時代の友人がいて、それが来日してくるという展開は、かなりの初期から考えていた――というか、最初はそれが、零崎人識の予定だった。ただ、零崎人識は別の形で――殺人鬼として登場することになってしまい、その辺の設定はいじらなければならなくなり、だから、戯言遣いのオルタナティヴとしてではなく、哀川潤のオルタナティヴとしての、想影真心に登場してもらうことになったわけだ。

　そうは言っても、ERプログラム時代の想影真心は、哀川潤には程遠い存在だった。だからこそ、戯言遣いは、哀川潤から想影真心を連想するようなことはなかったのだけれど——戯言遣いが、真心が死んでしまったと思ったその後で、秘密裏に色々あった、みたいな話だ。

　重要なことは、いつも彼の知らないところで行われ、終わっていく。

　結局、戯言シリーズにおいて、戯言遣いの周囲にいた、玖渚友にしても哀川潤にしても、あるいは零崎人識にしても、戯言遣いの妹にしても、シリーズが展開するにあたっては、全てのエピソードがあらかじめ終了してしまっている者達ばかりなので、必然的に、戯言シリーズの完結編である『ネコソギラジカル』は、想影真心と戯言遣いを中心とした物語にならざるを得なかったのだった。

　暴走キャラで押し通す案、哀川潤をつけ狙うターミネーターと化す案、あるいは戯言遣いを強烈に恨んでいるという案——色々と候補はあったけれど、どれにするにしたって、暴走しっぱなしの真心を、最終と呼ぶことには違和感があったので、ああいうキャラクター付けになった。

　いい奴。

『ネコソギラジカル』の中巻の冒頭において、真心の手によって、《十三階段》の面子《メンツ》の内ほとんどが殺されてしまう——というのが、一番先に考えていた物語の展開だったのだけれど、まあそれは『ヒトクイマジカル』でやったことだったから、やめた。同じことを二回続けるのはあんまり好みじゃないし（間に何かを挟めばＯＫ）、それに、それをやってしまうと、真心が死なざるを得ないキャラクターになってしまうし、ということで、その『ヒトクイマジカル』で大量殺戮《さつりく》をやってのけた匂宮出夢を殺すだけに、そのシーンはとどまった。

『げらげら』笑いは、こいつのために取っておいた。

　割と嵌《はま》っていると思う。

面白きこともなき世を面白く

【おもしろきこともなきよをおもしろく】


狐面の男の座右の銘。

高杉晋作《しんさく》の作の辞世の句なんですが。

上の句のみで下の句なし。

カッコイイ。

ただ、そばにいた尼さんが、

「下の句なしでは格好がつかないから」と、「すみなすものは心なりけり」と、そう続けたらしい。

余計なことをするよなあ!

がっかりだよ!


【おりがみ】

檻神

四神一鏡の五。

檻神ノアはここの出。

詳細不明。

『檻神』にするか『折神』にするか迷った。

最終的に、漢字の格好良さから、『檻神』。


【おりがみ・のあ】

檻神ノア

『クビツリハイスクール』に登場——したときには、既に死んでいた。その後(というか、それ以前)、『零崎軋識の人間ノック2』に、ちらっとだけ出演。

澄百合学園理事長。

哀川潤と旧知。

檻神財閥の、傍系血族。

周囲の評判からうかがう限り、色々企《たくら》んでいる悪い人だったみたい。

萩原子荻の母親らしいが、詳細不明。

第六幕——《か》

ZaregotoDictionary

0

考えると思い出すは、違うよ？

1

人喰い　**【かーにばる】**

匂宮兄妹の別名。

こちらは妹の匂宮理《り》澄《ずむ》。

カニバリズムからの繋《つな》がりでカーニバル。

謝肉祭。

楽しそうというか、目出度そうな名前だ。

画家　**【がか】**

伊吹かなみの肩書き。

『クビキリサイクル』を書くにあたって、この職業について色々と調べてみたものだが、なんかすげえよなあという、漠然としたと表現するにも程度の低い感想を持つばかりだった。僕には絵心というものが全くないので、その本当の凄さみたいなものは多分、半分もわかっちゃいないのだろうが、だからこそ、画家という職業に圧倒されてしまったのだろう。

絵の説得力は、文章とは比べ物にならない。

これは正直、コンプレックスだと思う。

架空兵器　**【かくうへいき】**

宴九段の肩書き。

作中でも匂宮出夢によって説明されている通り、言うまでもなく核兵器の言葉遊びで、大体そのまんまの意味。まあそもそも宴九段という存在そのものがかりそめで嘘っぱちである以上、ぴったりのネーミングであると言えなくもない。狐さんが名付けたということは、実際、ある程度彼は、彼女の正体に気付いていたのだろうと思われる。どうせそんなのは、どちらでも同じことだったのだろうけれど。

まあ、ちょっと風刺が利いている、かなあ。

架城明楽　**【かじょう・あきら】**

名前だけ登場、哀川潤の父親（役）。

西東天の昔の同志。

現在死亡。

《十三階段》の一段目。

詳細不明。

藍川純哉同様、本編ではほとんど語られることのない男だったが、藍川純哉と違うのは、彼は最後の最後まで、西東天にとっての特別であり続けたということだろう。最後の最後の最後で、西東天の中からもいなくなってしまったわけだけれど。

ただ、藍川純哉と同じようなお人よしだったかと言えば、それとは対極の性格だったようだ。西東天と哀川潤が対立することとなった《大戦争》の、黒幕はこいつだったみたいなもの、らしい。

まあそういうのは裏設定だからともかくとしても、西東天と藍川純哉とこいつと、さぞかし仲の悪い三人組だったんだろうなあとは、読み返していて、思った。

狐面は、元々、彼のもの。

哀川さんは、ズッコケ三人組と言っている。

架城という苗字はジョーカーをひっくり返した当て字。明楽はまあ、男性名としても女性名としてもよくある『あきら』という名前の、新バリエーションとして考えた。

春日井春日【かすがい・かすが】

　僕は小説家としてできる限りプロフェッショナルであろうと思っていて、言い換えれば、常にテンションを一定に保ち、どんなシーンであれどんなキャラクターであれ、パーフェクトな仕事をしたいと考えている。何かに思い入れを持つことは、その分別の何かに思い入れを持たないことで、どこかで必要以上の仕事をすれば、その分どこか別のところが最低限のラインを割ってしまうことになるのではないかという、言うなら病的な恐怖がある。小難しいことを言うつもりはないが、作者として、自分で創造して自分で書いているキャラクターに萌《も》えるなんてことがあっては、絶対にいけない、あってはいけないことだと思うのだ。キャラクターは小説を作る道具とまで、ドライに徹するのはやり過ぎだとは感じるけれど、僕のその哲学に従うならば、その方がよりプロフェッショナルなのだろう。

が、僕は若輩《じゃくはい》で修行が足りない。

　自分で書いたキャラクターを、常軌を逸したレベルで好きになってしまうことがあって、というか、大抵の場合は、そういう酩酊《めいてい》こそが小説を書き、物語を創作する上での動力源であるとすら言えるのだけれど、そのトップ3の一人が、この春日井春日さんである。

　詳しい経緯は『サイコロジカル』の項に託すけれど、『サイコロジカル』というのは結構特殊な環境で特殊な書き方をした小説なのであって、元々、春日井春日は、そんなに出番のない、戯言シリーズ的には脇役風のキャラクターだった。扱いとしては宇瀬美幸と同じくらいの感じにする予定で、それほどスポットを当てるつもりはなかった。しかし、事情あって彼女のパートを書き足さなくてはならなくなったのだ。それは、当初の計画からすれば、予定外も甚《はなは》だしい事態だったのだが、しかしその書き足し今後の出版企画の参考にさせていただきますので、以下の項目にご記入の上、ご投函ください。

Q1.この本を知るきっかけとなったものを次の選択肢から番号を選んで□に記入してください(3つまで)

1.書店店頭の宣伝物　2.店頭の本そのもの
3.インターネット書店(具体的に：　)
4.ネット書店以外のホームページ(具体的に：　)
5.新聞や雑誌の記事(具体的に：　)
6.新聞の宣伝(具体的に：　)
7.講談社書籍モニターでの試し読み
8.ミステリーの館メールマガジン　9.講談社からのお知らせメール
10.知人に聞いた(ロコミ)
11.その他(　)

Q2.購入された動機を次の選択肢から番号を選んで□に記入してください(3つまで)

1.気になる著者だったから　2.気になるタイトルだったから
3.好きな装丁だったから　4.講談社ノベルスだから
5.立ち読みしてみて面白そうだった　6.話題になっていた・売れていそうだったから
7.あらすじや内容が面白そうだった　8.好きなジャンルだから
9.その他(　)

Q3.お好きな小説のジャンルをお教えください(3つまで)

1.本格ミステリー　2.旅情ミステリー
3.サスペンス・ハードボイルド　4.恋愛小説
5.SF　6.ファンタジー
7.ホラー　8.歴史時代小説
9.戦争歴史シミュレーション　10.純文学
11.その他(　)

Q4.好きな作家を教えてください(　)

Q5.1ヵ月の講談社ノベルス購入冊数を教えてください　□冊

Q6.ふだんよく読む雑誌を教えてください(何冊でも)
(　)

■この本についてお気づきの点、ご感想等をお書きください

郵便はがき

料金受取人払

小石川局承認

1078

差出有効期間
平成20年6月
5日まで

112-8731

〈受取人〉
東京都文京区音羽二丁目
十二番二十一号

講談社文芸図書第三出版部気付
ザレゴトディクショナル係

住所 □□□-□□□□		
電話 ( ) -		
氏名	年齢 □□ 歳	性別 01 男 02 女
職業 01 学生 02 会社員・公務員 03 会社役員 04 自営業・自由業 05 アルバイト 06 主婦 07 無職 08 その他( )		
メールアドレス @		

講談社から各種ご案内やアンケートのお願いをお送りしてもよろしいでしょうか？
ご承諾いただける方は、□の中に√をご記入ください。

□講談社からの案内を受け取ることを承諾します。

た部分が、自分で読んで面白くってしょうがなかったのだ。

「痛い……僕は今、自分で書いた小説がものすげえ最高だと感じてる……」

　とかなんとか思いながら、『サイコロジカル』は完成したのだった。その頃にはもう、他のキャラクターのことなんかほとんどどうでもよくなっていたりして、それはとてもいけないことだった。プロ失格である。

　このキャラクターは封印しておかないとこの先に拓けているはずの僕の輝やかしい作家人生が駄目になると思ったのだが、『ヒトクイマジカル』に、連続で登場。ただ、これもまた、詳しくは『ヒトクイマジカル』の項に移すけれど、結構特殊な経緯があっての再登場だった。

　トップ3の他の二人は、ぶっちゃけ、絵本園樹と萩原子荻なのだけれど、それぞれの項目を読んでもらえばわかる通り、どうも春日井春日を含め、これらの『已《や》むをえず、あるいは計画外に誕生した、偶然性の高いキャラクター』というのは、僕の中のシステムにのっとって作られたキャラじゃないから、僕の中にないキャラクターとして、客観的に萌えられるのだろう。自分の手にかかってはいても、因数分解のできないキャラというのが、どうしても存在する、存在してしまうわけだ。

　素朴でえろいお姉さん。

　展開からすれば、春日井さんは『ヒトクイマジカル』で死んでいて、何らおかしくない（というより、死んでいないことがむしろ不自然な）キャラクターなのだけれど、勝手に生き残った。これが、出版業界でよく言われるところの、『キャラクターが勝手に動く』という奴かと、初めて、ちらりと思った。だが、そうではなく、あの場合は、作者である僕が、単純にキャラクターを殺しきれなかったというのが真相なのかもしれない。この手のキャラクターは大抵の場合活発に動き、物語を動かしてくれるところがあるので助かることも多く、その辺は痛《いた》し痒《かゆ》しなのだけれど。

　更に内幕を明かすと、『ネコソギラジカル』の下巻あたりに登場する予定が、かなり綿密に、伏線も張りめぐらしながら、立てられていたのだけれど、

「さすがにそれはどうか……」

　と思って、直前で中止し、エピソードのみでの登場となった。もし登場されていたらページ数が足りなくなって、ただでさえ絵本園樹によって食われていた一里塚木の実やら時宮時刻やらの出番が、大幅に削られていただろう。

　まあ、そういう個人的作者的事情を差し引いても、一人でいるのが居心地がいいと感じる人間にとっては、『ああありたい』と思うような、憧《あこが》れの性格であるとは思う。

霞丘道児　【かすみおか・どうじ】

玖渚直の親友。

みっちゃん。

玖渚直、玖渚友の兄妹と、彼の三人で、よく遊んでいたらしい。そこに戯言遣いが絡んでいった形のようだ。

詳細不明。

その辺りのエピソードは、既に終わっていることだから。ただ、玖渚直や玖渚友は勿論、戯言遣いでさえ、彼に対しては、さしたる悪印象は抱いていないらしいところを見ると、彼のキャラが少しは見えてくる。

　本編での登場は皆無のようだけれど、『サイコロジカル』の下巻で、戯言遣いの回想シーンに、台詞のみで、地味に出ている。あれだけでは性格なんかまでは読み取れないけれど、きっと、彼は玖渚直にとっての、いーちゃんだったのだろう。

カタナ

匂宮兄妹の乗るバイク。

格好いい。

身長的に脚が届くのかどうか微妙だけれど。


【かたな】

刀鍛冶　【かたなかじ】

古槍頭巾の肩書き。

十一代目、十二代目、共に。

《十三階段》の中では、セカンド、架空兵器に次いで、異色な肩書き。次いでというが、異色さにおいてはそれら二つを越えているかもしれない。大体、《十三階段》の中に一人も剣士がいないというのに、刀鍛冶がいるっていうのはどうなのよ。

ただ、僕はこの世でもっとも格好いい職業の一つが刀鍛冶だと思っているので、戯言シリーズの中に是非とも登場させたかったのだ。

形梨らぶみ　【かたなし・らぶみ】

看護師。

反応を見る限り、どうやら案外知られていないみたいだけれど、『看護士』『看護婦』という表記はもうなくなっていて、今は両方とも『看護師』と表記するのが正しい。だから、しつこく看護婦さん看護婦さんと言ってくる戯言遣いを、いちいち彼女は訂正をしているのだった。『ナース』と言えば、そういうややこしい問題からは解放されるけれど、個人的に、『ナース』という表記は、あんまり好きじゃないのだ。なんでも横文字にすればいいってもんじゃない。

『クビツリハイスクール』の項に詳しいが、あの小説では戯言遣いも哀川潤も、探偵役を務めないので、誰か代わりにその役目を果たしてくれるキャラクターが必要で、病院だったから医者か看護師だなということで、看護師になった。医者でも別によかったけれど、医者であのキャラは嫌だ。絵本園樹みたいなキャラの方が嫌だろうけれど。そして看護師でも嫌だろうけれど。

『クビツリハイスクール』のときには名もなき看護師だったけれど、『ヒトクイマジカル』において、名前が明かされる。

形梨らぶみ。

形無し、Love me。

いい名前なのだけれど、あくまでも脇役なので、彼女の名前が登場人物紹介表に載ることはないのだった。あくまでも脇役なので、イラスト化されることもないのだった。探偵役としては、登場人物の誰よりも適しているのかもしれないが、その辺は感覚的な問題で、そんな頭がいいわけでもない。

『ネコソギラジカル』においては、戯言遣いを激励したり崩子ちゃんにちょっかいをかけたり、もうやりたい放題。

ちょっとした裏話もあるけれど、それは『ヒトクイマジカル』の項を参照のこと。

鴨川 **【かもがわ】**

京都市街東部を流れる、全長三十キロを超える川。賀茂川が高野川と合流して、鴨川になる。

この鴨川沿いの道の一部を鴨川公園と言う。崩子ちゃんが小動物を殺したり、カップルがいちゃいちゃしたり、女子高生とメイドさんと戯言遣いがいちゃいちゃしたり、黒尽くめと戯言遣いがいちゃいちゃしたり、殺人鬼と戯言遣いがいちゃいちゃしたりする場所。

僕は川というのは、大体この鴨川みたいなものばかりだと思っていたので、以前四国に行った際、水着になって川で泳いでいる皆さんを見かけ、カルチャーショックを受けた。川って泳げる場所だったんだ……。川で水着になるんだ……。当然というか、鴨川は、歩いて対岸に渡れる程度の深さなので（場所にもよるけれど）、水遊びくらいならできても、泳ぐことはできない。

なお、調べたところ、千葉県には『鴨川』という地名があるらしいけれど、行ったことはない。気になるところではある……。

カラオケ屋　【からおけや】

零崎人識と戯言遣いの待ち合わせ場所。

「あのとき零崎くんは何を歌っていたんですか？」と、『クビシメロマンチスト』が発売された直後あたり、質問を受けたことがある。まあしかし、それは僕にもわからない。洋楽のような気がするが、架空の歌という気もする。

いーちゃんが歌っているシーンとか、あんまり想像できないけれど（人前で歌うキャラとは思えない）、彼は一体、どんな歌を歌うんだろう。

鴉の濡れ羽島　【からすのぬればじま】

赤神イリアが島流しの末に行き着いた場所。京都府に所属する日本海の島。具体的にどんな規模の島なのかは描写されていないけれど、まあ、そんな大きくはないらしい。箱庭ならぬ箱島といった感じ。ただ、クルーザーで本島と行き来はできるので、赤神イリアを含めた彼女たちは、別に閉じ込められているわけではない。集めた天才たち同様、自分の意志で、みんなそこにいるのだった。

関係のない話だが、『クビキリサイクル』出版後、『シマダス』という本を入手したのだけれど、これがとても面白い本で、この本を先に読んでいれば、鴉の濡れ羽島について、色々いじれたんだろうなと思った。だから、離島もの、またいずれ、書いてみたいと思わなくも、ない。

ところで、鴉の濡れ羽には絶望の果てという意味があるというのは、どうも嘘っぽい。ただまあ、あったら格好いいよね。

看護師　**【かんごし】**

『形梨らぶみ』の項参照。

小説家なんか、較べられることが恥ずかしいくらいの、重労働であるらしい。僕としては、刀鍛冶と並んで格好いいと思う職業の一つだと思っている——のではあるが、どちらの方々も、まさかこんなところで隣り合わせに並べられているとは思わないだろうな。

関門海峡　**【かんもんかいきょう】**

下関市と北九州市との間の海峡。

鉄道トンネル、国道トンネル、新幹線新関門トンネル、それに、歩行者用のトンネル。全ての道が整備されていると言っていい。言うまでもなく、飛行機だって飛んでいる。

匂宮出夢は、この内、歩行者用のトンネルを使用せずに、わざわざ鉄道トンネルを使用した。それが露見した瞬間、彼（彼女）の、崩子ちゃんの中での位置づけが、非常に低いところに落ち着いたのだった。崩子ちゃんは基本的に犬なので、人間の順位付けを行うのだ。

第七幕——《き》

0

自分に嘘をつくことはできない。

でも、自分に秘密を作ることは、できる。

1

木賀峰約　【きがみね・やく】

助教授。

結果としては、ことのほか不遇な立場の割に、あんまり同情されていない。単純に、その辺り、大人だからかもしれないが、まあ、色々やることやっていたし、その辺は仕方ないかな、くらい。

「あなたが○○○だということを、私はあらかじめ予測していました」

という彼女の口癖《くちぐせ》は、割と便利で、ついつい日常生活でも使いたくなってしまうけれど、勿論、やめておいた方がいい。この口癖さえなければ、もうちょっと格好いいキャラクターに仕上がったのだろうけれど……。別に造形だけならそういう風ではないのだけれど、使い方次第でいくらでも格好悪くなれる口癖だった。

その口癖が西東天の影響であることは明瞭《めいりょう》。

タイトルが『ヒトクイマジカル』だったので、『飢餓』から『木賀』、でも『木賀約』ではバランスが悪いので、『木賀峰約』。『約』は、うん、まあなんとなく。男女どっちにも使える名前。

女子高生だった頃に西東天と出遭って、心酔してしまった。彼の無意味なカリスマ性に惹《ひ》かれて。流れによっては、円朽葉と共に、《十三階段》のメンバーに選ばれていてもおかしくなかったはずなのだが、そうはならなかった。色々あったのだろう。あるいは、なかったのかもしれない。それでも諦めずに彼の後に続き続けようとしてきた——そんな姿勢が、春日井春日の美学に反したようである。いや、春日井春日に、美学なんてものはないけれど。

戯言遣いを『世界の終わり』に引きずり込んだ直接的な犯人、西東天といーちゃんを決定的に繋げたという意味では、戯言シリーズにおいては、最も重要なキャラクターの一人だった。

お前さえいなければ。

喫煙　【きつえん】

割と喫煙率の高い戯言シリーズの登場人物達だが、作者である僕は、煙草は全く駄目である。酒も煙草も解せぬ野暮《やぼ》な奴というわけだ。

葵井巫女子が隠れ喫煙者だったり、崩子ちゃんが煙草の煙を何より嫌うのに石凪萌太は未成年にしてスモーカーだったり、同じくみいこさんは煙草が駄目で鈴無さんはスモーカーだったり、煙草一つで割と複雑な人間関係ができたりするので、不思議なものだ。

健康が煙草に悪いのだよ。

狐さん　【きつねさん】

狐面の男、即ち西東天のこと。

想影真心を除く《十三階段》の皆さん、それから戯言遣いが会話文で、こう呼んでいる。《十三階段》が彼のことを狐さん狐さんと呼ぶのは、なんかフレンドリーで、ものすごく慕《した》っているみたいな雰囲気《ふんいき》があって、嫌いじゃない。

狐面　【きつねめん】

西東天が装着している、狐のお面のこと。

食事のときは取るし、かぶりっぱなしというわけでもない。

そもそも、最初、西東天・架城明楽・藍川純哉の三人は、それぞれ、狐・狗《いぬ》・狸と、動物を当て振った三人組にしようと考えていた。『サイコロジカル』で、三好心視と春日井春日が交わしている会話は、そのために、とりあえず張っておいた伏線だったのだ。

ただ、狐と狗はともかく、狸を割り振られたキャラはちょっと扱いづらくなるかなと思い、そのアイディアは表に出ることなく、終わった。大体、藍川純哉は『鷲』なので、ややこしくなっちゃうだろうし。

でも、設定自体は没にしたわけでもお蔵入りにしたわけでもない。誰が狸だったんだろうと考えると、面白い。

狐面の男　【きつねめんのおとこ】

西東天のこと。

戯言遣いが地の文でこう呼ぶ。

いつまでそんな他人行儀な呼び方してるんだというくらい、最後の最後までこの呼び方で通したのは、彼が戯言遣いに対し、なかなか名を名乗らなかったから。

今はまだ、名乗るべきときではない。

ショボい奴が言うと決まらないんだ、この台詞《せりふ》。

ちなみに、『孤面の男』との誤記多し。

孤さんというパターンもある。

間違えやすい漢字。

奇野　【きの】

《呪い名》の序列三位。

感染血統。

奇野頼知はここに属す。

詳細不明。

奇野頼知　【きの・らいち】

病毒遣い。

《十三階段》の十二段目。

《十三階段》の中では、一里塚木の実や闇口濡衣《ぬれぎぬ》と並んで、数少ない、自分の役目を果たした階段。よくやったよと、肩を叩いてやりたい。

『ネコソギラジカル』のつかみとして登場することになる彼なのだが（結果として、実際のつかみは、崩子ちゃんが持っていってしまい、彼の登場により何かがっかり空気が生じるという、逆つかみになってしまったが）、最初はもっと、病院全体を巻き込むバトルが、展開される予定だった。病院の中で次々と、医者も看護師も巻き込んで、みんな病気になっていく――しかし、そういえば好きな漫画にそういうシーンがあったことを思い出したので、早急に、慌《あわ》てて中止。

引用はいいけどかぶるのは駄目。

そういうわけで、彼の標的は浅野みいこ一人となった。みんなの人気者、みいこさんに危害を加えることになるんだから、かなり嫌われ者のキャラクターになるだろうと予想されたので、その演出をコミカルにすることにした。

最初の案を中止することになったので、その代案として、つかみとしては、肩透かしの形にしようと思ったのだった（逆つかみの伏線になった）。唐突に現れてヘタレに去っていく《十三階段》。ただしこういう演出は、あまりやり過ぎると読者にカタルシスではなくフラストレーションを与える結果となるので、取り扱いには注意が必要だったけれど。

真心か出夢かどっちかに殺されるという予定で作ったキャラだったが、結果的には真心に殺された。まあ予定通り。

名前については、珍しいパターンで決まった。『キノラッチ』というニックネームになりそうな名前を考えようと思って、そこから辿《たど》り着いた名前なのである。字が似ているため、ごくまれに『きのとんち』と呼ばれることがあるのは、まあご愛嬌《あいきょう》。

　こいつの番外編とかは書きたいね。

きみとぼくの壊れた世界　【きみとぼくのこわれたせかい】

西尾維新の七冊目の著作。

TAGRO・絵。

　前半部が雑誌『メフィスト』に掲載されたのが、二〇〇三年の四月。つまり、『サイコロジカル』と『ヒトクイマジカル』の間。そして後半部分を書き下ろして、本の形で出版されたのが、二〇〇三年の十一月。『ヒトクイマジカル』と『ネコソギラジカル』の間。

　ミステリー。

新本格推理。

　とか。

『メフィスト』掲載時には、『読者への挑戦』なるものも挿入されていて、完全正解者にはプレゼントが、みたいな企画があったのだけれど、残念ながら（僕にとっては幸いながら、かな）、完全正解者は出なかった。平均点は七十点くらいでした。


正直なところ、戯言シリーズが推理小説の世界から離れていく形になりそうだったので、それに対してはちょっとした罪悪感もあったこともあり、その分の溜《た》まった気持ちを、この小説で使ったという感じだ。裏を返せば、これを書いたことにより、安心して『ヒトクイマジカル』や『ネコソギラジカル』からは、ミステリーテイストを抜いていくことができたということになる。

虐殺師　【ぎゃくさつし】

《殺し名》序列五位、墓森の肩書き。

みんなのために殺す。

名前イメージとしては、むしろみんなを殺しそうだけれど……。

九州　【きゅうしゅう】

戯言シリーズの京都外ロケ地は、愛知県と、九州の福岡県。別のシリーズ、『新本格魔法少女りすか』は、九州を舞台にした小説なのだが（舞台は、今のところ、長崎県・佐賀県・福岡県の三つ）、それとか、『ネコソギラジカル』とかを読んだ九州の方が、「西尾維新は一体、九州という土地をどういうところだと思ってるんだ」

と、言ったとか言わないとか。

永久立体　【きゅーびっくるーぷ】

《チーム》の一員、棟冬六《むねふゆむ》月《つき》のハンドルネーム。

ルービックキューブのもじり。

順序が入れ替わっただけなのだが、でも、思いの他綺麗だと思う。いや、これは奇跡といってもいいレベルだろう。

狂戦士　【きょうせんし】

戯言シリーズにおいては、主として戦闘マニアのことを指す。

代表例としては、まず西条玉藻。それから、匂宮出夢や、あるいは零崎人識なんかも、大枠ではこの中に含まれるのだと思う。哀川潤のバトル好きは、まあ、この言葉とは、若干ニュアンスが違う感じだ。

《ベルセルク》とルビが振られること多し。

京都御所

【きょうとごしょ】

京都にある皇居跡。

観光地として全国的に有名。

やたら広いので、軽はずみな気持ちで足を踏み入れると、出られなくなる。砂利《じゃり》敷きなので、自転車で走ると簡単にこける。

戯言遣いが美人女医と待ち合わせをしたり、現役女子高生と待ち合わせをしたり、魔女とピクニック気分だったり、双子の女の子とじゃれあったりする場所。

本当に広い。

『ネコソギラジカル』を読んでから見に行くと、あまりにギャップのあるその広大さに、びっくりすることになる。壁に近付いたら警報が鳴るのは本当で、海外からの観光客さんなんかが、よく鳴らしてしまうらしい。

京都府　【きょうとふ】

近畿地方の府。

人口二百六十万人くらい。

県庁所在地は京都市。

じゃなくて、府庁所在地。

戯言シリーズの主な舞台。

いーちゃんの語りはとにかく感覚的なので、通りの名前とかは結構口にしているものの、あれでは京都の人間以外には、全くわけがわからないだろう。碁盤目状であることしか伝わらない。碁盤目状の街作りは迷子にならなくていいが、いざ他の土地に行ったとき、パニックになることしばし。

京都府警　【きょうとふけい】

斑鳩数一と佐々沙咲が属す組織。

哀川潤や戯言遣いにコネとして利用されがち。

推理小説では、コネとしての警察組織は、必要条件なのだ。内田康夫先生の浅見光彦シリーズにおける、浅見光彦のお兄さんとかね。

ところで僕は、『クビシメロマンチスト』を執筆するにあたって、やはりリアリティを重んじた方がいいのではないかと思って、入れるところまで入ってみようと、現実の京都府警を訪ねたことがあった。まあ取材だ。しかし、自転車を停めたところで、度胸がなくて引き返した。チキン野郎。しかし、なんていうか、用もないのに入れるような場所じゃない。

曲絃糸　**【きょくげんし】**

曲絃師が使う糸のこと。

総称であって、曲絃師は紐《ひも》状でさえあれば、どんな糸でも使うことができる。ある程度柔らかい必要はあるのだろうが、紫木一姫くらいの使い手になれば、金網レベルの堅さまでなら、使用可能。

また、技術そのものを指すことも。

曲絃師　**【きょくげんし】**

糸遣いの最高峰。

代表例は市井遊馬《しせいゆま》と紫木一姫、あるいは零崎人識だが、この内市井遊馬は、曲絃師としては成り損ない、零崎人識の使う技はあくまでも見様見真似で、純粋に曲絃師といえるほどのテクニックを備えているのは、紫木一姫のみ。

あなたの意図は、ここで切れます。

清水寺　**【きよみずでら】**

京都市東山区の、北法相宗の寺。

清水の舞台と言えば有名。

清水の舞台から飛び降りる、なんて言って、案外死なないらしい。高さは十分だけれど、下に木々があるからかな。

　哀川潤と匂宮出夢が戦闘した結果、その舞台は木《こ》っ端《ぱ》微《み》塵《じん》、ばらばらに崩壊してしまった。しかしとんでもねえ話だな。

第八幕——《く》

ZaregotoDictional

0

許してやれ。

どうせいつかは死ぬ人間だ。

1

空間製作　【くうかんせいさく】

一里塚木の実の『技術』。

自分（達）にとって都合のいい舞台を作り上げるためのテクニックなのだが、これは一般的な技術や、あるいは過去より伝えられてきた、誰かから受け継いだ技術ではなく、彼女のオリジナルのようなものらしい。

澄百合学園に在籍していた十代の頃から、既に使いこなしていたようだ。

空間製作者　【くうかんせいさくしゃ】

一里塚木の実の肩書き。

これだけでは何をする人なのかわからない。

関係ないが、『空間製作・者』と区切るのではなく、『空間製・作者』と区切ってしまうと、なんかとても微妙な感じがする。

挫ける餞別　【くじけるせんべつ】

撫桐伯楽《なできりはくらく》のコピー。

詳細不明。

ぐっちゃん　【ぐっちゃん】

式岸軋騎のニックネーム。

由来不明。

玖渚機関　【くなぎさきかん】

壱外、弐栞、参榊、肆屍、伍砦、陸枷、柒の名を飛ばして、捌限。そしてそれらを束ねる玖渚機関——権力の世界を支配する。

玖渚姓を持つ一族がその中枢で、『ネコソギラジカル』の頃に起きた内紛によって、最終的に、玖渚友の兄である、玖渚直が、その機関長に就任した。機関長秘書から機関長への、とんでもなく飛び級の出世だった。

戯言遣いにとっては、妹の仇《かたき》。

だからといって、この組織が悪の組織なのかといえば、単純にそういうことではなく、巨大にして強大過ぎる組織というものは、どう振舞ったところで、人間の人生を狂わせてしまうものだといったところだろう。

戯言シリーズにおけるほとんどの時間、玖渚友はこの組織から絶縁されている状態にあったので、メインのストーリーに関与してくることはなかったのだが、ER3システム同様、背景として、物語上外すことのできない組織だった。

玖渚機関という音の響きが格好いい。

玖渚友　【くなぎさ・とも】

『浅野みいこ』の項で、うっかり彼女のことを正ヒロインと書いてしまったが、勿論、戯言シリーズの正ヒロインは、この玖渚友である。

当初戯言シリーズは彼女を主役、探偵役にして物語が進行する予定だった。やる気まんまんだった。が、書いている内に、語り部《べ》と二人で一緒に探偵役かなー、くらいのところまで、立ち位置が下がってしまうことになった。無口な語り部と饒舌《じょうぜつ》な主人公、みたいな感じにしたかったのだが、意外と語り部がよく喋《しゃべ》ったのだ。語り部だからしょうがないのか……とか思いながら、その状態で投稿し、編集者さんに読んでもらったわけなのだが、読んだ編集者さん、誰も玖渚が主人公だとは思ってくれず、みなさん語り部の男をピンの主人公だと認識したようだった。その上で、「もうちょっと彼を押していった方がいいねえ。これだと、玖渚が主人公だと思われちゃうよ」と、注意まで受けた。そして次に書き直したとき、彼女は、一体何を喋っているのか作者でもわからないようなキャラクターになってしまった……。

　まあ、それは、その状況を逆手にとって、最後には意図的に、玖渚が探偵役を務めると見せかけていーちゃんが解決するという、フェイントとしての効果を持たせてみたわけだけれど。シリーズが進行してしまえば意味のないフェイントだけれど、『クビキリサイクル』が出たばかりの頃は、このフェイント、結構うまくいったみたいで、色々と反応をいただいたものだ。

　最初はただのオタクっぽいくらいの可愛らしい女の子にするつもりだったのだが、色々設定をインフレさせている内に、なんだかえらいところまで到達し、結果として、『クビシメロマンチスト』以降、出番が激減した。

　最強ゆえに出番なし。

　哀川さんと違い、計算外……。

　まあ、それもフェイントと言えばフェイントなのだが、これくらいの存在感になると、表に出てくる必要なんかほとんどなくなってしまうというのもあった。それは哀川潤も同じことだけれど。実際、『ネコソギラジカル』なんか、上中下、それぞれ一章ずつくらいしか登場していないのに、ほぼ、玖渚友が支配したストーリーであるといっていい。もうちょっと、想影真心が目立ってもよかったのではないかという気はする。

　青い髪に青い眼。

　風呂《ふろ》嫌いという設定は割と素で嫌われた。というか引かれた。萌え要素のつもりで後からつけくわえた設定だっただけに、それに関しては半分ほど読みが外れた感じだ。嫌われるのはいいけど、引かれるのは駄目だあ。

　名前先行型のキャラクター。

『玖渚』は、『草薙』のアナグラム。アナグラムというか、このキャラクターで『くなぎさ』『くなぎさ』と、読み手にインプットしていけば、その内読み手は『くさなぎ』と言おうとしたときに、間違えて『くなぎさ』と言ってしまうのではないかとか、しまいには『くさなぎ』が正しいのか『くなぎさ』が正しいのかわからなくなってしまうのではないかとか、そんなような、ややこしくも意地の悪い意図が込められている。ただ、人間の視覚とはたいしたもので、『玖渚』では、間違ってもそんな読み方はできないはずなのに、そう書いて『くさなぎ』と読み続けている人もいるらしい。

『友』は、まあ、なんとなく。

　友達キャラだからかな。

　バランスのいい名前だと思う。

　極端な上下移動ができない——という設定は、日常生活を送ることのできない三つの縛りの内の一つで、残り二つは、結局明かされていない。まあそれをここに書くような興醒めなことはしないけれど、二つとも、一つ目と、似たようなものだ。

　青モードと蒼モードで性格が違う。

『クビキリサイクル』の頃には蒼モードは顔も覗《のぞ》かせないけれど、『クビシメロマンチスト』ではちらほらと、『サイコロジカル』ではかなり前面に、『ヒトクイマジカル』では全開だった。『ネコソギラジカル』では、それぞれの中間といった感じだろうか。どっちにも振れているというか、振幅が激しい、見様によっては、非常に落ち着きのないキャラクターになっていた。

一人称はそのときどきの心境によって、僕様ちゃんだったり私だったり僕だったり。まあ、一人称の使い分けって、現実的には、極々当たり前のことなんだけれどね。

ちなみに、蒼モードの玖渚友が、『零崎軋識の人間ノック2』にゲスト出演しているので、玖渚ファンの方は御覧あれ。

うにー。

『うに。』や『うにうに。』と活用する。

哀川潤や想影真心が、言ってしまえば西東天やER3システムの手に掛かった改造人間であるのとは違って、玖渚友はほぼ天然の特別製。むしろその能力を引き下げるために色々と手が施され、戯言遣いの妹はその犠《ぎ》牲《せい》になったわけだ。

『ネコソギラジカル』に至ったところで、最後まで作者泣かせというか、メインキャラクターでありながら、本当に書きづらくって仕方のない奴だったけれど、その分、それなりの愛着があった。

なんだかんだ言ったところで、戯言シリーズ全体を通しての主役は、戯言遣いではなく、当初の予定通りに、この玖渚友だったのかもしれないと、今にして思う。

玖渚直　【くなぎさ・なお】

玖渚友の実兄。

戯言遣いから尊敬の視線を浴びている。戯言遣いがERプログラムに参加する際、色々と骨を折ったらしい。まさか裏入学をさせたわけではないだろうが……。

当初の肩書きは玖渚機関機関長秘書。

最終的には玖渚機関機関長。

でも、終始、玖渚友の、お兄ちゃん。

『サイコロジカル』において、台詞だけではあるが、何度か登場している。それを読む限りにおいて、あまり性格の良さそうな人間には見えないし、戯言遣いと良好な関係にあるようにも見えないんだけれど……。

どうなんだろうね。

彼が本編に、生身で登場する予定があったことに関しては、『クビツリハイスクール』の項を参照のこと。


【くびきりさいくる】

クビキリサイクル

西尾維新の著作一冊目。

竹・絵。

二〇〇二年二月発売。

第二十三回メフィスト賞受賞作。

正式タイトルは『クビキリサイクル　青色サヴァンと戯言遣い』。推薦文は清涼院流水先生。戯言シリーズの、記念すべきシリーズ一冊目。


推理小説を書こうと思ったのだ。今はちょっとその辺、曖昧《あいまい》になっている感じだけれど、メフィスト賞と言えば、その頃は基本的にはミステリーの賞だったから、それに合わせようと、そんな風に思ったのである。

そのため、まずは密室トリックを二つほど考えた。それを軸に物語を構築しようと思ったのだが、しかしいざ書き始めてみると、心の中に、疑念がふつふつと沸《わ》き起こる。

つまり、

「こんなトリックでいいのか？」

だ。

推理小説における肝《きも》であるところのトリックと言うのは、とことんをとことんまで突き詰めて考えてしまえば、最後にはクイズだのパズルだの、そういった種類のものになってしまう。少なくとも、属する場所は、そこだろう。で、クイズだのパズルだのは、それを出題する立場からしてみれば、答は最初からわかってしまっているわけで（自分で考えるのだから、それが当然だ）、ゆえに、それが本当にいいトリックなのかどうかの判断なんて、厳密な意味ではできるはずもないのである。自己観測の難しさはあらゆる創作活動に等しく言えることだろうが、推理小説の執筆は、なかんずくその性格が強いのだ。

　まあそういった小理屈はともかく、二つ考えた内の一つ目のトリックは、どう考えても簡単過ぎるように思えた。そうなると、連鎖的に、自信があったつもりの二つ目も、なんだか大したことがないようにも思えてくる。基準がわからない。

　というか、そういう事情を差し引いたところで、そもそも、この『クビキリサイクル』の犯人は『天才』なのだ。その『天才』が仕掛けるトリックが、こんな程度でいいのだろうか――とは、純粋なパラドックスとしてあった。まあこれは、推理作家なら誰だって抱えている問題なのだろうけれど（名探偵の推理がショボかったら、どうしたってダサいだろう）、しかし、なんとかうまくこの辺を誤魔化すことはできないだろうか――

　誤魔化すのは大得意。

　昔からそうやって生きてきた。

　考えることにちょっと飽きて、気分転換に北大路通りを自転車で駆けていたときに、空からアイディアが降ってきた。正に空から降ってきたという感じだった。危うく事故に遭うところだったが、事故に遭っていてもいいと思えるほどに、抱えていた問題を解決できる、手ごたえのあるアイディアだった。

　つまり、『真相が看破されることによって仕掛けが成立する企み』があればいいのだと、僕は思い至ったのである。最初から全てのトリックが、探偵役に見抜かれることを前提に仕掛けられているのならば、探偵役（戯言遣い）、そして犯人（『天才』）、どちらの顔も立てることができるではないか。

　無論、犯人の顔を立てっぱなしではなんなので

（その場合、それが語られることがなくなってしまう。完全犯罪は露見《ろけん》しなければ完全犯罪たりえない）、最終的には、全ての真相を開示することにはなるだろうが（『人類最強』、哀川潤の登場）、それでも、だからどうということもなく、その時点では全てが終了してしまっている——とか。そうすれば、それまで単発で考えていた一つ目の密室と二つ目の密室を、リンクさせて考えることもできるのだった。

理屈と膏薬《こうやく》はどこにでもつくというか、あらかじめ準備していたかのようにこのアイディアは『クビキリサイクル』という物語にぴったりとはまって、結果としてその辺が評価され、メフィスト賞の受賞に至った。実際に発売されることになって、その反応を見る限り、読者の皆さまにも、そういう部分は受け入れてもらえたように思う。

タイトル『クビキリサイクル』。

サイクルとリサイクル。

周期と再利用。

我ながらよくこんな綺麗な掛詞を思いついたなあと思う。当時の必死さは、ただの我武者羅《がむしゃら》ではあったのだろうけれど、そして我武者羅以外の何でもなかったのだろうけれど、しかし、純粋に、懐かしいという以上に、見習いたいと感じてしまう。このタイトルを思いつくために、どれだけの日数を費やしたものだったか——逆に言うなら、戯言シリーズ、この『クビキリサイクル』のタイトル以外の五作は、全部、『こういう流れで行こう』という前提があったので、そんなに苦労はしていない。

ところでこの小説、プロローグ部の一行目で、いきなり真相に触れている。読み返してびっくりという悪戯《いたずら》めいた仕掛けなのだろうが、実際に作者として読み返してみると、かなりはらはらする仕掛けではある。余計なこととしなくていいから！　とか思ってしまうけれど、今でも割とやっている。

クビシメロマンチスト　【くびしめろまんちすと】

西尾維新の著作二冊目。

竹・絵。

二〇〇二年五月発売。

正式タイトルは『クビシメロマンチスト　人間失格・零崎人識』。伝統としてメフィスト賞作家は、二作目あたりまでは先輩作家や評論家さんから推薦文をいただけることになっていたのだが、僕の場合、二作目からもう、推薦文はなかった。誰も推薦してくれなかったわけではない。

と、思う。

はずだ。

『葵井巫女子』の項に既に書いたけれど、『クビキリサイクル』が『真相が看破されることによって仕掛けが成立する企み』がある推理小説だとしたら、それに準ずる形で、『萌えキャラが被害者』かつ『萌えキャラが犯人』という、壮大なミスディレクションこそが、この『クビシメロマンチスト』の中軸である。しかし、その試みは単純にミスディレクションとしてではなく、趣味の悪さ、後味の悪さとして、成り立ってしまったように思う。そして、更に言うなら、結果としてそれは大成功で、『クビシメロマンチスト』が戯言シリーズのベストだとする読者、そこまででなくとも『クビシメロマンチスト』で戯言シリーズに嵌《はま》ったという読者は、かなりの数に上るらしい。

実際、この小説を編集者さんに読んでもらったところで、僕のデビューは確実さを伴って、決定したように思う。夜中の一時ごろに編集者さんから電話が掛かってきて、

「一時間後に電話して、この小説について褒《ほ》めるから、寝たら駄目だよ」

と言って電話を切られたのを憶えている。

寝たら駄目って……。

そして本当に一時間後に電話が掛かってきて、二

時間ほど褒められた。褒め殺されたと言ってもいい。今も変わらず、西尾さんは基本的に褒められることに慣れていない奴なので、でも、嬉しくないわけがなく、なんだか複雑に居心地の悪い時間を過ごしたものだった。

ただし。

『クビキリサイクル』は着手から完成までに、何度もリライトがあり、資料を調べたり取材をしたりと、かなりの手間とかなりの時間が、惜しみなくかけられた小説であるのと対照的に、『クビシメロマンチスト』は、正直言って、ほとんど手なりで書いた小説である。

正味、二日だか三日だかで書き上がった。

勢いで書いた小説と言ってもいい。

多分、二〇〇五年現在まで、西尾維新がプロの小説家として書いてきた、長編短編、全てを含めたところで、トップクラスに手間も暇もかかっていない。

それなのにプロの編集者さんから『クビキリサイクル』よりも『クビシメロマンチスト』の方が受け入れられたというのは、いくら『クビキリサイクル』あっての『クビシメロマンチスト』なのだからと、理屈でわかってはいても、なんだか難解な心境であった。

知っている人は知っていることだが、投稿時代、僕は執筆速度を売りにしていたところがあって、どれだけ短期間に多くの小説を書くことができるかが小説家の真価であると思い込んでいた。実際、メフィスト賞に、一度に二作三作の投稿をするのは当たり前だった。一週間に一作書き、一ヵ月に四作書いていた。

「早く受賞させろ。さもないと次は四作送るぞ」

という脅迫行為にも、それは似ていた。

一日に原稿用紙百枚二百枚。

ただ、そういう単純速度が速ければ速いほどに小説の質が向上するかといえば、無論、そんなわけがない。今でも多分、日本人作家としては三番目くらいの執筆速度を有しているという自負があるが、『クビキリサイクル』を書くに当たり、それが理解できたところで、僕にとってのデビューへの道が拓かれたと言っていい。

だけれど、今でも僕は、

「いいものを作るには時間がかかる」

という、創作活動にかかわる人々の間に流布《るふ》するこの言説に対して、否定はしないまでも、迷いなく頷《うなず》くことはできない。最初にこの台詞を口にした人間は、言い訳の天才だったのだと思う。創作という行為に関して、あたかもその中核にブラックボックスが存在するのだと、人々に思わせることに成功したからだ。

ただ、それでは、『クビキリサイクル』に説明はついても、『クビシメロマンチスト』に、説明がつかない。速ければ質が向上することはなくとも、速く書いたせいで質が落ちたということは、少なくとも僕の場合はない。速度はクオリティには関係がない。

だから、

「いいものはそれにとって最速で仕上がる」

というのが、今のところの僕のスタンス。

僕にとって時間がかかるということは、迷いながら書いているということに他ならない。パソコンを打鍵する指が止まるときは、いつだって迷っているときだ。迷いながら書いた小説が、名作になるとは思えない。

直感と決断。

あとは自信。

ついでに酩酊。

それだけだ。

ところで、サブタイトルにまでなって、裏表紙まで飾っている新キャラ・零崎人識ではあるが、この小説の中では、ほとんど何もしていないと言ってもいい。まあ、ミスディレクションのミスディレクシヨン（葵井巫女子を始めとするクラスメイトから読み手の目を逸《そ》らさせるため。彼女達ばかり見られていたら、さすがに露骨過ぎるところがあるから）として登場させたところのあるキャラクターだから、いい意味でのフェイクにはなっているのだけれど。

　余談。

　発売直前になって、この本、イラストが一枚足りないことが判明した。カウントを間違っていたのだ。というか、プロローグの部分にも扉が必要だったことに誰も気付いていなかった。結構あたふたして大変でしたとさ。

　雑談。

　この本、別に意図したわけではないのだけれど、『クビキリサイクル』と、ページ数も値段も同じである。すげえ偶然だった。そしてこれは、後を引く偶然となる。

首吊高校　**【くびつりこうこう】**

澄百合高校のこと。

自虐《じぎゃく》を込めて、生徒達がそう呼んでいる。

一応首吊りと澄百合は韻を踏んでいる。

首吊りが先だが、しかし、それでも澄百合とは、やけにそれっぽい感じに仕上がったものだ。

クビツリハイスクール　**【くびつりはいすくーる】**

西尾維新の著作三冊目。

竹・絵。

二〇〇二年八月発売。

正式タイトルは『クビツリハイスクール　戯言遣いの弟子』。講談社ノベルス二十周年記念の『密室本』の形を取って出版された。

二〇〇三年以降に戯言シリーズを読み始めた方のために、『密室本』について、ここで説明させてもらうと、それは歴代のメフィスト賞作家が、ミステリーの王様とも言える『密室』をテーマに、原稿用紙三百枚程度の小説を書き、それを袋とじ仕様で、二〇〇二年、一年かけて発売するという、一大イベントのことである。袋とじ仕様という形式を、ご存じない方に説明するのは、本来非常に困難であるはずなのだが、しかし、幸い、本書においてはその労を僕が担う必要はないだろう——要するに、この本の形式と同じである。その密室本を五冊買い、付属している応募券を葉書に貼り付けて編集部に送ると、プレゼントがもらえるという特典つき。

　メフィスト賞を受賞することになった際、僕は担当編集者さんから、三回のチャンスを与えられた。自分を納得させることができる限り、三冊までは、自分の権限で絶対に出版させてみせる、と仰って下さったのだ。つまり、言い方を換えれば、三冊出版するまでに、ある程度の成果を出すことができれば、それからも出版の機会を与えられるというわけである。逆に言えばチャンスは三度までということ。この出版不況にチャンスを与え過ぎということも、単純にドライだということもできそうなシステムだけれど、この密室本については、そのシステムにカウントしないということを、編集者さんは明言してくれた。

　つまり、偶発的にではあるが、僕には四度のチャンスが与えられることになってしまったわけだ。密室本のイベントに参加できたのは、第二十三回受賞者の僕までだったので、これは幸運だったというか、なんというか、そんな感じである。

　ただ、正直、この小説を書き上げるのは、平坦な道程ではなかった。もったいぶらずに明かしてしまうと、『クビツリハイスクール』には、没バージョンが存在するのである。

　その没バージョンには玖渚直が登場し、また、紫木一姫の友人として、嵯峨埜鵜鷺も登場していた。逆に言えば、萩原子荻や西条玉藻は登場していなかった（その原型めいたキャラはいたけれど）。

最初の計画で言うと、『クビキリサイクル』が玖渚編、『クビシメロマンチスト』がいーちゃん編とすると、『クビツリハイスクール』は、アパート編にするつもりだったのだ。アパート編、つまり、日常編というか、ボーナストラックというか。だから、アパートの新入り・紫木一姫とのドタバタ劇みたいなのを書き、浅野みいこなんかもそこに絡んだストーリーだった。

けどまあ、面白くはならなかった。

『クビシメロマンチスト』の後に出る本だから、爽《さわ》やかなほのぼの雰囲気のストーリーにしようとしたのが、よくなかったらしい。

で、その分析の結果が、現行の『クビツリハイスクール』である。アパート編という考えを放棄して、『哀川潤編』を、新たに構築することにしたのだった。更に言うなら、それは西尾維新が、

「もうミステリーは、ある程度、いいかな」

と思った瞬間でもあった。

ただ、『クビキリサイクル』の『真相が看破されることによって仕掛けが成立する企み』や、『クビシメロマンチスト』の『萌えキャラが被害者&萌えキャラが犯人』のように、ミステリーのための中軸が、この小説の中にもある。一本、筋が通っている。それは、一言で言うなら『探偵役の不在』だ。この『クビツリハイスクール』では、哀川潤も戯言遣いも、とにかく推理をしない。いわゆる『犯人』である紫木一姫を、最後の最後まで疑おうともしない。つまり、どんな単純かつ簡単なトリックであったとしても、探偵役が不在ならば、事件は成立してしまうという感じで、まあそういった経緯で、必然的に、形梨らぶみというキャラクターが生まれたわけだ。結果としてそれは、戯言遣いの探偵役からのフェイドアウトを意味していた。

原稿用紙三百枚くらいという縛りがあったから、ちょっと窮屈《きゅうくつ》だったり、展開を省略しなければならないところがあったりで、色々と要素を詰めるのが

大変だったが、それがストーリーをシャープにする結果になっているようだ。小説は長ければいいってものでもない。

二〇〇三年以降の発売分に関しては袋とじが外されることがあらかじめわかっていたので、『密室』はあくまでテーマにとどめた。袋とじの構造自体をトリックに含めるとか、その気になれば色々遊べそうなイベントではあったのだけれど、デビューしたての僕には、そんな余裕はなかったのだろう。

ちなみに。

タイトルを『クビツリハイスクール　戯言遣いの梯子《はしご》』に変えてしまおうかという案があった。『クビキリサイクル』が世に出た時点で、三冊目であるこの本のタイトルまで既に予告されていたのだが、実はそれは誤記であって、『弟子じゃなくて梯子でしたー』みたいな。

余裕あるじゃん……。

一群　**【くらすた】**
《チーム》の別名。
こう呼ぶのは兎吊木垓輔。

害悪細菌　**【ぐりーんぐりーんぐりーん】**
兎吊木垓輔のハンドルネーム。
詳しくは彼の項で。
しかし、考えてみたら、このハンドルネーム、長ったらしくて呼びづらい。絶対に《グリーン》とか《グリさん》とか、略されて呼ばれてしまいそうだが、そんな呼ばれ方では、きっと、彼は振り向かないのだろう。

グリフォン・ハードカスタム　**【ぐりふぉん・はーどかすたむ】**
グリフォンというナイフがあるんです。

滅茶苦茶格好いいんです。

実用性は皆無の装飾品だけど。

『クビツリハイスクール』で、西条玉藻が左手に持っている方がそう――エリミネイターと同様に、名前をちょっといじっている。

要するに西条玉藻は派手で大きく、見た目に危険なナイフが好きなようだ。

黒尽くめ　**【くろずくめ】**

『クビシメロマンチスト』で、鴨川沿いで、戯言遣いを襲った謎の人物。

その正体は貴宮むいみ。

覆面をするために、長い髪を切ったんだね。

クロスボウ　**【くろすぼう】**

弓矢のついた銃。


『クビツリハイスクール』で萩原子荻が使用。

西条玉藻の死体を利用しての二段構えの罠《わな》だったけれど、いーちゃんには通じても紫木一姫には通じなかった。

グロック　**【ぐろっく】**

拳銃。

園山赤音が使用。

正確にはグロック17。

という設定だったと思う。

第九幕——《け》

ZaregotoDictionary

0

替え歌みたいな人生だね。

1

慶紀【けいき】

萩原子荻の手下その二。
名前の由来は慶紀逸。

警察【けいさつ】

京都府警の項参照。
戯言シリーズでは、かなりないがしろにされている組織。まともに動いたのは『クビシメロマンチスト』のときくらいだが、それだって哀川潤がかかわった時点で、わやになってしまったはずだ。赤神イリアの、「警察は呼びません」発言が、いつまでも引《ひ》き摺《ず》られている感じ。

携帯電話【けいたいでんわ】

さりげなく『クビシメロマンチスト』のキーアイテム。が、精々《せいぜい》それくらいで、戯言シリーズ内においては、この便利な素敵アイテムは、あまり活用されていない。いーちゃんを始めとし、使いこなせている人間がほぼ皆無であるという以前に、そもそも持っていない人が多いことがその一因だろう。世間からはぐれた登場人物ばっかりだから……。
狐さんが持っているのは、意外な感じ。

携帯リスナー
【けいたいりすなー】

西尾維新作の短編小説。

舞城王太郎・絵。

雑誌『ファウスト』四号収録。

携帯電話とラジオの話。

警備員
【けいびいん】

『サイコロジカル』に登場する、斜道卿壱郎博士の研究施設への出入りを監視している人達のこと。戯言シリーズには珍しい、本物の脇役。

あと、玖渚友の住むマンションの玄関にもいる。岩のように鎮座する岩のような警備員さん達。

すげえ表現するな、戯言遣い。

欠陥製品
【けっかんせいひん】

戯言遣いのニックネームの一つ。

こう呼ぶのは零崎人識、一人。

友達からこんな風に呼ばれたら凹《へこ》むよね。

『人間失格』に対応する形で考えた呼称ではあるけれど、思いの他、戯言遣いにぴったりくるネーミングだった。

剣玉
【けんだま】

説明の必要はないだろう、あの有名なおもちゃ。のはずだけれど、ひょっとしたら、最近の若い衆は知らないかもしれない。まあ、それはないにしたって、これでよく遊ぶという人は、そんなにいないだろう。

『ヒトクイマジカル』を書くにあたって、実物を購入した。プラスティックの安い奴もあったけれど、やはりここは木製の本格的なものがいいだろうということで、千円の剣玉を買った。『日本けん玉協会』のシールが貼ってあった。

　遊んでみたら、これが結構嵌る。

　姫ちゃんがこれを武器に戦闘するというシーンを考えたのだけれど、よく考えたら、いーちゃんがそれを目撃するシーンなんて『ヒトクイマジカル』ではありえないので、お蔵入り。

剣道【けんどう】

　子供の頃、習っていた。本当に子供のお遊戯程度だったけれど、近場の警察署に、週に何回か通って、竹刀を振っていたのだ。まあ結局ちっとも上達しなくてやめてしまったのだが、だからこそ、僕は、この競技に対して、なみなみならぬ憧れというか、執着というか、そういうものがある。

　みいこさんが剣道家で剣術家で、結果的にはしてやられたとしても、奇野頼知を撃退できたりするのは、そういう作者の根源に起因している。実際に剣道をやっている方からは、

「お前剣道をなんだと思ってるんだ」

と、言われがちだが……。

　勘違いと嘘は小説のスパイス、らしい。

　剣道サンバルカン。

剣呑剣呑【けんのんけんのん】

　危ない危ない、みたいな意味。

　ただし、戯言遣いはこの言葉を、別の言葉と意味を取り違えているらしい。似たような語感の言葉で、一体何と取り違えているのか、考えてみるのも一興かもしれない。

　本来、崩子ちゃんが突っ込みを入れる予定の取り違えだったのだが、いーちゃんがこの台詞を崩子ちゃんの前で言うシーンがなかったのだ。お陰で正解が明かせなかった。

第十幕——《こ》

ZaregotoDictionary

0

脱げない鎧は、着るべきではない。

1

拘束衣【こうそくい】

匂宮兄妹が着ているアレ。

実際に着るとあんな不便なものもないだろうが、あれをワンピース風に着ればかなりの萌え衣装になるんじゃないだろうかと、新ジャンルを開発する気持ちで、匂宮兄妹はデザインした。

イラストレーターの竹さんの画力もあって、そのアイディアは大成功。しかしまさかあんなピチピチの意匠になるとは……。

ただ、両腕を封じられていることを忘れて、うっかり匂宮兄妹が手を使っている描写なんかをしてしまったりして、大体はゲラで直したけれど、それでも『ヒトクイマジカル』の初版には幾つか残ってしまっていて、作者としては汗顔《かんがん》の至りだった。

まあ、大リーグ養成ギプスみたいなものなのかな。

当たり前だが、出夢くんは、その気になれば、こんな服、引《ひ》き千切《ちぎ》って脱げる。

神足雛善【こうたり・ひなよし】

斜道卿壱郎研究施設の研究局員。

根尾古新のパートナーとして、あるいは兎吊木垓輔のパートナーとして考えたキャラクターなので、彼自身に対する思い入れだったり裏話だったりは、全くと言っていいほどないのだけれど。

　まあ、詳しくは別項かな。

講談社　**【こうだんしゃ】**

　戯言シリーズを販売してくれている出版社。

　足を向けては眠れない。

講談社ノベルス　**【こうだんしゃのべるす】**

　戯言シリーズの出版されるレーベル。

　あるいは形態。

　新書サイズ。

　基本的には二十三字かける十八行の二段組。

　たまに十七行だったり十九行だったり、一段組だったり、その場合は四十三字かける十八行だったり、色んなパターンがあるけれど、基本はそう。

　文庫やハードカバーやなんかに慣れ親しんでから、いきなりこの形を読むと、かなり面食らうことだろう。実際、僕が一番最初に、このノベルスという形態の本を読んだのは、綾辻行人先生の『黒猫館の殺人』だったけれど、

「二段組って……何だろう、これ」

　と、驚いたものだ。

　ただ、書く立場からしてみると、この字組はかなり、小説を書くのに適していることがわかる。というのは、文章は二十字くらいを一単位とするのが、一番区切りがよいからだ。どうも、人間が一度に頭に入れられる文章の平均値は、その辺にあるらしい。とはいえ、別にそれを狙っているレイアウトなわけでもないだろうが……でも、作者が書きやすいと読者も読みやすい、はずだから、結論としては、僕はこの二十三字かける十八行、二段組という形が大好きだ。そういうわけで、ちょっとだけ我儘《わがまま》を言って、本来小説ではないはずの本書も、同じ形に揃

えてもらった。

高都大学　【こうとだいがく】

西東賢悟《けんご》、西東天、木賀峰約が、職員として勤務していた大学。西東天の二人の姉は、学生として、この大学に通っていた。

コート　【こーと】

玖渚友の《チーム》時代の思い出のコートのこと。

でありながらにして、『クビキリサイクル』において、あっさりと使い捨てになられたところに、玖渚先生のドライさがよく表れている。

で、このコートを着た玖渚友が、『零崎軋識の人間ノック2』に登場している。思い出のコートが、まだ思い出になる前というわけだ。

『クビキリサイクル』の表紙、また扉絵に描かれている玖渚友が着用しているコートが、このコートなのだろう。

誤植　【ごしょく】

西東天の理論にのっとれば、世界がもしも物語なのだとしたら、円朽葉や玖渚友は、そこに確率的にどうしても生じてしまう、『物語における誤植』のような存在。

と、いうこと。

つまり逆説的に、円朽葉や玖渚友が存在するということは、この世界は物語であるということで、ならばその物語には、終わりというものがあるはずだと、そういう理屈。

簡単に説明してしまえばそういうことなのだが、しかし、簡単に説明してしまうと、どう考えたって無理筋だよなあ。これを自信たっぷりに説明することのできる西東天は、確かに大物である。

その誤植を、意図的に創造しようとしたのが、後に人類最強の請負人となる、哀川潤の育成だったわけだ。まああれだ、わざと失敗してウケを狙おうとしたら、それが滑っちゃったみたいなものである。

コスプレ　【こすぷれ】

コスチューム・プレイの略。

哀川潤の趣味。

コスプレというか、まあ、変装なのだが。

でもなんか、哀川さん、案外ひょっとしたらそういう系のイベントに出てたりしてとか、そんなよしなしごとを考えると、思わず笑いが込み上げてくる感じだ。

いーちゃんの前では、女子高生、石丸小唄、それに、本編に登場しないところで、看護師のコスプレを披露したことがあるらしい。他にも多々あるのだろう。

骨董アパート　【こっとうあぱーと】

いーちゃんの住むアパート。

歴代の住人は浮雲さん、浅野みいこ、隼荒唐丸、七々見奈波、石凪萌太、闇口崩子、紫木一姫、それに、戯言遣い。

居候として、春日井春日、想影真心とメイドさん。

骨董アパートというのは、いーちゃんがそう呼んでいるだけであって、正式名称ではないのだろう。骨董品のようなアパートと言っていたのが、省略されて、いつからか骨董アパートと言うようになったのだ。

大家さんは、言及はあるものの、未登場。管理人さんがいてもよかったかもしれないなーと、そういう意味では思うけれど、実際的には、浅野みいこが管理人代わりだったんだろうと思う。

梧轟正誤　【ごとどろき・せいご】

《チーム》の一員。

《罪悪夜行《リバースクルス》》。

または『嘲《あざけ》る同胞』。

詳細不明。

『梧轟』というのは、『発音しにくい名前』というテーマにのっとって考えられたもの。『正誤』は、単純に、『せいご』という、よくありそうな名前を、別の熟語に置き換えた感じ。戯言シリーズの中でトップクラスに変な名前……というか、不自然な名前。不自然な名前はあんまり好きじゃないけれど、これはそういうテーマだから、いいとする。

伍砦　【ごとりで】

玖渚機関の一部署。

詳細不明。

響きは前項の『梧轟』に似ている、ね。

コブラ　【こぶら】

コブラ・マスタング。

哀川潤の愛車。

赤。

『サイコロジカル』から『ヒトクイマジカル』の間に受けた仕事で、どうやらぶっ壊れてしまったらしい。結局、『ネコソギラジカル』終了までに、修理から戻ってくることはなかった。

廃車になったのかもしれない。

ツーシーターの、やたら格好いいクルマだ。

『ネコソギラジカル』において哀川潤が乗っているセカンドカーについては、その種類は明言されていない。

殺して解して並べて揃えて晒してやんよ
【ころしてばらしてならべてそろえてさらしてやんよ】

零崎人識の決め台詞なのだが、『クビシメロマンチスト』においてのみ、『解して』の部分が、『バラして』と、片仮名表記になっている。『クビシメロマンチスト』でそれを聞いて以来、戯言遣いも真似して使っている。

零崎人識と再会するまでの間は。

もっと長く、『○○して○○して○○して○○して——』と、五行くらい延々と続く『マジ切れバージョン』もあるのだが、今のところ、それを零崎人識が、誰かの前で披露した機会はない。

殺し名 **【ころしな】**

上から順に、序列一位の匂宮、序列二位の闇口、序列三位の零崎、序列四位の薄野、序列五位の墓森、序列六位の天吹、序列七位の石凪。

総じて《殺し名》七名と称される。

戯言遣いにとって、『クビシメロマンチスト』以前は、《呪い名》を含めたこの世界については、ほとんど未知の領域だった。聞いたことはあっても、憶えてはいなかったらしい。

殺し屋 **【ころしや】**

《殺し名》序列一位、匂宮の肩書き。

誰にだって頼まれれば殺す。

第十一幕——《さ》

ZaregotoDictional

0

不問に付す。

きみにはもう、何も問わない。

1

サイコロジカル（上）　【さいころじかる・じょう】
サイコロジカル（下）　【さいころじかる・げ】

西尾維新の著作、四冊目、五冊目。

竹・絵。


二〇〇二年十一月発売。

正式タイトルは、それぞれ、『サイコロジカル（上）　兎吊木垓輔の戯言殺し』、『サイコロジカル（下）　曳かれ者の小唄』。上下巻、二冊同時出版という試みだった。

戯言シリーズが無事に完結した今だからこそようやく明かせる話なのだが、この『サイコロジカル』、実を言うと、原型は『クビツリハイスクール』よりも前の段階で書かれている。既に述べた通り、『クビツリハイスクール』は密室本という、講談社ノベルス二十周年のイベントとして、いわば突発的に書くことを許された本であって、当初の予定には組み込まれていなかったのだ。

担当編集者さんから僕に三回、出版のチャンスが与えられていたことは説明した。僕はその三回のチャンスを、『クビキリサイクル』、『クビシメロマンチスト』、そして『サイコロジカル』で、活かそうと考えていたのだ。場合によっては『サイコロジカル』が、戯言シリーズの最終作になってもいいようにと思い、ストーリーを構成したのだった。

　が、編集者さんとの協議の末、『クビシメロマンチスト』と『サイコロジカル』の間に、『クビツリハイスクール』を出版することになった。当然、それにあわせて、『サイコロジカル』の中身を修正することになったのだ（余談というよりは最早懺悔《ざんげ》だが、修正しきれていない箇所が、かなり版を重ねるまでそのまま残っていたりして、その辺は恥じ入るばかりである）。

『クビツリハイスクール』を間に挟んだからこそ、『サイコロジカル』がより持ち味を活かされた形になったようで、それは単純によかったが、その中身を修正している内に、また新たな問題が生じることになった。

　長過ぎるのだ。

　分量が多過ぎる。

　新人が一年目に出す本としては、ちょっと冒険が過ぎる――ということで、『サイコロジカル』は、上下巻に分けられることになった。内容的にも、物語の半分以上事件が起きないこの話は、上下に分けて考えるべきだろうと言うのもあったから、期せずして、僕は四冊目どころか、五冊目のチャンスまでいただけることになったわけだ（まあ、この場合は、さすがに同時にカウントするのが、当たり前だろうけれど）。

　が、分量が多過ぎるとは言っても、上下巻に分けるにしては、ちょっと少ないように、僕には思えた。だから、修正以上に、更に加筆が必要になってしまい――というか、自主的に申し出て――主として、春日井春日の出番を、大幅に増やすことになったのだった。春日井春日というミラクルキャラは、こうして誕生した。

　そういった経緯で、『サイコロジカル』は、かなり発売の直前まで、切羽《せっぱ》詰《つ》まって本作りに勤《いそ》しんだ、そういう言い方をすればとても余裕のない本だということは間違いがない。が、そういう状況でなければ生まれないものも確かにあって、それが『サイコロジカル』の中にはあるように思えるのは、制作者側の贔屓目《ひいきめ》だけでは、ないだろう。

　帯に隠れて見えないけれど、『サイコロジカル』上巻の裏表紙に描かれているフィアットには、ナンバープレートに遊びがある。また、下巻でも、帯の下に遊び心が……。

　目次のことに触れておこう。

　上下巻とも、それぞれの章題は、世にある名作のタイトルをもじったものだ。たとえば『青い檻』は『青い鳥』。割とわかりやすい種類の言葉遊びだが、わかりやすい割に考えるのは楽ではない。

　『クビキリサイクル』、『クビシメロマンチスト』、『クビツリハイスクール』にあるように、この『サイコロジカル』にも、ミステリー的な一本柱はあるのかと聞かれたら、前の三つほどオリジナリティがあるわけではないけれど、一応、あると答えることができる。

　それは『探偵と犯人との共犯関係』。

　まあ、『クビキリサイクル』と『クビツリハイスクール』の、合わせ技みたいなものなのだし、これに関しては、多分、前例めいたものは多数あるだろうけれど。あとは、本格推理って行き着いてしまえばこういうことだよね、みたいな、トンガリな皮肉が込められていなくもない。世間的には『クビツリハイスクール』がそうだと思われているし、僕もそれには基本的に賛成だけれど、戯言シリーズが推理小説から本当に乖離《かいり》したのは、この『サイコロジカル』の時点であると、言えなくもない。決別宣言に近いものがある。『きみとぼくの壊れた世界』へ繋がる、伏線と言うこともできるかもしれない。

　修正やら加筆やら色々あった末に完成したこの『サイコロジカル』だが、この小説、最初の最初、執筆当初から、今の僕からすれば考えられない書き方をしていた。どういう書き方かと言うと、プロローグにあたる、戯言遣いと兎吊木垓輔の会話を、ほとんど何も考えないままに書いて、それから、全体のストーリーを考えたのだ。ぶっつけ本番とも見切り発車とも違う。自分が書いた文章をヒントに自分で物語を創造したわけだ。

『玖渚編』『戯言遣い編』『哀川潤編』で言えば、『玖渚編』に回帰したこの『サイコロジカル』が、『クビキリサイクル』の裏返しであるということはあちこちで言ってきたけれど、今から考えれば、裏返しと言うよりは裏腹な物語になっているような気がする。だから、戯言シリーズ第二期の始まりであって、また、きっちりと、終わりの始まりになっているのだろうと思う。

西条玉藻　【さいじょう・たまも】

狂戦士と書いて、ベルセルク。
闇突と書いて、病みつき。

彼女のことを、『てけてけみたい』と比喩《ひゆ》するのが、作者として、好き。てけてけが好きなのかもしれない。

澄百合高校一年生、期待のルーキーとして、『クビツリハイスクール』に登場。強烈な印象を残しつつも、あっという間にお亡くなりになった。瞬《またた》く間と言ってもいい。その分の補塡《ほてん》というわけでもないのだが、『零崎軋識の人間ノック』『零崎軋識の人間ノック2』で、彼女の小学生時代の大活躍が描かれている。そちらではルーキーどころかベテランの物腰である。

その性格ゆえかどうなのか、戯言遣いの記憶には随分と色濃く焼きついたようで、『サイコロジカル』の中で架空の恋人扱いを受けたり、『ネコソギラジカル』の肝心なところで回想されたりと、出番の少なさの割には、大した活躍を見せている。

紫木一姫が苦手だったようだ。

萩原子荻にはなついていた。

イラストレーターの竹さんによるビジュアル化は、珠玉の出来と言っていいだろう。なんだこの趣味の悪いストッキング……可愛過ぎる。カラーで見ると、確か、緑色なんだ、あれ。

名前が西東天と似ていることは、案外、言及されていない。ので、『零崎軋識の人間ノック2』で、自分から言ってもらった。

何の伏線でしょう？

西東賢悟　**【さいとう・けんご】**

高都大学人類生物学科の教授。

兼開業医。

いいのかな。

西東天の父親。

元々それなりの人だったが、息子の力によってより出世。というより、息子の力に溺《おぼ》れてしまったところがあるみたい。

西東天が十三歳の頃に、死亡。

詳細不明。

西東準　**【さいとう・じゅん】**

西東順　**【さいとう・じゅん】**

西東天の姉。

双子。

じゅんじゅん。

西東天とは十歳、歳が離れている。そして西東天が十歳の頃に、二人とも、失踪《しっそう》した。

しかし双子ばっかりだな、戯言シリーズ。

この二人の内どちらかが、哀川潤の母親。

西東診療所　**【さいとうしんりょうじょ】**

『ヒトクイマジカル』の事件の舞台。

　また、『ネコソギラジカル』の中巻以降、頻繁《ひんぱん》に出てくる単語——最後には呉越同舟の場所となった。西東天と木賀峰約と円朽葉が共同生活を送った場所でもあり、元々は、西東賢悟の職場でもあった。

　正確には、西東診療所というのは古い名称であって、ある時点からは木賀峰助教授の研究室になっている。木賀峰助教授の死後、どういう扱いになっているのかは不明。というか、玖渚機関次第といったところだろうか。

西東天　**【さいとう・たかし】**

　狐面の男。

　人類最悪の遊び人。

　戯言シリーズにおけるラスボス。

　まあぶっちゃけて言えば、京極夏彦先生の『塗仏の宴』に登場する、堂島静軒《どうじませいけん》のような立ち位置のキャラクターを登場させようと思ったのだ。それを明かしてしまえば僕のやりたかったことはよくわかると思うけれど、そういう風にはならなかったし、できなかった。うーん、課題。

　ラスボス。

　しかし、ただラスボスと言っても、既に色々な濃いキャラクターが登場してしまった五冊目、『ヒトクイマジカル』でのご出陣ということになれば、中途半端《はんぱ》なキャラだったら春日井春日に食われておしまいである。それでは寂《さび》しいというか、とても切ない感じだろう。

　そこで哀川潤の父親である。

　戯言シリーズのパターンとして『哀川潤編』が組み込まれた時点で、いつか哀川潤の父親が登場することになることはわかっていたので、そのまま、ラスボスの位置についてもらったという理屈だ。他にも色々と事情はあったけれど。

　こいつの何が最悪って、何もかもを途中で投げ出し過ぎなところだろう。屋根に上げて梯子《はしご》を外すとは、正にこのキャラクターのためにある言葉だ。木賀峰助教授達のことにしても娘のことにしても戯言遣いにしても《十三階段》のことにしても、とにかく途中で投げ出している。全然約束を守らない。何が約束はできる限り守る主義なものか。読んでいて、あんたそりゃそんな態度じゃどんな目的だって達成できないよと言いたくなる。

　何を言っても何を言われても、

「そんなのはどちらでも同じことだ」

と言う。

木賀峰助教授の、

「あらかじめ予測していました」

と同様に、実際にいたら、かなり不愉快だ。

あと、相手の台詞を反復するアレも嫌だろう。

狐の仮面に白い着流し。

仮面は架城明楽の形見。

多分、昔は別に和服じゃなかったのだろう。


戯言遣いをして『カリスマはあるけれど人望はない』と言わしめる彼だが、実際のところは、危なっかしくて見てられないお人よしが、周囲に集まってきているだけなのかもしれない。母性本能をくすぐるタイプ。

眼鏡フェチ。

西東真実　**【さいとう・まさみ】**

音楽家。

西東天、また西東準・西東順の母親。

彼が十三歳の頃、夫と共に死亡。

息子と同じで、名前が左右対称。

逆木深夜　**【さかき・しんや】**

伊吹かなみの介添人。

だとか。

戯言シリーズ史上において、最初に戯言遣いが、『自分に似ている』と感じた人物。読み返してみると色々いいこと言っているんだけれど、戯言遣いが彼のことを回想するシーンは少ない。

　気付いている人はとっくに気付いていることだが、あの戯言遣い、男性に対しては非常にクールな人間である。

詐欺師　**【さぎし】**

　いーちゃんの肩書きの一つ。

　と言うべきなのか、まあ、隣の項の『策師』との語呂合わせで、いーちゃん自身が口にした、戯言みたいなものだ。

　策師と詐欺師の鬩《せめ》ぎ合いは、もうちょっと踏み込んで書いてみてもよかったのだけれど、さすがに冗長になるかなあと、カット。色々面白い話をしたんだろうと、想像するに留める。

策師　**【さくし】**

　萩原子荻の肩書き。

　『さくし』という場合、本当は『策士』と書くのが正しくて、『策師』というのは、西尾維新の造語（と、いうほどのものでもないが）。こっちの方が一軍を率いている感があっていいかな、みたいな。

桜葉高校　**【さくらばこうこう】**

　京都の名門私立高校。

　男子部と女子部に分かれている。実質は、男子校と女子校が、同じ敷地内にあるようなもの。本名《ほんな》朝《あさ》日《ひ》やその兄、瀬戸瀬《せとせ》いろはなどが通う高校。

佐々沙咲　**【ささ・ささき】**

京都府警捜査第一課の刑事。

斑鳩数一と相棒関係。

実際のところ、『ネコソギラジカル』で再登場すべきは斑鳩さんじゃなくてこちらの沙咲さんだったんじゃないのかと思わなくもないけれど、彼女が出てきちゃうと戯言遣いが喜んでしまうので、あそこでは斑鳩さんの方が出てくるしかなかった。結果、彼女がじかに登場したのは、『クビシメロマンチスト』のみ。

能力は高い。

で、哀川潤と友達らしい。

哀川潤、女友達多し。

『さささささき』という名前はもう完全に面白ネームだけれど、下の名前に『ささき』って、案外現実にあってもおかしくないんじゃないのかとは思う。

『佐々』は、これは単純に、実在の苗字。

佐代野弥生

【さしろの・やよい】


天才・料理人。

鴉の濡れ羽島の住人。

ついさっき、戯言遣いは男性にクールだということを書いたが、逆に言えばそれは女性に関しては情の厚い人間だということで、しかしそんな彼にしては珍しいことに、この佐代野さんのことは、忘れてしまっているらしい。存在は憶えているが、名前がわからないようだ。鴉の濡れ羽島における唯一の常識人だったことから、キャラが薄いと判断されたのだろう。ひでえ。

しかし、『クビシメロマンチスト』において、戯言遣いがキムチ丼ご飯抜きなる奇妙な昼食を摂《と》ることになったのは彼女の責任なので、それは戯言遣いなりの復讐なのかもしれない。

お客として招かれているのに下手すればメイドさんよりも働いているという意味では、かなり変な人なのだけれど。

させられ現象　【させられげんしょう】

西尾維新作の短編小説。

山口晃《やまぐちあきら》・絵。

『ユリイカ』増刊号に掲載。

山口晃先生の名前は、主としてクリエイターの方々からよく聞いていて、なんだか僕とは縁遠そうな、すごい人だなあというのがその印象だったのだけれど、世の中なにがあるかわからないもので、縁遠いどころか、直接イラストを担当していただけた。嬉しい限り。

『ある果実』へと続くこのシリーズは、後二本くらい書いたら、『なこと写本』というタイトルで一冊にまとまる。予定。だったらいいのにな。

なお、この『ユリイカ』増刊号では、戯言シリーズのイラストレーター、竹さんが、表紙にイラストを描き下ろしていた。

殺人鬼　【さつじんき】

《殺し名》序列三位、零崎の肩書き。

理由なく殺す。

さっちゃん　【さっちゃん】

兎吊木垓輔のニックネーム。

当然、こう呼ぶのは玖渚友だけ。あの男が、玖渚以外からこんな風に呼ばれることを、よしとするとは思えない。

真田十勇士　【さなだじゅうゆうし】

真田幸村に仕えた十人の勇士。

猿飛佐《さるとびさ》助《すけ》、霧隠才蔵《きりがくれさいぞう》、三《み》好清海入道《よしせいかいにゅうどう》、三《み》好伊三入《よしいさにゅう》道《どう》、穴山小《あなやまこ》介《すけ》、海野《うんの》六郎《ろくろう》、筧十蔵《かけいじゅうぞう》、根《ね》津《づ》甚八《じんぱち》、望《もち》月六郎《づきろくろう》、由利鎌乃助《ゆりかまのすけ》。

　いーちゃんの言った順番で憶えると、非常にリズムがよくて憶え易いのだけれど、しかし、あれでは由利鎌乃助を忘れがち。ヨナルデパストーリは『悪魔くん』の十二使徒で忘れられがちな奴。横溝正史の名探偵は、ここまでくれば勿論、由利麟太郎《りんたろう》のことでしかあるまい。

　ところで、真田十勇士自体は、実在したのかどうか、微妙なところらしい。まあ、猿飛佐助って時点で、嘘臭《うそくさ》い（偏見）。

裁く罪人　**【さばくざいにん】**

　兎吊木垓輔のコピー。

　詳細不明。

　ていうか、さっちゃんってこっちから来たと考えるべきなんじゃないだろうか……名付けた本人が《細菌》から来ているといってるからには、そうなんだろうけれど……。

戯言　**【ざれごと】**

　シリーズの中心にある言葉。

『戯れ』た『言葉』。

　辞書的な意味では、『ふざけていう言葉』だったり『冗談』だったり、『ふざけ半分』だったり、そういうことで、まあ、作中での主な使われ方とすれば、狐面の男が言う、

「そんなのはどちらでも同じことだ」

　というあの言葉のような、何の価値も認めない、全てを最底辺に揃えることで公平・平等を演出する装置といったところだろうか。

　砕けていうと、『なんちゃって』。

『どーでもいいじゃん』とか。

　もう少し広い意味では、言い逃れだったり言い訳だったり舌先三寸口八丁だったり、そんな感じだろ

う。そう思えば、後ろ向きではあるけれど、案外必死な印象のある二字熟語である。少なくとも戯れてはいない。

戯言一番　【ざれごといちばん】

戯言シリーズの漫画化。

雑誌『ファウスト』の一号二号に掲載（三号に掲載されたのは、再録作品）。戯言シリーズのイラストを手掛けているイラストレーターの竹さんが手ずから書いた、戯言シリーズのキャラクターを使用してのオリジナル四コマ漫画。

今回、本書に収録されているはず。

戯言殺し　【ざれごとごろし】

兎吊木垓輔を代表とする、戯言遣いの様々な『敵』が、戯言遣いに対して仕掛けてきた、戯言無効化の手段。

色々な方法があるけれど、簡単に言えば、戯言遣いを言い負かすことができれば、それで戯言殺し成立である。

戯言シリーズ　【ざれごとしりーず】

戯言シリーズ。

『クビキリサイクル』、『クビシメロマンチスト』、『クビツリハイスクール』、『サイコロジカル（上）』、『サイコロジカル（下）』、『ヒトクイマジカル』、『ネコソギラジカル（上）』、『ネコソギラジカル（中）』、『ネコソギラジカル（下）』の、合計六作九冊のことを指す。

普通に戯言シリーズと呼ぶ場合、『零崎双識の人間試験』、『零崎軋識の人間ノック』、『零崎軋識の人間ノック2』は、含まれない。

戯言シリーズと、正式にラベリングするようになったのは、確か、『クビツリハイスクール』からだったと思う。

戯言シリーズ・スクールカレンダー【ざれごとしりーず・すくーるかれんだー】

二〇〇四年発売。

二〇〇四年四月から二〇〇五年三月までのカレンダー。戯言シリーズにそれまで使用された、イラストレーターの竹さんの絵を再録して制作されたカレンダー。元はカラーで描かれていたが扉絵になる際にモノクロになった初期のイラストが、カラーのままで収録されていたりで、結構お得だった。西条玉藻のストッキングの色は、ここでないとわからない。おまけで携帯電話のストラップもついていた。

　戯言シリーズの数少ないメディアミックス。

戯言遣い【ざれごとづかい】

……この項に何かを期待してらっしゃる方はおられるのだろうか。

　戯言遣い。

　通称いーちゃん。

　その他、いっくんだったりいの字だったり師匠だったりいーいーだったりいっきーだったりいー兄だったりと、色んな呼ばれ方をするものの、本名は不詳。

　本名（みたいなもの）は、一応考えていたけれど、そしてそれが『ネコソギラジカル』の下巻、最後の方で明かされるという展開を考えていたのだけれど、熟慮の末、結局、それを明かすのはやめておくことにした。ここまで引っ張ってしまえば今更どんな本名を明かしたところで物足りないがっかり空気が生じてしまいそうな気がしたので、それならば伏せておく方が、全員の精神衛生上、いいだろうという判断である。

言わぬが花という奴だ。

ただし、その本名（みたいなもの）を、別の作品や別のキャラクターに使いまわすことは、やめておこうと思う。いい名前なんだけど……いや、いい名前なんだから、かな。

　まー思い入れというかなんというか、そういう作者的なことは、結局、戯言シリーズを書いている間、とにかくずっとこいつと付き合うことになっていたわけで、その流れで言うと、一番強いかもしれない。トップ3には入らないけれど。

記憶力悪し。

後ろ向き。

トラブルメイカー、怪我多し。

男に淡白。

年上に惚《ほ》れっぽい。

メイド好き。

女子供にめちゃ強気。

年下キラー。

鈍《にぶ》い。

女装が似合う、孤独主義。

割に、人恋しい。

『クビキリサイクル』や『クビシメロマンチスト』の頃の、ある種の非情さは、哀川潤や紫木一姫と接することによって影を潜めていき、その結果、玖渚友とは乖離《かいり》していく方向にストーリーは進んでいった。非情キャラでずっと押し通すという展開もあったはずなのだけれど、それでシリーズを続けていくのは設定的あるいは環境的、周囲の状況的に、ちょっと辛《つら》かったので、現行のパターンを選んだ。

結果、最終的にはいい奴になってしまった。

いや、いい奴なんだけど、最初から。

　もっとも非情だと言われる『クビシメロマンチスト』における彼の行為も、色々な要素を取り除いてみれば、そこまで責められる類《たぐい》のものではないだろうし。

　要するに、自己評価がとても低い奴なので、語り部でありながら彼自身が彼のことをよく言わないため、必要以上に、非情に見えてしまうということもあるのだと思う。

何の背景も出自も持たないただの一般人ながらにして、玖渚機関やら何やらを敵に回して戦えるような、掛け値なしにとんでもない人間なのだが、何故《なぜ》かその自覚はない。やっぱり、返す返すも、卑屈《ひくつ》なくらい自己評価が低い。とはいえ、『ネコソギラジカル』のエピローグあたりでは、やはり、どことなく自覚的だけれど。

戯言シリーズ自体、『クビツリハイスクール』、あるいは『ヒトクイマジカル』、そして『ネコソギラジカル』において、ミステリーから人外バトルに移行したような空気があるけれど、彼自身のスキルアップみたいなことはありえないので、彼は基本的に、バトルが起こらないように起こらないようにと、常に戦闘を回避する方向で動いていた。いざそうなると、逃げてばっかし。格好いいバトルみたいなのは、書かない方がいいんだろうなという、冷静な計算も、作者としてはあった。

『ざれごとつかい』ではなく『ざれごとづかい』。

肩書きというか処世術。

玖渚友を青だったり、哀川潤を赤だったり、そういう風にキャラクターを色にたとえて言うなら、この戯言遣いは、黒だったり白だったり灰色だったりに見えなくはないが、しかし、無色というのが一番正しいだろう。

まあ、語ろうと思えばいくらでも語れるのだが、紙幅に限りがあるからというより、なんか語れば語るほど、彼については全部嘘になってしまいそうな気がしてきたから、この辺で締めておくことにするけれど、戯言シリーズが終わることによって、ようやく彼の人生は再開したのだろうと、僕なりの感想を、最後に、書いておくことにする。

ザレゴトディクショナル

【ざれごとでぃくしょなる】

この本。

二〇〇六年六月発売。

竹・絵。

正式タイトルは『ザレゴトディクショナル　戯言シリーズ用語辞典』。

辞典を作ってみたかったのだ。

つまり、辞典が作れればその内容は別に何でもよかったのだが、意味もなく辞典を作らせてくれるほど、現在の出版不況は甘くない。『好きな言葉辞典』なんか作れたら最高だと思うのだが、それはまあ、思うだけにとどめ、というわけで、少なからず出版する必然性のある辞典ということで、数々の謎を残して終了した戯言シリーズの辞典を作ることと相成った。

とはいえ、僕自身は数々の謎を残して終了したとはあんまり思っていないし、また、その謎がこの本で明かされているとも思わないけれど。一体この辞典の中に何回、『詳細不明』という四文字が登場しているかを思うと、そら恐ろしい。いっそ『詳細不明』の項目を作って、その言葉について説明したいほどだ。

しかしこの辞典、作者本人が、自分の書いたキャラクターについて『出夢くん』や『崩子ちゃん』や『哀川さん』のごとく、くん付けちゃん付けさん付けで記していて、ふと我に返ると「きゃあ！　この人痛い！」と思わなくもないのだが、かと言って呼び捨てやフルネーム呼びばかりというのも、変によそよそしい感じで、苦肉の策だと思っていただきたいが、とはいえ普段から結構、僕はくん付けちゃん付けさん付けで、キャラクターを呼んでいる。痛いの一言で正解だ。

まあその性格上、本来ならばこの本の執筆は、『ネコソギラジカル』の下巻の発売を待ち、その反応を窺ってからというのが順当なところなのだろうが、しかし、その反応があまりにお寒いものだったり、それ以前に本の数字自体が鳴かず飛ばずだったりした場合、ショックでこのような辞典を書いていられなくなるかもしれないので、あえてその直前——二〇〇五年十月に、この辞典は書かれている。

ゆえに、本書内において、二〇〇五年十一月以降の情報は、実際のところ、あてずっぽうで書いているわけだが、そうしていると、なんだか自分がインチキな予言者になったみたいで、不思議な気分である。

早蕨 【さわらび】

《殺し名》序列一位、匂宮の分家の一つ。

早蕨という言葉自体には、芽が出たばかりの蕨という意味があるが、まあ、出典は本家の匂宮同様、紫式部作、『源氏物語』。

戯言シリーズでも何度か名前が出てきているし、『零崎双識の人間試験』では、敵役として、早蕨三兄妹が登場。

匂宮雑技団の分家の中では、かなりの上位であるらしい。

早蕨薙真 【さわらび・なぐま】

早蕨三兄妹の一人。

薙刀遣い。

『零崎双識の人間試験』に登場。

匂宮出夢と接触した経験あり。

早蕨刃渡 【さわらび・はわたり】

早蕨三兄妹の一人。

太刀遣い。

『零崎双識の人間試験』に登場。

『紫に血塗られた混濁』と呼ばれる。

狐面の男から《十三階段》に誘われたことがあ

る。それに関連して、『最悪』が口癖。

早蕨弓矢　**【さわらび・ゆみや】**

早蕨三兄妹の一人。

弓矢遣い。

『零崎双識の人間試験』に登場。

匂宮出夢と接触した経験あり。

参榊　**【さんざか】**

玖渚機関の一部署。

壱外と同じく、九州ら辺の組織。

…………　**【さんてんりーだー】**

『…』が三点リーダー。

通常『……』とか『…………』とか、二個、四個と、複数（偶数のことが多い）で使用される。

『―』がダーシ。

これも通常、『――』とか『――――』とか、二文字以上連続させて使われる。

『間』や『空気』を表現したり、あるいは『沈黙』を示すために使われる。ごくまれに、伏字代わりに利用されることも。

『‥』という、二点リーダーなるものもある。

第十二幕——《し》

ZaregotoDictionaL

0

きみの言葉を、きみが歌え。

フォローの言葉は、いらないから。

1

G線上のアリア　**【じーせんじょうのありあ】**

バッハ作曲、ウィルヘルミ編曲のバイオリン独奏曲。G線だけで演奏するという、そのわけのわからんこだわりが好き。別の作曲家の先生の作品で、ピアノでも、黒鍵だけで演奏する曲とか、白鍵だけで演奏する曲とか、あるのだけれど、昔の作曲家って面白いことするよなあと思う。いや、今もしているのだろうか。

姫ちゃんのフェイバリットメロディらしい。

いい曲だもんね。

シームレスバイアス　**【しーむれすばいあす】**

零崎軋識の二つ名。

片仮名版。

詳しくは次項……いや、次項でも詳しくはない。

まあ、戯言シリーズ外だし。

愚神礼賛　**【しーむれすばいあす】**

零崎軋識の二つ名。

あるいはその由来である釘《くぎ》バットのこと。

死色の真紅　【しいろのしんく】

哀川潤の異名の一。

《殺し名》だり《呪い名》だりの世界では、これで通っているみたい。『真紅』なのか『深紅』なのか、紛らわしい感じだが、『真紅』が正しい。

ジェイルオルタナティヴ　【じぇいるおるたなてぃゔ】

代替可能。

全てのものには代わりが用意されていて、誰かが何かをしなくても、別の誰かがそれをやってしまう、何かが足りなくても別の何かがその代わりになってしまう、いわゆる掛け替えのなさという概念を、完全にかき消してしまう、西東天の思想を支える二大理論の内の一つ。

ジェイルは監獄。

オルタナティヴには、代替という他に、二者択一という意味もある。そちらは、春日井春日あたりには、関係のない言葉だ。

ジェリコ941　【じぇりこないんふぉーてぃーわん】

いーちゃんが宇瀬美幸とのバトルの結果、入手したアイテム。

旧チェコ・スロバキア製のCz-75のクローン拳銃。

『カウボーイビバップ』で、賞金稼ぎのカウボーイ・スパイクが、使用していたそうだ。『カウボーイビバップ』は大好きだが、それは知らなかった。正直、見ただけで名前がわかるほど、銃火器には詳しくない。名前自体の、格好いい悪いは、すぐわかるんだけれど……。

まあこんな感じのバッティングはよくあること。絵本園樹の『白衣に水着』ではないが、無意識に刷り込まれているものがあるのだろう。

宇瀬美幸から、偶発的に手に入れたアイテムにしては、『ヒトクイマジカル』でも『ネコソギラジカル』でも、欠かすわけにはいかない重要なマストアイテムとなっていた。

ジオサイド　**【じおさいど】**

『クビキリサイクル』で、玖渚友が使っているOS。

あっちゃん作。

意味は『地球虐殺』。

栞　**【しおり】**

玖渚機関の二番目に弐栞があるけれど、それとは関係なく、本の栞。戯言シリーズはメフィスト賞から出発した、講談社ノベルスでの本なので、挟まれている栞は、メフィスト賞の歴代受賞者が全員記されている例のアレである。受賞者の数が増えすぎて、もうかなりいっぱいいっぱいな感じだ。

なお、『ネコソギラジカル（下）青色サヴァンと戯言遣い』の発売にあわせ、戯言シリーズ完結フェアの一環として、全九冊の表紙をフューチャリングした、九枚の『戯言しおり』が制作された。表にそれぞれの本の表紙のキャラクター、裏にその本から西尾さんがセレクトした名台詞がエフェクトされた状態で載せられたしおりである。

選ばれた名台詞は次の九つ。

『クビキリサイクル』
「うにうに」
『クビシメロマンチスト』
「《ラジオ体操第一、ただし時間がないのでヒゲダンス》みたいなっ！」
『クビツリハイスクール』
「一挙一動二府四十三県」

『サイコロジカル（上）』

「地獄という地獄を地獄しろ」

『サイコロジカル（下）』

「四時間？　それは永遠という意味ですか？」

『ヒトクイマジカル』

「あたしはお兄さんみたいな人、大好きっ！　おうちに持って帰って一人占めしたいくらいっ！」

『ネコソギラジカル（上）』

「お姉さん、ちょっと萌えてきちゃうなー」

『ネコソギラジカル（中）』

「げら！げらげらげらげらげら！」

『ネコソギラジカル（下）』

「だったら一緒に、死んでくれる？」


　まあ、表紙のキャラクターの台詞の中からという限定条件というか、縛りがあったため、折衷《せっちゅう》案で選んだような台詞も、実はなくもない。かといって安易な選び方はしたくなかったし……言うまでもなく、一番苦心したのは、『ネコソギラジカル』の中巻である。ほとんど眠っていて、あんまり喋っていないのだ、想影真心。あと、同じく『ネコソギラジカル』の上巻の哀川潤も、それに次いで苦労したものだ。一里塚木の実の所為で、出番が少な過ぎる。二人とも、下巻では色々、いいこと言っているが、それが逆に悔やまれる。

　最初からわかっていれば……。

　この九枚、本屋さんごとに一種類しか配付されていないはずなので、九枚全部集めるためには九軒の本屋さんを梯子しなくてはならず、だから、九枚全部持っている人というのは、あまりいないだろう。数はかなり多く出回っているので、集めようと思えば、そんなに難しくはないのだろうけれど……。

『ヒトクイマジカル』のリバーシブルバージョン、匂宮出夢の名台詞が記された栞は、シークレットで存在するかどうかと言えば、しない。

【しがい・とうの】

滋賀井統乃

《チーム》の一員。

なっちゃん、《屍《トリガーハッピーエンド》》。

または『蘇《よみがえ》る失墜』。

　文字通り、戯言シリーズにとっての『トリガーハッピーエンド』となった彼女なわけだけれど、多分、《チーム》の中では、一番いーちゃんに近い性格だったのではないかと思う。いーちゃんがアメリカに行ってERプログラムに参加している間、《チーム》として玖渚友のそばで活躍し、《狐》が現れたとき、迷いなく間諜として、そちら側に入り込んでみせた如才のなさは、確かに戯言遣いを思わせる。臆病者と呼ばれながら、誰よりも大胆なことをする。架空兵器と呼ばれたのも頷けようというものだ。ただまあ、戯言遣いとは違って、言葉に関して、そう深いこだわりのようなものは、所持していないようだけれど。

　戯言シリーズ内——というか、『ネコソギラジカル』のみに舞台を限ってさえ、出番らしい出番はほとんどなかった上、《十三階段》らしい仕事も全くといっていいほど果たしていない彼女だけれど、そのままだったら完全にすれ違っていた玖渚友と戯言遣いの糸を繋げたというだけで、かつて《チーム》に存在していた、そして《チーム》が存在していた意味はあったのではないだろうか。

　滋賀井は死骸の言葉遊び。

『屍』にも通じる。

『トリガーハッピーエンド』は、『トリガーハッピー』と『ハッピーエンド』の合成語……なんてのは、別に説明する必要もないだろうが、しかし、『屍』一文字にこのルビはかなり気に入っているので、申し訳ないが、諒《りょう》とされたい。

宴九段と滋賀井統乃。

まあ別に、滋賀井統乃という名前のままで《十三階段》に入ってもらうという手もあったのだけれど（そうすれば、もっと話の前段階から、玖渚を物語に巻き込む展開になっていただろう）、『名前が二つ』という、特殊な位置に、彼女には立ってもらうことになった。『名前が二つ』というのは、叙述トリック的にはずるいんだけど、一人称語り部なので、その辺は問題なし。認識の問題だから。

まあ、中巻から下巻の引き担当。

そのためだけに出てきたみたいな感じで、実際、その通り。

下巻の冒頭でイラスト化された彼女だが、あのイラストを見ると、またどこかで書いてみたいと思わせるキャラクターである。しかし、あちこちにアラビア数字の《9》をあしらったあのファッションは、彼女が滋賀井統乃だということを知らない他の《十三階段》の面々からしてみれば、

「なんて自己主張の強い奴だ……」

と思われていただろう。

肆屍　【しかばね】

玖渚機関の一部署。

詳細不明。

名前からすると、滋賀井統乃と因縁があってもおかしくないけれど、果たして……？

式岸軋騎　【しきぎし・きしき】

《チーム》の一員。

ぐっちゃん、《街《バッドカインド》》。

または『蠢《うごめ》く没落』。

詳細不明。

ジグザグ　【じぐざぐ】

曲絃糸の技術。

または曲絃師という職そのものを指す。

例外的に、曲絃師のなりそこない、市井遊馬のニックネームでもあるが、それは次項。

病蜘蛛　【じぐざぐ】

『病蜘蛛』と書いてジグザグと読む場合は、市井遊馬のことだけを指す。勿論、わざわざルビの形をとらない片仮名の『ジグザグ』でも、ニックネームとしては通じるのでややこしい。

そのややこしさのせいで、『クビツリハイスクール』のとき、何も知らない戯言遣いは混乱することとなったわけだ。姫ちゃんはその混乱に、巧妙に付け込んでみせた。

危険信号　【しぐなるいえろー】

紫木一姫の二つ名。

いーちゃんと出会う以前はそう呼ばれていた。

この名で色々とやらかしたらしい。

『ジグザグ』と頭韻を踏んでいる。

『シグナルレッド』という言葉で示される赤色が実際にあって、作者的な由来はその辺。根源に赤色がかかわっているというのがいいかなー、みたいな感じで。

四神一鏡　【ししんいっきょう】

赤神、謂神、氏神、絵鏡、檻神の、五大財閥を総じて、そう呼ぶ。日本のER3システムと言われる神理楽《ルール》という組織と、それなりの繋がりがあるらしい。

市井遊馬　**【しせい・ゆま】**

紫木一姫の、本当の師匠。

戯言シリーズ本編には登場せず。

『クビツリハイスクール』で、黒幕というかラスボス的位置づけとして、ミスディレクションとして生徒のような扱いで語られていたが、実際は、澄百合学園の教師。というか戦技教官。

だった。

紫木一姫が一年生の頃に死亡。

それには檻神ノアがかかわっているのだろう。

曲絃師のなりそこない。

戯言シリーズ内においては、『クビツリハイスクール』のネタバレ防止のため、せいぜい、曖昧な括りで必要最低限以上の記述はなく、出身地が博多であることくらいしか明かされていなかったが、戯言シリーズ終了後、無論、ネタバレについてはある程度の配慮をした上で、『零崎軋識の人間ノック2』に、登場した。

紫木一姫に出会う前、だけれど。

零崎人識と、その際、接触している。

哀川潤とも友達。

柒の名　**【しちのな】**

玖渚機関の、存在しない一部署。

詳細不明。

その名前からして七々見奈波が、ここかかわりを持っていてもおかしくはないのだけれど、しかし、そんなことを言い始めたら、参榊と三好心視辺りが繫がりを持っていることになったりするので、慎重な判断が必要だ。

どうなんだろうね。

疾風怒濤　**【しっぷうどとう】**

哀川潤の異名の一。

シュトゥルム・ウント・ドラング。

誰がこんな風に呼んでいるんだろう。

ドイツではこう呼ばれているのかもしれない。

死なない研究　**【しなないけんきゅう】**

西東天の昔のテーマ。

後に木賀峰約が自主的に引き継いだ。

不死身の少女、円朽葉あっての研究。

死神　**【しにがみ】**

《殺し名》序列七位、石凪の肩書き。

生きているべきでない者を殺す。

石凪萌太は、いーちゃんに対し、自分は実戦経験はないというようなことを言っているけれど、どうだろう、あの性格や物腰からすると、少しくらいは経験があるのではないかと思わせる。物腰柔らかに、平気で嘘とかつきそうだし。

元死神——だとか。

死の快走船　**【しのかいそうせん】**

七々見奈波がいのすけに貸した本。

哀川潤が破いて捨てた。

当然のオチだが、めちゃ高価。

易々《やすやす》と他人に貸していい本ではない。

死吹　**【しぶき】**

《呪い名》の序列五位。

詳細不明。

飛沫《しぶき》との言葉遊びですが。

始末番

【しまつばん】


《殺し名》序列四位、薄野の肩書き。

正義のために殺す。

ジムノペディ　**【じむのぺでぃ】**

西東診療所の電話の、保留音。

誰が設定したのだろう。

ダウナー加減からするとちっぱーの仕業っぽい。

斜道卿壱郎　**【しゃどう・きょういちろう】**

研究者。

天才ではない、またはかつて天才だった人間。

戯言シリーズにおいては珍しいタイプのキャラクターだったが、だからといって書くのが難しかったかと言えばそんなことはなかった。気分的には戯言遣いと、そんなに変わらないわけだから。

『しゃどう』は『シャドウ』。

影。

悪役だから影。

安直だけど、『斜めの道』という字を当てれば、途端に格好良くなったりして、一回のみのキャラで使うのは勿体《もったい》なかったくらいだ。卿壱郎博士という名前自体は、『クビシメロマンチスト』で、既に出てきているけれど。

死にこそしなかったものの、割と悲惨な目にあった――自業自得とは言え。いーちゃんは兎吊木さんのせいみたいに言ってたけれど、明らかに、少なくとも半分以上は、お前がやったことなんじゃないのかと、静かに思う。

十三階段　**【じゅうさんかいだん】**

《十三階段》。

西東天が、その『死後』、物語から追放された後も、物語に関与するために、必要にかられて集めた、十三本の手足。ただし、そういう考えとは別に、《敵候補》というか、世界という物語をただ単純にかき乱す存在を集めようという思想が、根本にあったようだ。

《十三階段》という名前は匂宮理澄の命名。

メンバーの入れ替わりは激しく、抜けたところは詰められる。そんなことをしているものだから、『ヒトクイマジカル』で、西東天と戯言遣いが出会ったときでさえ、まだそのメンバーは、半分くらいしか揃っていなかった。

それから一ヵ月。

『敵』として戯言遣いをロックオンしたところで、《十三階段》を、とにかく揃えることにした西東天。一段目の架城明楽、二段目の一里塚木の実、三段目の絵本園樹、四段目の宴九段までは、それ以前の匂宮出夢、匂宮理澄とともにいた、古参のメンバー。そこから先は新メンバー、五段目の古槍頭巾、六段目の時宮時刻、七段目の右下《みぎした》るれろ、八段目の闇口濡衣、九段目の澪標深空《みそら》、十段目の澪標高海《たかみ》、十一段目のノイズ、十二段目の奇野頼知、そして、十三段目に、想影真心。

揃えるのにはさぞかし苦労したことだろう。

しかも揃えたところで、全然と言っていいほどまとまりのない組織だし、『ネコソギラジカル』においての彼らの行動を見る限り、狐さん、何でこのメンバーを選んだのと言いたくなる。もっといい人いっぱいいただろうに……まあ、本当はすごい人ばっかりなんだけど、逆に、だからこそ、使いこなせなかったというところなのかもしれない。

しかし、作中で戯言遣いも言っているけれど、十三人というのは、さすがに多過ぎだった。本当の本当の予定では、想影真心一人だけでもいいくらいだったのに……。

ちなみに。

《十三階段》の参加資格は、眼鏡。

架城明楽と想影真心、最初と最後は、例外。

気付かれないように闇口濡衣や時宮時刻の存在を混ぜてあったとはいえ、僕の知る限り、気付いた人は一人もいない。

「ネコソギラジカルって、眼鏡の人が多いね」

とは、よく言われたけれど。

狐さんが眼鏡フェチなだけですよ。

十全ですわ　**【じゅうぜんですわ】**

石丸小唄の口癖。

色々応用して使っている。

朱熹　**【しゅき】**

萩原子荻の手下その三。

由来は儒学者。

朱子学の祖だとか。

つまり朱子です。

錠開け　**【じょうあけ】**

哀川潤の三大特技の一つ。

単純な門錠から電子ロックまで、お手の物。

また、いーちゃんも、例の錠開け専用鉄具《アンチロックドブレード》を入手して以来、得意としている。ミステリー史上最も愛され続けた密室というテーマを、見事に台無しにしてしまうテクニックである。

将棋　**【しょうぎ】**

僕が剣道に対して非情に歪《ゆが》んだ形の憧憬《どうけい》を抱いていることは先に述べたが、同じ思いを、僕は将棋に対しても抱いている。真面目に将棋をやっている方々からすれば本当に迷惑な話かもしれないけれど、好きなものは好きなのだ。思い通りに駒を動かすことができるというのは物凄《ものすご》いことだと思う。

だから、頭のいい人は将棋も強いに違いないという思い込みが、園山赤音のキャラクター付けに絡んでいるわけだ。萩原子荻が将棋盤に向かって、離れたところから軍を指揮している場面とか、書ける機会があれば是非書いてみたいものだ。まあ、ありがちなシーンだけれど……。

ちなみに僕は、将棋、滅法弱い。

『ヘボ将棋王より飛車を可愛がり』を、思い切り、躊躇なく地で行く指し手である。

少女【しょうじょ】

少年【しょうねん】

戯言シリーズ内においては、『少年』やら『少女』やらという言葉は、結構広い範囲の意味を持って使われ、また、使い分けられているようだ。少なくとも戯言遣いの定義では、見た目の、外形年齢で、『少年』、『少女』と、判断しているらしい。まあ、そうでなければ、八百歳の円朽葉を、『少女』とは、とてもじゃないが、言えないわけだけれど……。ただし、彼が三つ子メイドのことを『少女』と呼ぶことはないので、どうやら精神年齢も大事な要素であると思われる。

戯言遣いが、園山赤音や姫菜真姫あたりから『少年』呼ばわりされるのは、まあ単純に、親しみの表現だったり、軽んじられているだけだったり、なのだろう。ただ、同世代の零崎人識を『少年』と表現することもままあるので、まあ、複雑というか、適当なところがあるみたい。

城咲【しろさき】

京都の高級住宅街。

玖渚友の住んでいる街。

戯言シリーズは虚実入り混じった世界観だが、この城咲という都市は、モデルも何もない、完全に架空の地名である。京都で京都タワーより高い建物を建てたりしたら、ものすごく怒られるよ。

新京極　【しんきょうごく】

京都最大のショッピングモール。観光客向けのお土産もの屋さん通り。でも、他にも色々、本屋さんとかもあり、地元民にも人気なスポット。いーちゃんは、葵井巫女子と、哀川潤と、それぞれここでデート。本命のみいこさんとは、こういう騒がしいところには行かないらしい。

新本格魔法少女りすか　【しんほんかくまほうしょうじょりすか】

西尾維新の著作十冊目。

西村キヌ・絵。

二〇〇四年七月発売。

連作短編集。

雑誌『ファウスト』で連載が開始されたのが二〇〇三年の九月、つまり、『ヒトクイマジカル』が出版された直後辺り。連載二回分に書き下ろし一本をまとめて、本の形になったのが二〇〇四年の七月ということは、まだ『ネコソギラジカル』は出ていない。ただし、一応二〇〇四年の二月に、『零崎双識の人間試験』が発売されている。

内容的には、戯言シリーズとは全く関係ないけれど、作中に登場する最強キャラクターに、赤色をあしらっているのは、まあ、僕なりの、禁じられたクロスオーバー。

新本格魔法少女りすか2　【しんほんかくまほうしょうじょりすかつー】

西尾維新の著作十二冊目。

西村キヌ・絵。

二〇〇五年三月発売。

連作短編集。

連載二回分に書き下ろし一本という形は、一冊目と同じ。本の形になって出たのは、『ネコソギラジカル』の、上巻と中巻との間になる。

この『新本格魔法少女りすか』シリーズ自体は、まだ雑誌『ファウスト』に連載中……全十三話予定で、現在九話まで。さあ、どうなることやら。

人類最悪の遊び人　【じんるいさいあくのあそびにん】

狐面の男――西東天のこと。
ただ、この名称は明らかに、哀川潤、彼の娘の肩書きを受けてのものだろうと思われる。というより、いーちゃんに聞かれて、その場で思いついたのではないかとすら思われる、適当な名乗りだ。

人類最強の請負人　【じんるいさいきょうのうけおいにん】

言わずと知れた哀川潤のこと。

これは異名ではなく、本名とすら言っていい。

人類最終　【じんるいさいしゅう】

想影真心のこと。

これにだけは、『人類最終の〇〇〇』とは、つかない。何か考えてもよかったのだけれど、そもそも、想影真心については、『最終』という記号すら、初めは与えるつもりはなかったのだ。

最強より強いのだから、最強の座交代だろうと、結構真面目に考えていた――けれど、最強という存在が、一度や二度負けた程度で引っ繰り返るのもおかしな話だと思い、『ネコソギラジカル』を書くにあたって、急遽《きゅうきょ》考えたのが、『人類最終』という言葉だった。『世界の終わり』とも、うまく絡むし、シリーズ終了という感じも出る。なんかその辺、あまりにも計ったような感じで、ちょっと気持ち悪かったくらいだ。巡り合わせ。

その気持ち悪さを回避するためでもないが、敢えてそれに難を言うなら、語呂の問題からすれば、『最終人類』とするのが、本当は正しいのだろうけれど。

最強が勝っても負けても最強、最悪が勝っても負けても最悪である以上、当然、最終も、勝とうが負けようが一切合財《いっさいがっさい》関係なく、物語を終わらせてしまう存在だった。

第十三幕——《す》

ZaregotoDictionary

0

後ろ向きに歩くのが難しい癖に、どうしてそんな、後ろ向きに生きることができるんですか?

1

薄野　**【すすきの】**

《殺し名》の序列四位。

始末番。

詳細不明。

鈴無音々　**【すずなし・ねおん】**

破戒僧。

煙草は好き、お酒は嫌い。

『クビシメロマンチスト』から、既に戯言遣いの隣人である浅野みいこの親友として名前が出て、説教好きやらなにやらのその性格についてまで語られ、『サイコロジカル』においては保護者役として、本来、完全に無関係なはずの事件にまで首を突っ込むことになった、なんというか、人並み外れたお人よし。

身長百八十九センチ（以上）。

黒いスーツに身を包む。

『ネコソギラジカル』にも登場した。

しかし、まあ、あの六十四人の登場人物の名前と肩書きが記された、『ネコソギラジカル』の登場人物紹介表の中に、この鈴無音々の名前がないことに、お気付きになられた方は、一体どのくらい、いることだろう。そして、お気付きになられた方は、当然、どうして彼女の名前がないのか、考えを巡らしただろうが、果たして、答えに辿り着けた方は、一体どのくらい、いることだろう。

ごめんなさい！

普通に入れ忘れました！

何と言われても返す言葉もございません！

…………。

重版がかかったときに訂正するという手が、通常取りうる最良の手段だったのかもしれないけれど、あまりにも堂々とした、堂々とし過ぎたミスであるために、直そうにも直せない……。奇数になっちゃうし……。直す隙《すき》がない……完璧なミスだ……。

結局、ある種、戯言シリーズの作者である西尾維新のいい加減さを示すいい証左として、反省の証拠として、あえて修正はしないことにした。しかし、あえてって……。

もう一度謝ります。

ごめんなさいでした。

気付いてなかった人は確認しないでください！

どんなに探してもいませんから！

しかしこの鈴無さん、『クビシメロマンチスト』において、実際の登場は無いにもかかわらず登場人物紹介表に載っていたりもするので、そこら辺、結構な驚きポイントである。登場しないけれど登場人物紹介表に載っているキャラクターというだけなら他にも七々見奈波や、『ヒトクイマジカル』時の石凪萌太など、いないわけではないけれど、あの時点で鈴無音々があそこに名を連ねている理由は、本当、全くといっていいほどないはずなのだけれど……うーむ。

よくわからないこともあるものだ。

しかも、彼女については、『クビシメロマンチスト』の時点から多くの伏線を張り、『サイコロジカル』でも、神足雛善と根尾古新との、意味深な会話があったりと、とにかく思わせぶりだったけれど、

『ネコソギラジカル』で、それが繋がったり明らかになったりということは、とうとう、なかった。伏線は張りっぱなし、意味は深みに嵌るばかり。特に酷い目にあったわけでもないけれど、そう考えれば、戯言シリーズで最も不遇なのは、この人なのかもしれない。戯言遣いに忘れられることはあっても、作者に忘れられるってことはないよな……。

いや、登場人物表についてはともかく、伏線の方については、決して忘れていたわけじゃなく、取捨選択の結果なので、もしも彼女の絡む番外編を書くような機会があれば、そちらで回収することは可能だと思うけれど。

説教好き。

というか、意外とよく喋る。

ヘビースモーカーで、言葉遣いが不自然。

それでもって、美少女好き。

プロフィールの中で、この『美少女好き』という項目が、やけに浮いている……さすがは破戒僧。

鈴無は、普通の組み合わせネーム。

『音々』で『ねおん』は、ヒット作。

『ねね』と読まれがちなところがポイント。

可愛らしい名前にハードボイルドな女という構造は、みいこさんと同じく、例の、ギャップを狙った手法――なのだと思う。

山にこもって世捨て人というのは、単なる可能性でなく、戯言遣いが行き着いたかもしれない生き方だろう。

雀の竹取山　　**【すずめのたけとりやま】**

『零崎双識の人間ノック2　竹取山決戦』の舞台。

赤神財閥の所有地。

名前の通りの、竹山である。

竹林。

赤神財閥の所有地は、全部、『鳥の名前』プラス『○○○』という構造、なのだろう。となると、『鷹の○○川』とか『鷲の○○盆地』とかも、あるのかもしれない。四神一鏡の他の四家は、それぞれ、別の生態系の名を宿す——とか。檻神家の場合は、なんだろう、花、かな？

ところで、『零崎双識の人間ノック2』のイラストを描いてくれたのは、当然というか、戯言シリーズのイラストを担当してくださっているイラストレーターの竹さんなのだけれど、この雀の竹取山、周囲の景色の描写が当然、植物の竹ばっかりになるわけだから、その辺、気を遣って書いたものだよ。

スタンガン　**【すたんがん】**

高電圧で相手にショックを与える護身用の機器。

『クビツリハイスクール』で哀川潤が多用。

しかし、人間ってすげえもん考えるよなあ。

これに限らず、色々と。

澄百合学園　**【すみゆりがくえん】**

天下に名だたるお嬢様学校。

上流階級、お嬢系。

というのは表の顔で、裏の顔は、傭兵養成機関。背後には神理楽《ルール》と四神一鏡がある。前者がメインで後者がサブ。本校は京都の郊外に位置しているが、全国のあちこちに支部を持つ、特殊学校法人。主軸は高等部で、他に、中等部と初等部もある。

萩原子荻はここの生え抜きで、紫木一姫は中等部からの編入生。西条玉藻については、どういった経緯でこの学園に所属しているのか、現時点では不明である。

第十四幕——《せ》

ZaregotoDictionaL

0

自分の話ばかりするな。
他人の悪口ばかり言うな。
いいから喋るな。

1

声帯模写　**【せいたいもしゃ】**

哀川潤の三大特技の一つ。

作中においては、かなり便利に使われている。ストーリー的にも便利だし、作者としても面白い。その最たるものが葵井巫女子の声真似だけれど、その他にも、『懐かしいあの人が声だけで出演』みたいなことが可能だった。そういう意味では完全にネタとしての能力のようにも思えるけれど、『サイコロジカル』では、しっかりと前向きな形で、使用されていた。

まあ変装術には欠かせない能力ではある。

哀川潤のコスプレ好きの伏線とも言える。

セーラー服　**【せーらーふく】**

どうも戯言シリーズの世界では、ブレザーよりもセーラー服の方がスタンダードな制服であるらしい。ブレザーよりも断然、セーラー率が高い。澄百合学園の高等部も中等部も転校後の紫木一姫も十二代目古槍頭巾も、みんな、セーラー服。

哀川潤も。

かもめの水兵さん。

世界　【せかい】

地球上の全てを指したり、宇宙そのものを指したり、人間社会を指したり、あとは、同類項の集団を指したり、まあかように多様な意味を持つ言葉。

戯言シリーズでは、世界とはイコールで、物語のことを指し示すことが多い。

自分の世界。

世界の世界。

セカンド　【せかんど】

架城明楽の肩書き?

西東天がファースト、藍川純哉がサード。

肩書きというか、ポジションなのかな。

こんな風に呼び合っていたのかと思うと、素直に嫌な男共だ。どんな仲好しだよ。

赤笑虎　【せきしょうどら】

哀川潤の異名の一。

鷹だったり虎だったり。

Z　【ぜっと】

木賀峰助教授の愛車。

玖渚機関がどーにかしちゃった。かも。

似合わないクルマに乗っている感じ。

瀬戸瀬いろは　【せとせ・いろは】

『ネコソギラジカル』エンディングで名が挙がる。

京都の名門私立・桜葉高校の生徒。

同校の本名朝日と、関係あり。

零崎　**【ぜろざき】**

《殺し名》の序列三位。

正式には零崎一賊。

殺意の塊《かたまり》。

血の繋がりではなく流血によってのみ繋がる、生《きっ》粋《すい》にして後天的な殺人鬼の集まり。死んだり新加入したりで、結構人数は増減するけれど、大体、二十人から三十人くらいの集団で、この数字は、《殺し名》《呪い名》全て含めた中でも、飛び抜けて少ない。また、《殺し名》の中で唯一、対応する組織を《呪い名》に持たないグループである。

想影真心の手に掛かり、(ほぼ)全滅。

零崎愛識　**【ぜろざき・いとしき】**

零崎一賊の殺人鬼——

ではなく、石丸小唄が名乗った偽名。

でもなく、哀川潤が名乗った偽名。

哀川潤にしてみれば、戯言遣いに向けたメッセージというか悪戯というか、その程度のものだろうけれど、小唄さんにしてみれば、えらい迷惑だっただろう。無論、零崎一賊の中にこんな名の殺人鬼はいない。

はず。

いたら小唄さんが大変なことに。

零崎軋識　**【ぜろざき・きししき】**

零崎一賊の殺人鬼。

《愚神礼賛《シームレスバイアス》》。

『零崎軋識の人間ノック』、『零崎軋識の人間ノック2』の主人公。また、戯言シリーズ本編でも、その存在はところどころで、語られている。

釘バットの使い手。

零崎軋識の人間ノック
【ぜろざききしきのにんげんのっく】

西尾維新作の短編小説。

竹・絵。

雑誌『ファウスト』三号掲載。

元々は『ファウスト』の創刊号に掲載される予定で、そのスケジュールで書き上げた小説なのだが、色々あって掲載は三号へと先送りとなった。ま、嬉しい悲鳴という奴だ。

主人公は零崎軋識。

中学生の頃の零崎人識（まだ黒髪）、また、澄百合学園中等部時代の萩原子荻、初等部時代の西条玉藻も登場する。

零崎軋識の人間ノック2
【ぜろざききしきのにんげんのっくつー】

西尾維新作の短編小説。

竹・絵。

雑誌『ファウスト』六号SIDE-Aに前半戦が掲載、六号SIDE-Bに後半戦が掲載。正式タイトルは『零崎軋識の人間ノック2　竹取山決戦』。

『零崎軋識の人間ノック』に登場したメンツの他に、既に『零崎双識の人間試験』で既にお目見えしていた、一賊の切り込み隊長、零崎双識、それに、赤神イリア、おつきのメイド、闇口濡衣、紫木一姫の師匠である市井遊馬、更には、匂宮出夢や玖渚友まで登場している。オールスターとまでは言わないが、ちょっとしたお祭り空気はある。

まあ、戯言シリーズ終了直後に発表される小説ということで、ちょっとした打ち上げを書いてみようという感じだった。

裏話。

前述の通り、『人間ノック2』とは銘打っているものの、『人間ノック』を書いてから『人間ノック2』に着手するまでに、ちょうど二年のブランクがあったせいで、年齢設定などを色々、すっかり忘れてしまっていて、最初、僕は、編集者さんにかなり恥ずかしい原稿を渡してしまった。

「お前本当に作者か……？」

みたいな原稿。

ゲラで問題なく修正できたからいいようなものの、もしもあのまま掲載されていたら、その時点で僕の作家生命は絶たれていただろう。想像するだに恐ろしい話だ。

『零崎軋識の人間ノック』、『零崎軋識の人間ノック2』の前半戦、後半戦、三つ合わせて、そのうち一冊の本になるんじゃないかと思う。

零崎零識　【ぜろざき・ぜろしき】

零崎一賊の殺人鬼。

零崎人識の父親。

究極の殺人鬼。

詳細不明。

零崎双識　【ぜろざき・そうしき】

零崎一賊の殺人鬼。

《自殺志願《マインドレンデル》》。

零崎人識の兄。

零崎軋識同様、戯言シリーズ本編でも多少は語られているけれど、彼が主役を張る物語は、『零崎双識の人間試験』。また、『零崎軋識の人間ノック2』にも出演している。

零崎一賊の実質的なリーダー。

零崎双識の人間試験　【ぜろざきそうしきのにんげんしけん】

西尾維新の著作九冊目。

竹・絵。

CD-ROM付属。

二〇〇四年二月発売。

二〇〇二年の暮れ頃から二〇〇三年の中頃まで、月に二回、ネット上で連載されていた小説。『サイコロジカル』の後から『ヒトクイマジカル』の前まで、無料で配布されていた感じ。小説も、竹さんの壁紙も、無料でした。
　零崎双識——というか、戯言シリーズで名前の挙がった零崎一賊をメインに据《す》えた小説である。戯言遣いが戦闘能力をほとんど持たないため、あまりディープには関われない《殺し名》だったりその周辺だったりの世界が、遠慮なく描かれている。

零崎機織　【ぜろざき・はたおり】

　零崎一賊の殺人鬼。

　零崎人識の母親。

　絶対の殺人鬼。

　詳細不明。

　まあ、言ってしまうと、零崎一賊は、男性なら『零崎〇識』、女性なら『零崎〇織』となる。零崎一賊に属する殺人鬼は、二つ目の名前として『零崎姓』を獲得することになるので、下の名前もそうやって揃えることで、団結力を高めているのだろう。

　ちなみに、女性の零崎は珍しいらしい。

零崎人識　【ぜろざき・ひとしき】

　零崎一賊の殺人鬼。

　ただし、ちょっとばかり特殊な立場。

　人間失格。

　『クビシメロマンチスト』に、京都を騒がせる連続殺人鬼として登場し、その後哀川潤と対決。そのまま物語からはフェイドアウトし、人によって生きていると言ったり死んでいると言ったりという、生死不明の状態に陥ったが、『ネコソギラジカル』の中巻において、無事再登場。

　正直言って、こいつを再登場させるかどうかは作者は迷っていたのだけれど（必然性という意味では、少なくとも、必要にかられて戻ってくるわけではないから）、『ネコソギラジカル』が上中下と三冊構造である都合上、やはり中巻での中だるみは避けられない――無論それを避けるための手は他にもいくつか打っているけれど、零崎人識の再登場というイベントがあれば、その対策はより完全になるのではという目論みで、彼を再び、出演させることになった。システマティックな裏事情といった感じだが、そもそも『クビシメロマンチスト』から、そういうキャラだったようにも思う。

　再登場時、彼は衣替《ころもが》えをしていた。さすがに十月の末にハーフパンツはきついだろうという配慮。ただし、どうしてかそのときには、一本のナイフも持っていなかった。生死不明の間に『零崎双識の人間試験』での戦闘を経験していて、更にその後にも色々あり、戯言遣いに言っていた通り、アメリカ合衆国テキサス州ヒューストンに渡ってもいる。そのどこかで、多分、何かあったのだろう。絵本園樹にそれとなく体調を心配されていたことと無関係ではないはず。

　また、再登場時、胃袋キャラと化していた。

　それはなんとなくなのだけれど……。

　戯言遣いの裏側。

　表裏一体、鏡に映した向こう側。

　あるいは、戯言遣いには珍しい、男友達。

　いーちゃんに対応させる形で作ったキャラなので、制作秘話というのは全くないし、前述の通り『クビシメロマンチスト』自体が手なりで書けてしまった小説であるということもあって、僕にとっての彼のキャラクターは、むしろ『零崎双識の人間試験』や『零崎軋識の人間ノック』、『零崎軋識の人間ノック2』の方で立ったと言っていい。戯言シリーズにおいては、結局、戯言遣い――というか、読者にわかるところでは、人を一人も殺していない彼だけれど、あちら側の世界では、結構はっちゃけている。特に『零崎軋識の人間ノック』、『零崎軋識の人間ノック2』での彼は中学生なので、戯言シリーズの頃より情緒不安定で、生意気である。

　戯言遣いとイコールの存在なので、『等しき』から『人識』。いーちゃんを『1ちゃん』として、『0』だから『零崎』。

　戯言遣いが呼び捨てにする数少ない一人。

　イラストレーターの竹さんの描く、まだらな頭髪が、すごく好き。

ぜろりん　【ぜろりん】

　戯言遣いが一度、零崎をこう呼んだ。

　なんか雑魚《ざこ》モンスターみたいだ……。

占術師　【せんじゅつし】

　姫菜真姫の肩書き。

　超能力を使っているので、占い師としてはイカサマである。結構荒稼ぎしているらしい。しかし、そんなことしなくとも、彼女の裁量なら、もっと効率よくお金を稼げそうなものではあるけれど……？

仙人殺し　【せんにんごろし】

　哀川潤の異名の一。

　関連項目・一騎当千。

　つまり、一騎当千と同じく哀川潤が十代の頃、一人で千人を相手にしたことに由来している——『千人』と『仙人』は、駄洒落で掛かっているというだけでもなく、実際に、そのとき哀川潤の相手をした千人というのが、千人とも仙人だったのだ。

　すげえ過去だ。

　そんなの書けねーよ。

第十五幕——《そ》

ZaregotoDictionary

0

何故殺されるかもしれないと思わないのだ。

きみの周りには、そんなに人間がいるのに。

1

掃除人　**【そうじにん】**

《殺し名》序列六位、天吹の肩書き。

綺麗にするために殺す。

あるいは、潔癖症のひかりさんを指すことは……なかったけれど。

双生児　**【そうせいじ】**

双子のこと。

三つ子の場合は品胎児。

四つ子の場合はどういうのだろう。

投稿作である『クイン8』の段階では、鴉の濡羽島が、双子に溢《あふ》れる双子島だったという裏設定のことは差し引くとしても、それにしたって戯言シリーズの世界には、一卵性の兄弟姉妹が多過ぎる。これは作品の必然性というより、西尾維新が双子萌えな人間だから。

双子大好き。

自分と同じ遺伝子の奴がすぐそばにいるってのは、本当、どんな気分なんだろうなあと、単純にそう思う。

ただし、残念ながらというか、当たり前のことなんだけれど、現実には、双子の兄弟姉妹だからといって、入れ替わりが可能なほどに全てがそっくりであるということは、あんまりないらしい。

　育った環境の問題ということ。

　じゃあ戯言シリーズの双子達はおかしいじゃんと思われるかもしれないが、奴らは保護者的存在から意図的にそっくりにしようと育てられた兄弟姉妹ばかりなので、そんなにおかしくはない――という線引き。

　だからこそ、玖渚友にだけは区別できる。

操想術【そうそうじゅつ】

《呪い名》序列一位、時宮の使う特殊技術。

　催眠術みたいなもの。

　というか、催眠術と言ってしまえば一番わかりやすいのだけれど、ただ、催眠術という言葉は、なんだか一般的過ぎて、それでは逆に引いてしまう人も多いらしく（まあ、僕の感覚で言えば、それは『反重力装置』とか『伝説の光の剣』とか、そんな感じなのかな?）、違う記号を与えることにしたというわけだ。

《十三階段》の時宮時刻が想影真心に使用した。

　一里塚木の実の《空間製作》に次いで、ちょっと便利過ぎる反則的な能力であるがゆえに、そこまで多用はされなかったものの（西東天が嫌ったのだろう）、それでも、『ネコソギラジカル』の下巻あたりを、この力が引《ひ》っ掻《か》き回した。

『時宮時刻』の項、参照のこと。

園山赤音【そのやま・あかね】

　この項をどう書いたものかは、正直迷う。園山赤音について語るならば、伊吹かなみとしての彼女について語るべきなのか、七愚人としての彼女について語るべきなのか、それとも、名もなき彼女として語るべきなのか、非常に曖昧だからだ。非常に曖昧で、確定しない。その曖昧さこそが『クビキリサイクル』のテーマだったわけだけれど、ここで簡単に、『その全てが彼女だった』ということができないのは、問題だろう。

まあしかし、伊吹かなみについては別に項を設けたわけだから、ここはあくまで、名もなき彼女の項であるとしよう。そうでなければ、名前のない、誰でもない彼女のことを説明できる項目なんて、他にはないのだから。ちなみに、七愚人としての園山赤音は、空手の強い、高校時代まではごく普通の人生を送ってきた、シンデレラストーリーを持つ……あいう性格の人である。

戯言シリーズの最初の犯人。

にして、結果的には、戯言遣いがシリーズ中、手も足も出なかった、唯一の相手。その辺が狐面の男にとってのヒントとなり、《十三階段》にノイズくんが組み込まれることになった。

『ネコソギラジカル』に再登場。

その際には逆木深夜を連れていなかった。伊吹かなみを演じていたときとは違って、ずっとそばにいてもらう必要がなくなったからだろう。彼は彼で、どこかで何か、暗躍しているのではないかと思われる。

意味深。

『クビキリサイクル』自体は、（元々は）単発の物語として書かれた小説だから、彼女はあくまで第一作目の犯人というだけであって、再登場するというような予定は、全くなかった。これに関しては念のための伏線すら張っていない。念のための伏線が全て不発に終わった鈴無音々とは、対照的なキャラクターだ。同じ『音』の字を含んでいるというのに、不思議なものだ。

字。

そう、字が問題だったのである。

こともあろうに、この園山赤音という名前、『赤』の一文字を含んでいたのだ。全くもって汗顔の至りだが、『茜』を『赤音』と分解することばかりに気が行って、うっかりそれを見逃してしまっていた。赤神イリアの『赤神』は、もともと哀川潤と絡める予定だったというか、関わりを匂わせるつもりで意図的にかぶせたところがあるからともかくとしても、こっちは完全に想定外だった。

しかも、ただの偶然で済ませるにはちょっと……この名も無き彼女の方が、完全な『天才』過ぎる。最強と対応してしまうほどに。

どうすんだよ……。

大方の人間には「わかんなくはないけど、別にいいじゃん」という程度の問題なのかもしれないけれど、僕にとっては、シリーズがこのまま続けられるのかどうかの瀬戸際だった。そんな深刻な話だった。いや、どうせ戯言シリーズはもうすぐ終わるんだけれど、このままじゃ終わろうにも終われない。作家生命にかかわる。

そういう経緯での『ネコソギラジカル』での、園山赤音の、ああいう形での再登場と相成ったわけだ——ネタバレについての配慮が必要で、その点については少し苦労したものの、それがノイズくんが登場するためのいい伏線になったのは、嬉しい誤算だった。それに、最初の敵の再登場というのは、なんだか最終回っぽくていい感じだった。

ピンチのあとにチャンスあり。

家に帰るまでが遠足です。

だから、『ネコソギラジカル』のエピローグで語られる、哀川潤のニセモノちゃんというのは、勿論、この彼女のことである。

単純に『園山赤音』のキャラクターだけを見ると、まあ、西尾維新の書く『天才』だなと、自分で思う。きっとこういう雛形《ひながた》が、僕の中にかっちりとした風にあるんだろう。とぼけてるところとか、将棋とか、その辺だね。ただ、食い意地が張っているという設定だけは、事件の動機（に見せかけたもの）の伏線だったのだが、なんかさりげなさ過ぎて流されている感じだ。

　言葉の言い間違いが多いというキャラ付けは、より強化されて、紫木一姫に引き継がれた。賢い人間が使うのとそうでない人間が使うのとでは、こうも見え方が違うものかと、書いていて自分でびっくりした。

第十六幕——《た》

ZaregotoDictional

0

時間は経過したよ。

どうするの?

1

大数の法則　【たいすうのほうそく】

偶然肯定論。

サイコロをずっと振り続けていれば、いつかは何か珍しい現象も起きる、ということ。

『クビキリサイクル』で語られた。


思想としては西東天の唱える『ジェイルオルタナティヴ』と『バックノズル』に、真っ向から反する理論なのだが、しかし、基本的に辿り着くところは同じである。

橙なる種　【だいだいなるしゅ】

想影真心のこと。

ただし、確かに橙なる種として完成したのは想影真心一人ではあるが、元々は真心個人のことを指す言葉ではなく、ＥＲ３システムのＭＳ-２が、哀川潤の後追いとして製作しようとした概念そのもの、その全てを指し示す言葉である。

単語としての初出は『クビツリハイスクール』。ほとんど説明されていないけれど。

それこそは橙なる種。

代替なる朱、想影真心。

とは、『ネコソギラジカル』上巻の引き文句であるが、『橙』と『代替』、『種』と『朱』がかかっているのは、これは僕が意図したものではなく、全くの偶然である。

　気付くまでにしばらくかかった。

　どうせ誰にもわからないことなんだから、元々そういう思想にのっとってのネーミングであったのだと、自分の手柄にしてしまうこともできなくもないのだけれど、戯言シリーズが決して僕が僕のシステムによって達成した成果ではなく、何らかの何かに後押しされたからこそ完成した小説群であることを示すために、あえて、ここでそれを明かしておくことにする。

　しかし、それにしても、すごい偶然だった。

　あるんだな、こんなこと。

　では『橙なる種』というネーミングは何に基づいているのかと言われれば、戯言シリーズとは全く関係ないところで、よくある、『偉大なる主』という言葉をもじったのである。『だ』をつけるだけで全然違う言葉になるのが面白かった。『代替なる朱』に気付いた人もいなかったが、この『偉大なる主』に気付いた人もいなかった。

　赤と橙。

　その対応は、多くの人が気付いていたけれど。


大統合全一学研究所【だいとうごうぜんいつがくけんきゅうじょ】

ER3システムの二つ名。

というか、邦訳だが、でも、長ったらしいので、こう呼ばれることは滅多にない。

タイトル【たいとる】

　ジャケ買いという言葉があることは既に紹介したけれど、小説の世界では、こちらもまた同じくらい重要であると思う。

　僕は小説を書こうとするとき、ほとんどの場合、タイトルから考える。

目を惹《ひ》くタイトル。

手にとってもらえるタイトル。

逆に言えば、タイトルさえ思いつけば、小説は書けると言ってもいい。キャラクターを名前から考えるのと同じようなものだ。

そう言えば、編集者さんは、

「最初の一行、そして最初の三ページを読んでもらうことができれば、その本は買ってもらえる」

と言っていた。

まあ、結局、立ち読みのできるページ数は（常識的に考えて）限られているし、となると本を買うときの判断材料は、作者名・タイトル・装丁・帯・粗筋・あとは厚さと値段くらいなわけだし、そんなところだろう。

デビュー作の『クビキリサイクル』とJDCトリビュートの『ダブルダウン勘繰郎』の二つだけが、今のところ、後からタイトルを考えたパターンで、そのときは本当に大変だった。

抱きまくら　**【だきまくら】**

崩子ちゃんの別名。

本当を言うと、崩子ちゃんはそもそも、膝まくらキャラになる予定があって（なんだそのキャラ）、その予定自体は没になったのだけれど、そして、すっかり忘れてしまっていたのだけれど、ふとそれを思い出したので、こういう形で活かしたわけだ。彼と彼女の主従関係における、戯言遣いのせめてもの抵抗とも言える。

十七歳になっても抱きまくらなんだろうか。

ダスト・ザ・ダスト　**【だすと・ざ・だすと】**

哀川潤の口癖。

初期によく言っていた。

途中から言わなくなった。

飽きたのかもしれない。

『ゴミはゴミ箱へ』みたいな意味。

ルビの形にした方がよかったかな。

ダブルダウン勘繰郎　**【だぶるだうんかんぐろう】**

西尾維新の著作六冊目。

ジョージ朝倉・絵。

二〇〇三年三月発売。

ＪＤＣトリビュート第一弾。

えーっと、ＪＤＣトリビュートとは、清涼院流水先生のお作りになった一連の推理小説、ＪＤＣシリーズの世界観を使用して、清涼院先生以外の作家さんが物語を創作するという企画であり、僕はその栄えあるトップランナーだったわけだ。ＪＤＣトリビュートには、他に、舞城王太郎先生の『九十九十九』や、箸井地図先生の『探偵儀式』といった作品がある。

戯言シリーズのいーちゃんが異常に後ろ向きな奴だったので、この小説では異常に前向きな奴が主人公になっている。メリハリをつけようとしたのだろう。

二重世界　**【だぶるふりっく】**

日中涼のハンドルネーム。

『ダブルクリック』に由来。

『フリック』には『軽く打つ』という意味がある。

それでは『クリック』とそんなに変わらないようにも思えるが、そこで辞書を引いてみると、古い言葉で、『映画』という意味もあるらしい。

イメージ的には、あれ、赤と青の眼鏡みたいな。

といっても、もう、わかってもらえないのかな。

誰にも続かない

【だれにもつづかない】

『ファウスト』四号に掲載されたリレー小説。

共同執筆・乙一、北山猛邦、佐藤友哉、滝本竜彦。

西尾さんはアンカーでした。

【だんしんぐうぃずまっどねす】

狂喜乱舞

撫桐伯楽《なできりはくらく》のハンドルネーム。

『狂喜乱舞』という、既にある言葉に、それっぽい訳を載せただけなのだが、なかなかどうして、味わいがある。

正直、意味は違っちゃってるけれど。

第十七幕——《ち》

ZaregotoDictionary

0

難しいことを教えてくれ。

1

ちぃくん【ちぃくん】

綾南豹のニックネーム。玖渚友がこう呼ぶ。チーターだからちぃくん。やけに可愛い。

凶獣【ちーたー】

綾南豹のハンドルネーム。『クビキリサイクル』の時点で既に明かされていたのだが、『サイコロジカル』に至って、『凶獣』との漢字が当てられる。『綾南豹』の項で書いた通り、こいつは名前とか、そういうのにこだわりを持つのが馬鹿馬鹿しいと感じている奴なので、こんな適当なハンドルネームを自分につけたわけである。『ネコソギラジカル』に詳しいけれど、それが原因で探索係に割り振られてしまった。そうでなければ、一体何をやっていたのか知らないが、多分、何でもできる奴なのだろう。玖渚友や兎吊木垓輔の言うことを信じる限りにおいては、あんまり頭はよくなかったようだけれど。

チーム【ちーむ】

兎吊木垓輔、『裁く罪人』害悪細菌《グリーングリーングリーン》。

日中涼、『葬る静寂』二重世界《ダブルフリック》。

梧轟正誤、『嘲る同胞』罪悪夜行《リバースクルス》。

棟冬六月、『犇く血眼』永久立体《キューピックループ》。

撫桐伯楽、『挫ける餞別』狂喜乱舞《ダンシングウィズマッドネス》。

綾南豹、『回る鈴木』凶獣《チーター》。

式岸軋騎、『蠢く没落』街《バッドカインド》。

滋賀井統乃、『蘇る失墜』屍《トリガーハッピーエンド》。

玖渚友、『歩く逆鱗』死線の蒼《デッドブルー》。

《チーム》というのは正式名称ではなく、玖渚友がそう呼んでいたというだけなのだが、しかし、一般にはそれで通りがいい。一応はリーダーの言うことだ。戯言遣いがERプログラムに参加し、日本から離れているとき、玖渚友を頂点としたこの九人で結成され、正体不明のテロリストとして、世界中の電子世界を荒らしまわった。迷惑極まりない連中ではあったが、結果的には、電子世界の成長に一役買ったとか。戯言遣いがいつから、どこまで、ことを知っていたのかは、曖昧。よく知らないみたいな態度を取ってはいるけれど、それでもまあER3システムの中にいたのだから、リアルタイムでだって、少しも知らなかったということはないだろう。

　戯言遣いが日本に帰ってくる少し前に解散。

　解散前に、西東天こと《砂漠の狐《デザート・フォックス》》と試合《しあ》っている、らしい。ただ、お互いにお互いを認識しているわけではなく、間を繋いでいる滋賀井統乃（宴九段）にしたって、あえてそれを、玖渚友や西東天には言わず、黙っているようだ。

　無差別テロを目的とした組織というわけではなく、玖渚友を除く八人は、玖渚友がいーちゃんの代替品として集めた八人である。互いが互いの目的であり、一緒にすることがあれば、それは何でもよかった。無差別テロよりタチが悪い。実質的には、玖渚友の作った、男女入り交えた逆ハーレムみたいなものだったのだろう。八人もそのことがちゃんとわかっているから、全員、いーちゃんのことが大嫌いなのである。

仲間　**【ちーむ】**

　前項の《チーム》に敢えて漢字を当てると、『仲間』となる。ただ、他の『クラスタ』やら『レギオン』やらの場合と違って、《チーム》と呼ぶときは、漢字を当てない方が、優先的な名称。

千賀あかり　**【ちが・あかり】**

千賀ひかり　**【ちが・ひかり】**

千賀てる子　**【ちが・てるこ】**

　三つ子メイド。

　二十七歳。

　彼女たちについては別々に項目を設けてもよかったのだけれど（というか、本来そうするべきなのだろうけれど）、そうすると五十音順の関係上、三女のてる子さんが真ん中に入ってしまい、それではいささか風雅に欠けるということで、三人仲良く、一緒に紹介することにしよう。

　『クビキリサイクル』が発売になる際、わざわざ京都までやってきてくれた編集者さんとの会話で、僕が、「いやしかし、登場人物表に、肩書きで『天才』とか書いている本って、どうなんでしょうねえ」と、若者らしい軽い謙遜《けんそん》を披露したら、「登場人物表に三つ子メイドと書いている方が断然ヤバいんだよ」と、真面目に返されてしまったことが印象的なこの三姉妹なのだけれど、戯言シリーズ中、最初から最後まで、いーちゃんは、彼のキャラからすればもう異常と言っていいほど、この三つ子メイドに執着を見せていた。

　メイド萌え、年上のロリキャラ萌えという特殊な性癖を持つ戯言遣い、ひかりさんにデレデレしていると見せかけて、本命はあかりさん。しかしてる子さんにののしられるのも嫌いじゃないらしい。うわ、なんだこいつ。十九歳くらいだからまだいいが、零崎双識や兎吊木垓輔くらいの歳になってもこのままだったら、彼らにとって立派な変態友達になるだろう。

名前の由来。

というほどのものではないが、『あかり』『ひかり』『てる子』と、三人セットの名前。『てる子』を『かがり』とか『ぴかり』とか『てかり』とかにする予定もあったけれど、わかりにくかったり冒険的過ぎたりで、やめた（今だったら多分、『ぴかり』にするんだろうなあ）。でも、一人だけ意味もなくニュアンスがかわってしまうのはよくないと思ったので、意味づけをするために、眼鏡に寡黙《かもく》と、三つ子でありながら、外形的にも変化を持ってもらった。違ってる子。役割も『メイド』から『戦闘メイド』に、クラスチェンジな感じ。

そして、あんまりバレてないけれど、苗字の『千賀』も、下の名前にかかっていて、つまり、『血が明かり』、『血が光り』、『血が照る子』なのである。結構グロテスクな発想の元に構築されたネーミングだったのだ。

何度も話題に上っている、投稿時代の『クイン8』という哀川潤（の原型）が主役の小説に、この三人は出演していて、その造形は、戯言シリーズでの彼女達とほとんど同じ……はずだったのだけれど、『クビキリサイクル』出版後、部屋の掃除をしていたらプリントアウトされた、下書き状態の『クイン8』が出てきたので、なんとはなしに読んでみたのだが、なんだか奇妙な違和感があり、はて一体何だろうと首を傾げていたのだが、よく読むと、『あかり』と『ひかり』の性格が、現行のものと逆だった。

ツンと澄ましたひかりさん、やけに優しいあかりさん……。

…………。

まあ、誰が誰かわからないような三つ子だから、別にいいと言えばいいんだけれど……むしろ、現行の通りと言って言えなくもないんだけれど……、でも、なんだか作者としてのモチベーションがガンガン下がっていく感じだった。

『ネコソギラジカル』で再登場。

あまりにも戯言遣いが引っ張り続けるので、再登場させざるを得なくなったというところもあるのだが、まあ、予定調和といえば予定調和である。戯言遣いが狐面の男との戦闘に参加するにあたって、何かご褒美みたいなものが必要だろうと思ったことも含め、作中の雰囲気が殺伐《さつばつ》とし過ぎないようにと投入したキャラクター。ひかりさんなのかてる子さんなのかは、曖昧なままで終わらしたけれど、ああいう形でも特定しようと思えば特定できるし、特定したところでこの三人では意味がないとも言える、そんな感じだ。また、似たような形で、『零崎軋識の人間ノック2』にも、彼女（達）はゲスト出演している。

『戦闘メイド』のてる子さんが、後に登場する様々な人外連中と較べてどのくらいの強さなのかと言えば、戯言シリーズ内の描写だけではいまいち読み取りづらいところがあるけれど、作者としての設定を言うと、とりあえず、彼女はかなりランキングの上位に食い込むということになっている。接近戦で、いくつか条件を付すれば、哀川潤ともタメを張れるクラスの実力者なのだ。

『ネコソギラジカル』のエピローグの頃には三十歳を越えていることになる彼女達だけれど、まあ多分、何も変わらずに、鴉の濡れ羽島で、お嬢様や、集められた天才達の面倒を見ているんだろうなあと、思う。

あの島は、西東天風に言うなら、終わった場所だ。

【ちっぱー】

ちっぱー

円朽葉のニックネーム。

というか、『こう呼べ』と戯言遣いに強要した。

結局、一度も呼ばなかったけれど。

案外、西東天がそう呼んでいたのかもしれない。

二人っきりのときだけ。

【ちゃいなふく】

チャイナ服

『サイコロジカル』で、鈴無音々が、寝巻きとして着用している。扉絵にもなっているので、勿論みなさん、印象に残っていることだろう。

ただ、執筆段階で僕が考えていた『チャイナ服』とは、袖を折り返した、真っ黒いカンフースーツみたいな服のことだったのだ。鈴無音々の身長でそんな服着たら格好いいぜーと思っての意匠である。しかし、編集者さんから送られてきた、イラストレーターの竹さんの手によってできあがったイラストを確認すると、そこに描かれていたのは鈴無音々の、見目麗しいチャイナドレス姿……。

面白かったのでそのままOKを出した。

【ちょしゃのことば】

著者の言葉

表紙折り返し。

用語で言えば、表2。

講談社ノベルスでは、『著者のことば』。

『From NISIOISIN』と書いてある、あれだ。

別に裏話でもないのだが、『ヒトクイマジカル』のリバーシブルカバー、表と裏で、著者の言葉の文面が、若干、変化している。

あ、裏話だ。

文字通り。

第十八幕——《つ》

ZaregotoDictionaL

0

命が二つあるのなら、その内一つは自殺に使う。

1

妻鏡 **【つまかがみ】**

無住一円著。

戯言遣いがみいこさんから貸してもらった本。みいこさんから貸してもらった本だから、七々見から貸してもらった『死の快走船』とは違い、外に持ち歩いたりはせず、大事に家で読んでいる。露骨な奴。

関係ないけれど、古典の世界には『四鏡』というものがあって、この『妻鏡』はそれには含まれないのだけれど、『大鏡』、『今鏡』、『水鏡』、『増鏡』が、その四つ。四神一鏡は、別にその辺りを参考にして考えたネーミングではないし、澄百合学園の話だから、いーちゃんが冒頭で『妻鏡』を読んでいるというわけではないのだけれど、こうして考えてみると、どこかで、間接的に繋がっているのかもしれない。

罪口 **【つみぐち】**

《呪い名》の序列二位。

詳細不明。

ツンデレ **【つんでれ】**

まあ所謂《いわゆる》『萌え要素』の一パターンだけれど、僕が戯言シリーズを執筆していた期間には、この言葉はそんなに一般的ではなかった。というか僕は全く知らなかったし、少なくとも『クビキリサイクル』を書いている頃には、影も形もなかったと断言できる類の言葉だろう。

　だからというわけでもないけれど、戯言シリーズ内には、この属性を持つキャラクターが一人もいない。覚えてからはあちこちで使っているが、戯言シリーズでは一度も使われていない言葉で、やはり僕の場合、先に言葉ありきの書き方をしているものだから……。単純に高飛車なお嬢様ということなら赤神イリアがいるけれど、ツンデレではないだろう。玖渚友も、頷きがたいところがあるし……あれはむしろ、デレツンという感じだ。強《し》いて言うなら、あかりさんとか、崩子ちゃんとかが、それにあたるのだろうか……？

　と、そこまで考えて、気付いた。

ああ、そうだ。

戯言遣いは誰よりもツンデレだ。

第十九幕——《て》

ZaregotoDictionary

0

種明かしをしよう。

僕は全てを諦《あきら》めているんだ。

1

お友達　**【でぃあふれんど】**

石丸小唄の使用する二人称。

信愛なる友よ。

なんだか白々《しらじら》しいというか、ぬけぬけと。

『十全ですわ』とコンボで続けられることも。

DJ　**【でぃー・じぇい】**

隼荒唐丸の肩書き。

ラッパー。

クラブでレコードを回しているのだろうか。

若いなあ。

D.L.L.Rシンドローム　**【でぃ・える・える・あーる・しんどろーむ】**

殺傷症候群。

自動症。

赤神イリアが患っている（という）精神疾患。

『クビキリサイクル』において、千賀てる子が戯言遣いに対して打ち明けた『島の事情』ではあるけれど、その真相については、結果的には、というより究極的には、有耶無耶《うやむや》に終わった。ただし、『零崎軋識の人間ノック２』で、その辺りについて、いくらか触れられている。

提督　**【ていとく】**

《チーム》の中の一人の、呼称。

誰のことなのかは不明。

多分一人だけ、『ちゃん付け』で呼ばれていない。

だからと言って単純に最年長者であるかどうかはわからないけれど。

ディングエピローグ　**【でぃんぐえぴろーぐ】**

西東天が追い求める最終焦点。

永劫《えいごう》の最終章。

物語の終わり、そして、世界の終わり。

とうとう迎えることはなかった。

しかし。

テキサス州ヒューストン　**【てきさすしゅうひゅーすとん】**

ER3システムの所在地。

いーちゃんは十代の半分をここで過ごした。また、零崎人識が、五月から十月までのどこかで、短期間、この土地で過ごしているはず。哀川潤や想影真心にとっても、因縁深い土地。

また、『クビツリハイスクール』から五年前、紫木一姫が、哀川潤や市井遊馬と出会い、彼女達に救われたのはアメリカ合衆国でのこととなっているが、それは勿論、この土地でのことである。

……あれ、これは本文に書いてなかったっけ。

まあいいか……。

テコンドー　**【てこんどー】**

石丸小唄の得意技。

これで大垣志人と宇瀬美幸を蹴散らした（のは、

哀川潤だけれど）。漢字で書けば跆拳道。朝鮮半島の格闘技。豊富な脚技で有名。飛んだり跳ねたり、実用的であると共に見た目に派手な格闘技で、だから、石丸小唄は好んで使っているらしい。出夢くんあたりと気が合いそうだ。

　ただし、いーちゃんが『相手に完全に背を向けてしまうような型は、テコンドーにしか存在しない』と言っているのは、デタラメだ。多分そんなの、いくらでもある。どうして奴がそんなことを言ったのかは不明だが、作者の僕の立場からすると、勘違いとか思い違いとかじゃなくて、意図的に嘘を書いたことを憶えている。だが、その意図がなんだったのかは、どうしても思い出せない。

砂漠の鷹　**【でざーと・いーぐる】**

　デザートイーグルの訳は本当は『砂漠の鷲』なのだけれど、これを『砂漠の鷹』とする場合、哀川潤のことを指す。『親』の藍川純哉がホークで鷹。哀川潤はイーグルで鷹。鷲と鷹って同じ生き物で、大きいか小さいかの違い。哀川潤が哀川潤と名乗る前は、大体、これが名前で通っていた。苗字がイーグル、名前がデザート。格好いい。

　デザートイーグルと言えば、言うまでもなく、誰が使うんだよというあの化物《ばけもの》拳銃のことである。『サイコロジカル』下巻でちょっとした説明があるけれど、戯言シリーズ第二期で、いーちゃんにとって手放せないアイテムであるジェリコは、同じ会社にかかって生産された拳銃。まあその辺は、鷹と鷲でもないが、ラストへの暗示でもある。とりあえず張っておいた伏線が機能した好例。

　ちなみに、戯言遣いのニックネームの一つに『イーグル』というのを入れる予定もあったのだが（『いーちゃん』、『いーたん』、『いーぐる』と並ぶ感じ。アメリカ時代にそう呼ばれていたとか）、ややこしくなりそうだったので、やめた。伏線としては悪くなかっただろうけれど、とりあえず張っておくにしては、デメリットの大きい伏線だったから。

砂漠の狐　【でざーと・ふぉっくす】

西東天のこと。

《人類最悪の遊び人》が哀川潤に呼応する形での肩書きなのと同じように、恐らくは藍川純哉に対応する形でのこの名前だったのだろうが、しかしそうすると、こいつ、狐面を被る前から狐呼ばわりされていたことになるのか。狐面が架城明楽のものであることを考えると、そもそもは彼の通り名だったという線もあるのかもしれない。

戯言遣いがER3プログラムに参加している間、西東天はこの名前で、《チーム》の九人と衝突している。

死線の蒼　【でっどぶるー】

玖渚友のハンドルネーム。

視線の蒼と、誤記されがち。

そこからの派生で、《死線》だったり《蒼》だったり、《デッド》だったり《ブルー》だったり、色々な呼ばれ方をする。

このモードに入った玖渚友は、一人称が『私』になって、言動もなんだか怖くなる。実のところ、口調はそんなに変わっていないのだけれど、言ってることが怖い。

天吹　【てんぶき】

《殺し名》序列六位。

掃除人。

詳細不明。

第二十幕——《と》

ZaregotoDictionaL

0

こんなことになるとわかっていれば、こんなことにはならなかったのに。

1

ドゥカティ【どぅかてぃ】

哀川潤の愛車・二輪版。

本編には登場しない。

零崎人識の追跡時にはこちらを使用していて、戦闘中、一旦乗り物を奪った人識が、そのまま逃げればいいものを、調子に乗って哀川潤を轢《ひ》きにかかって、逆襲を喰らったという、語られていない裏ストーリーがある。というか、『クビシメロマンチスト』の最初の段階では、哀川潤と零崎人識の、そういったバトルシーンが描かれる予定もあったのだけれど、視点人物である戯言遣いが、どうあってもその場面に同席することができそうもないので、中止になった。それを書いてしまうと、葵井巫女子とかが霞んじゃうかもしれなかったというのもある。さすがに『クビシメロマンチスト』の段階で、人外バトルを前面に押し出していくつもりは、一切なかったのだ。その意味じゃ、当時の僕にはそれなりに良識があったと言えなくもない。

道場【どうじょう】

戯言遣いがERプログラム時代、道場に通っていたという記述が、戯言シリーズ内には多々ある。それゆえ彼には、ある程度の格闘技的素養があるということなのだが、しかし、それにしてはやけに弱い。とにかく弱い。とことん弱い。

何の道場に通っていたのかは不明。

忘れちゃったのかもしれない。

登場人物紹介【とうじょうじんぶつしょうかい】

戯言シリーズの各本、六ページ目。

漫画なんかはまちまちだけれど、実際、世にある小説という媒体を見回してみると、この『登場人物紹介』がある本というのは、かなりの少数派である。ただ、ミステリーというジャンルに限っては、この『登場人物紹介』、ある場合も、少なくはない。理由は、わかりやすそうだ。

これがあると、物語の雰囲気・奥行きがなんとなくつかめてしまうところがあって、安心して読める感じもあるのだが、しかし、逆に言えば、どうしても多少のネタバレを含んでしまい、それが作者的には難点。というか、注意点。そんなもの、読者としては、そのページを飛ばして読めばいいだけのことなのだけれど、まあ、それでも、作者としては万全を期しておきたいのだ。元々戯言シリーズにおいては、デザインとしての登場人物紹介があれば格好いいと思って、冒頭に付属させたページなのだけれど、最終話である『ネコソギラジカル』を出版するにあたって、ちょっと困った。懐かしいあの人この人の登場には、サプライズを付属させたいのだけれど（赤音さんとか出夢くんとか数一さんとかひかりさんとか。あるいはひかりさんの場合、入れ替わり問題もついてくる。また、誰が出てくるかわからないという、ひょっとしたらあんな人も登場するのかもしれないという、カオス感も演出したかったし）、登場人物表があると、それができなくなる。

で、取った策が、ご存知、今までの登場人物全員の名前を載せた、あの六十四人登場人物表である。

これなら、新キャラの紹介もできた上で、しかも誰が出てくるかわからない。

　最終話っぽくなったしね。

【とがなぎ】
咎凪

《呪い名》序列六位。

詳細不明。

【ときのみや】
時宮

《呪い名》序列一位。

操想術専門集団。

対応する《殺し名》である匂宮雑技団とは、かなり仲が悪いらしい。

時宮時刻はここに属す。

属していた。

詳細不明。

【ときのみや・じこく】
時宮時刻

操想術師。

《呪い名》序列一位、時宮からの追放者。

《十三階段》の六段目にして、『ネコソギラジカル』下巻を引っ掻き回した張本人。澪標姉妹に拷問されたり一里塚木の実に追い詰められたり戯言遣いに苛《いじ》められたり、目立たないが、割と散々な目にあっている。《十三階段》の中では唯一、戯言遣いと『まとも』に戦った奴かもしれない。反逆者だけが戯言遣いと向かい合っているという、この矛盾。

　キャラ立てに関しては、一里塚木の実の《空間製作》がそうであるのと同様に、《操想術》ありきのキャラクターであるがゆえ、本人自体の味付けは、実はどうでもいい。雰囲気でいい。むしろ一段目の架城明楽みたいに、実際には登場しなくてもよかったくらいなのだが、それだとさすがにあんまりなので、ああいう形の、匂宮兄妹以上に拘束された、何もできない状態でのご出演と相成った。

　気まぐれの塊みたいな西東天の周囲は、基本的に彼に惹かれた二つ返事のイエスマンで固められているのだが、そんな中で唯一、

「いや、もっとちゃんとしてくださいよ！」

「お願いですから焦《あせ》ってくださいよ！」

「この状況に苛々《いらいら》してくださいよ！」

　と、彼に提言した男。

　なお、零崎人識に、この時宮時刻の情報を教えた人物については……まあ、多分、皆さま、ご想像されている通りだ。

　催眠術にも似た技術を指す『操想術』という言葉自体は、右下るれろではないが人間を人形にしてしまう技術として、『零崎双識の人間試験』に既に登場していたのだが、操想術の真ん中にある『想』という字が、想影真心を連想させることを買われての、時宮さんの『ネコソギラジカル』、《十三階段》への加入だった。

　というか、操想術って、本当にそのまんまだ。

　本当、あつらえたみたい。

読心術　**【どくしんじゅつ】**

哀川潤の三大特技の一つ。

　戯言シリーズ第一期には割と活用されていた。

　さて、これで、哀川潤の三大特技が出揃ったわけだけれど、こうして並べてみると、錠開け、声帯模写、読心術と、まあそれはそれでそれぞれにものすごいテクニックではあるのだろうけれど、人類最強の請負人のスキルとしては、案外地味であることに、お気付きになることだろう。まず戦闘用の技術とは言えないし、全て受身のテクニックであるとさえ言える。

　この地味な技術が哀川潤の最強を支える基盤なのだというような、これはそんな赤木しげるみたいな

話ではなく、単純に、哀川潤が最強でなかった時代の名残《なごり》ということである。彼女は本当にいいように、西東天に使われていたのだ。

ドクター　【どくたー】

医者。

絵本園樹の肩書き。

また、西東天は絵本さんのことを、こう呼ぶ。

あるいは、博士、博士号のことも指すので、そういう意味では、各種研究者の方々もこの名称に含まれるが、そんなことをすると絵本さんが泣いてしまうので、ドクターというときは、彼女のことだと思ってあげてください。

屍　【とりがーはっぴーえんど】

滋賀井統乃のハンドルネーム。

詳細は滋賀井統乃の項で。

『トリガーハッピー』は、『乱射野郎』みたいな意味ですね。

トリプルプレイ助悪郎　【とりぷるぷれいすけあくろう】

西尾維新作の連載小説。

JDCトリビュート第二弾。

『ダブルダウン勘繰郎』が二〇〇三年に出版された時点で、タイトルだけは予告されていた。といっても、内容的に前作『ダブルダウン勘繰郎』の続編ということではなく、内容にも全く繋がりはない。まんが雑誌『シリウス』に、二〇〇五年五月から二〇〇五年十月までの間、イラストレーターの鶯《うぐいす》さんの絵とともに、全六回、連載された。

戯言シリーズ完結の影でひっそりと最終回を迎えた。

推理小説でした。

まあその内一冊にまとまるんじゃないだろうか。

第二十二幕——《な》

ZaregotoDictionary

パンがなければ働け、もっと働け、即ち働け。

01

ナイフ【ないふ】

と言えば、戯言シリーズにおいては、まあ基本的には零崎人識なのだろうが、しかし、よくよく読み返してみると、『クビキリサイクル』の時点で、いーちゃんは当たり前のようにナイフを所持していた。なんかすかしたことを言いながら。後に錠開け専用鉄具《アンチロックドブレード》や《無銘》を、デフォルトで装備することになる彼だけれど、崩子ちゃんへの対応を見ていたりすると、どうやらナイフくらいは、持っていて普通のものだと考えている節がある。

で、その崩子ちゃんが持っているのはバタフライナイフ。男の子が一番最初に憧れるナイフ。だと思う。林檎《りんご》を剝《む》くのにはあまり適していないと思うけれど。零崎人識は、光ったり尖《とが》ったりしているものを集めるのが趣味の男なので、刃物であれば何でもOK。西条玉藻は、前述の通り、実用性なんてどうでもよくて、とにかく大きくて、見た目に派手な刃物好き。

崩子ちゃん・人識くん・玉藻ちゃんで、刃物連盟。

まあこの三人が一堂に会する機会は、今となってはありえないのだけれど、日々、ナイフについて、熱い討論をかわしている、とか。

特別顧問は古槍頭巾。

鉈　**【なた】**

薪《たきぎ》を割るために使われる、刃の厚い刃物。斧《おの》と似ている。『クビキリサイクル』で使用された凶器。何気に凶悪さは、シリーズ史上断トツ。暗闇の中でこんなもん振り回されたら、いくらいーちゃんでもたまらないよ。

なっちゃん　**【なっちゃん】**

滋賀井統乃のニックネーム。玖渚がこう呼ぶ。しかし何故なっちゃんなのかは、謎。兎吊木垓輔がさっちゃんと呼ばれるようになったのと、似たような、表層部分だけでは窺い知れぬ理由があるのだろう。

撫桐伯楽　**【なできり・はくらく】**

《チーム》の一員。または《狂喜乱舞《ダンシングウィズマッドネス》》。『挫《くじ》ける餞別《せんべつ》』。詳細不明。撫《な》で斬《ぎ》り伯楽。

七愚人　**【ななぐじん】**

ただでさえ、高い知性の集大成、不純物など一切混じっていないER3システムの中で、更に純度の高い、《世界の解答にもっとも近い七人》と評される、選ばれた者達が選んだ七人の、そう、いわば、《天才の中の天才》。園山赤音はここに属す。七愚人のトップは、西東天の恩師でもある、ヒューレット助教授。こやつが何か、彼にいらんことを吹き込んだ可能性はある。少なくとも、その影響は大きいだろう。

春日井春日は、この七愚人の候補に挙がったこともあるが、ER3システムからすれば極めて異例の事態ではあったけれど、人格的なことを理由に、選出されることはなかった。

『サイコロジカル』で、三好心視と戯言遣いの会話に、この七愚人が上っていて、園山赤音の後釜《あとがま》として選ばれた日本人について語られているが、無論、闇口と石凪について気付かないいーちゃんが気付くわけもないのだけれど、その名が『サイトウ』であることが、明記されている。とはいえ、だからといってこの人物が西東天だということはありえないが、その関係者であると考えることくらいは許されるだろう。その推測の余地はある。つまり、そのコネクションを利用して、西東天は橙なる種・想影真心を、ER3システムから、拉致してきたわけである。世界中に百花繚乱なコネクションを持っている西東天ならでは。

七々見奈波　【なななみ・ななみ】

魔女。

最悪の、魔女。

そう、その通り、戯言シリーズ内においては、狐面の男の登場以前から、彼女は最悪と呼ばれていたのだ。

骨董アパートの住人。

『クビシメロマンチスト』から『クビツリハイスクール』、つまり五月から六月までの間に、骨董アパートに入居してきた。

それ以前の経歴は不明。

台詞のみ、あるいは行動のみの登場。『ヒトクイマジカル』と『ネコソギラジカル』において。

戯言遣いは彼女のことをほとんどよく言わず、悪口ばっかり言っていて、温厚な彼にしては珍しい、呼び捨てにするカテゴリの人間なのだが、しかし、その割には、本を借りたり見舞いを受け取ったり、そのやり取りは、どこか牧歌的である。

　出演予定も勿論あったし、実際惜しいところまで行ったのだけれど、『ネコソギラジカル』に着手する頃には、このキャラは絶対に出さない方向で行こうと、決断していた。

　名前は……すごいな。

　佐々沙咲の、もう一つ向こう側という感じ。

　しかし、その語呂は滅茶苦茶いいと思う。本当を言うと、見た目に不自然でない形で、あと一文字二文字、『なな』を増やすことは可能なのだけれど、しかし語呂の問題で、一番リズムがいいのが、この『ななななみななみ』だった。見た目よりも語呂の方を優先した形だ。

　シリーズ中では大学生だったが、『ネコソギラジカル』のエピローグにおいては、何故か漫画家になっていた。いーちゃん同様、中退しちゃってるし。《十三階段》を向こうに回しているにも拘《かか》わらず、戯言遣いが安心して想影真心を任せたところを見ると、それなりの戦闘能力か、あるいは、それに準ずるくらいの能力は、あるのだろう。まあ、ただ、性格が悪いから魔女と呼ばれているだけの可能性もあるけれど……。

　僕がこんなことを言っちゃいけないんだけれど、こいつと姫ちゃんとの絡みとか、書きたかったよなー。

七本槍【ななほんやり】

石丸小唄は、昔、そう呼ばれていたらしい。

　七愚人のように、七人の槍の内の一人だったのか、それとも、一人で七本槍と呼ばれていたのかは、どうにも不明。その言い草から推測する限りにおいて、根尾古新は、石丸小唄とはその頃からの付き合いであるらしい。
嫌われてる割に、付き合い長いな。

名前　【なまえ】

名前によるキャラ立てという手法は、活字勝負の小説のみならず、漫画や映像作品などでも多用されている、現在の物語創作のスタンダードであるのだけれど、しかし、それに頼りっきりになれるかと言えばそういうこともない。世の中には『名前負け』という言葉だってあるのだ。僕のようなタイプの小説家にとっては、この言葉はかなり怖い……。

ところで、キャラの立った名前で囲むと、考えてみれば案外普通な感じの名前でも（哀川潤とか千賀三姉妹とか）きらりと光って感じるから不思議なものである。中でも際立つのは、本名不詳のいーちゃんだろう。

第二十二幕――《に》

ZaregotoDictionaJ

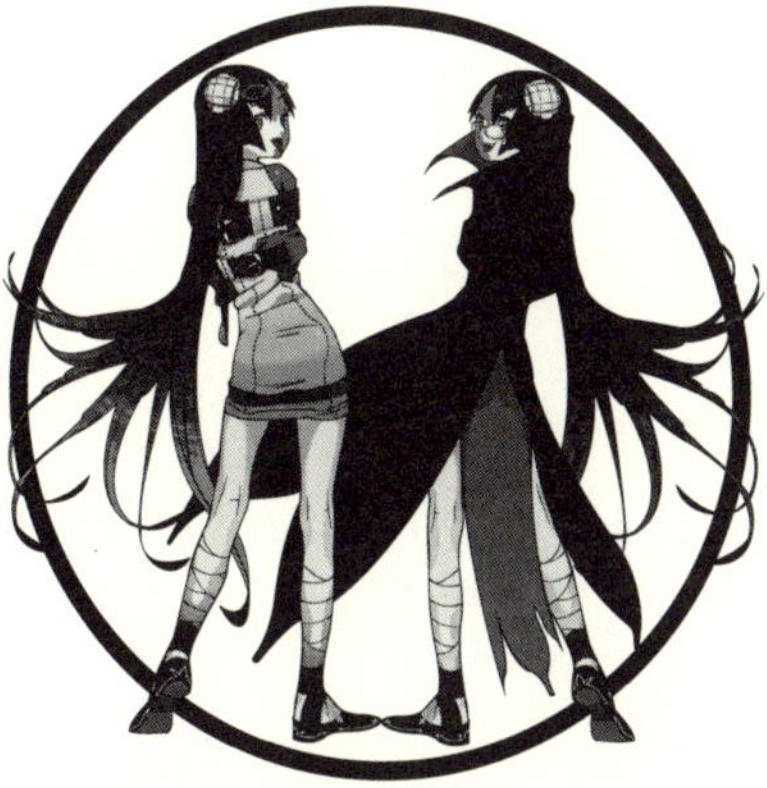

相手にとって死角なし。

0

1

匂宮　**【におうのみや】**

《殺し名》の序列一位。

正式には匂宮雑技団。

殺し屋。

零崎一賊とは対照的に、分家まで含めれば《殺し名》の中ではもっとも人数が多いグループ。作中に出てきている分家としては、《早蕨》と《澪標》があるけれど、まあ単純に考えれば、『源氏物語』の帖の数だけあるのだろう。《匂宮》の他に、五十三……。《雲隠》がどうなっているのかは、気になるところだけれど。

もっとも、まだ若い匂宮兄妹が、団員No.18という、若い番号であることからすると（《十三階段》のように、抜けたところは詰められていく、あるいは抜けたところから埋められていくシステムだったとしても）、単純に、本家が大量の素材を備えているというわけではないのだろう。しかし、分家を含めない本家だけで、他の《殺し名》、《呪い名》、全てを合計した値《あたい》に匹敵する戦闘能力を持っていると称されている。あながちハッタリでもないはずだ。

本家の人間として語られているのは、匂宮出夢、匂宮理澄、そして《断片集《フラグメント》》。

匂宮出夢

【におうのみや・いずむ】

匂宮理澄

【におうのみや・りずむ】

三つ子メイドとは違って、この二人は切っても切れない関係なので（姫ちゃんによって切られたけれど）、必然的にセットで語ることにする。

匂宮出夢と匂宮理澄。

この二人の、対になる名前自体は、かなり昔から考えていた。名前先行型の典型といってもいい。どんなキャラ付けをしたものかは、まあ色々試行錯誤していた感じで、雑誌『メフィスト』に投稿した小説の中でも、確か使ったことのある名前だったと思う。

『サイコロジカル』が出版されて、戯言シリーズの次巻として、『ヒトクイマジカル　殺戮奇術の匂宮兄妹』というタイトルが予告された。この時点では、まだ『ヒトクイマジカル』は、書かれていない（書いていない小説のタイトルが予告されたのは、これが初めてのことだった）。まあその辺りの経緯は、重複を避けるために『ヒトクイマジカル』の項に移すけれど、とにかく色々あった末に、匂宮兄妹は、今の造形になったのである。

二重人格。

と見せかけて、双子というトリック。

普通にやったらトリックと言うほどのものではないのだけれど、タイトルで『兄妹』と謳《うた》っているので、それが二重の騙《だま》しになっていて、案外分かりづらかったらしい。無論、狙い通り。どっちも好きだけれど、どちらかと言われれば、複雑な論理で煙《けむ》に巻かれるよりも、僕は単純なトリックで話が反転するような推理小説が、好きだ。しかし、『ネコソギラジカル』に匂宮出夢が再登場するにあたり、問題が生じる。

そう。

ネタバレ問題。

ことが『ネコソギラジカル』まで至ってしまった

ら、今更ネタバレがどうとか、まるでミステリーみたいなことを言う必要はないんじゃないのかと思ったり、あるいは、シリーズ最終作である『ネコソギラジカル』を読む人間が、『ヒトクイマジカル』（あるいはそれ以前の戯言シリーズ）を読んでいないということはあるだろうかとか、賢明にして堅実なことを考えるような振りをして安易な道に逃げたくなる反面、しかし、いや、誰が何と言おうと戯言シリーズはミステリーだという蛮勇も、僕の心にはないでもなく、それに、本をどんな順番で読もうと、基本的には読者の自由で、別に『ヒトクイマジカル』、『ネコソギラジカル』に、戯言シリーズ五巻、戯言シリーズ六巻と、数字が振っているわけでもない以上、ネタバレについてはできる限りの配慮は、全てするべきだという思いは確かにあった。

　というか。

　似たようなことを石丸小唄の項でも書いたけれど、石丸小唄や姫ちゃんや市井遊馬、あるいは園山赤音のことでもそうなのだが、登場するだけでネタバレだという登場人物を、うまくネタバレしないように書くというのは、小説家にとって、とても面白い作業なので、安易な道よりは、楽しい道を選ぶことにした。

　そのため、『ネコソギラジカル』では、いーちゃんは出夢くんに対し、やけにもってまわった言い方をしていることが多い。出夢くんの側も、同じくだ。これなら、『ネコソギラジカル』から読んでも大丈夫——というか、一度でいいから、戯言シリーズを逆向きに、『ネコソギラジカル』から『クビキリサイクル』の順番で読んだ人の、感想を聞いてみたいものである。わからないのは確実なのだけれど、驚きはむしろそちらの方が大きいのではないかと思う——叙述トリック的なサプライズが、そこに加味されるわけだから。

　これは、ちょっと記憶が確かではないので名前は挙げられないが、僕の尊敬する作家先生が仰っていたと思うのだけれど、『シリーズ物を順番に読まなければならないと言うのは、順番に読んだ人だけだ』とか。

　矢吹駆シリーズは順番に読まないと酷い目に遭うけれど……『バイバイ、エンジェル』の次に『哲学者の密室』を読もうとしてしまったこの僕の、体験談。

　閑話休題。

　匂宮出夢が『殺し屋』であることは、《殺し名》の関係で既に決定していたので、対応する形で、匂宮理澄には『名探偵』になってもらった。いやー、振り返ってみたら、僕もちゃんと、名探偵を書いていたんだなー、と、感慨深い。いや、感慨深くない。

　名探偵はマント。

　殺し屋は拘束衣。

『ヒトクイマジカル』のカバーがリバーシブル仕様になっていて、イラストレーターの竹さんの手によって、表に理澄、裏に出夢が描かれているのは、もうさすがに周知のことだけれど（発売当初は気付かれないことが多かったが。袖《そで》が大きいのでわかりそうなものだけれど、あれくらい露骨でも、カバーの裏側というのは、意外と盲点なんだろう）、それを光で透かしてみると、更にいい感じである。というか、出夢くんの腰つきが必要以上にエロい。一人になって、拘束衣が着られなくなった後の出夢くんのファッションは更にエロい。奴は一体何を考えて生きているんだろうと思う。

　十字架がトレードマークらしい。

　あちこちに彩られている。

　順番としては、出版のだいぶん前の段階から『ヒトクイマジカル』のカバーをリバーシブルにしようというアイディアがあって、そのアイディアに合わせる形で、こういう兄妹と相成ったのだった。表が妹、裏が兄というような。『ヒトクイマジカル』では、その凶悪さを前面に押し出している出夢くんではあるが、妹の理澄を、その際の事件によって失ってしまったことにより、『ネコソギラジカル』においては、だいぶん性格が丸くなっているようだ。それはそれでいいけれど、なんか物足りないなー、ギラギラした感じがよかったんだよなー、と言うマニアな方には、『ネコソギラジカル』から数えて五年前の話である、『零崎軋識の人間ノック2』がお勧め。凶悪状態のままの、出夢くんの姿を拝むことができる。当時十三歳。

その『零崎軋識の人間ノック2』で一端が描かれているが、零崎人識と匂宮出夢には、並々ならぬ因縁があり、それが結局、巡り巡って、西東天と戯言遣いの戦闘へと繋がってしまったわけだ（『ネコソギラジカル』の下巻で、いーちゃんは零崎から、そのあたりの経緯を、聞いたはず）。出夢くんはそういう零崎人識との付き合い（？）があったからこそ、登場人物の中で唯一、戯言遣いと零崎人識を、『全然違う』と、評したのだろう。

匂宮雑技団、最悪の失敗作。《断片集《フラグメント》》の副産物、らしい。

二人とも有能ではあるが、西東天がより重用《ちょうよう》していたのは、フィールドワークを担当する、理澄ちゃんの方だったのかもしれない。いーちゃんや狐さんにいいようにあしらわれてはいるものの、あれは単に《弱さ》の顕現《けんげん》であって、彼女の知能や洞察力は半端じゃないのだ。真田十勇士は知らなかったし、運動している物体の電気力学の説明は、できなかったみたいだけれど。

どうなのかな。

眼鏡の着脱によって人格が変貌するという（見せ掛けの）設定。ただし、眼鏡を外し切ってしまうと《十三階段》としての資格を失うので、出夢くんはヘアバンド代わりに使う。もう癖になっているようで、《十三階段》を抜けた後も、そのまま通しているようである。みいこさんに迫られたくらいでサングラスを外してしまった奇野さんには、見習って欲しい姿勢だ。

狐面の男、西東天との、匂宮雑技団を離れての付き合いが、一体いつからのものだったのかは、今のところ明らかにされていないけれど、理澄ちゃんが狐さんに心酔し、出夢くんがそれに付き合ったというのが、とりあえずの形である。まあ、出夢くんだって、まんざらではなかったのだろうとは、思うけれど。

再登場時には、髪が短くなっていた。零崎人識もそうだったし、哀川潤とバトルをすると、髪を切られる決まりでもあるのだろうか。『ヒトクイマジカル』で髪を伸ばしているところだと言っていた紫木一姫も、ならば『サイコロジカル』の裏でやられていた可能性はある。とすると、想影真心のオレンジの三つ編みが危ない。大ピンチ。

匂宮理澄は紫木一姫の手にかかり、匂宮出夢は想影真心の手にかかり、それぞれ、『ヒトクイマジカル』、『ネコソギラジカル』で、お亡くなりになった。まあ、それは、しょうがなかったんだろうなー、と思う。

気付けばこの項、ここまで結構な量の文章を書いてしまったので、トップ3には及ばないものの、この二人、それなりにお気に入りのキャラクターだったんだろう。

弐栞【にしおり】

玖渚機関の一部署。

詳細不明。

『にしおり』という読みが、作者の西尾さんとかぶってしまっているが、勿論、何の関係もない。


二十人目の地獄【にじゅうにんめのじごく】

零崎双識の二つ名。

戯言シリーズ本編にこの呼称が出てきたかどうか

と言われれば、絶対とまでは言わないけれど、多分、出てきていないのだが、まあ一応、二つ名としては断トツに僕のお気に入りの表現なので、ここに紹介しておく。

　詳しくは『零崎双識の人間試験』、あるいは『零崎軋識の人間ノック2』を参照。

ニンギョウがニンギョウ　【にんぎょうがにんぎょう】

西尾維新の著作十四冊目。

二〇〇五年九月発売。

雑誌『メフィスト』に連載された短編小説三本に、書き下ろしの一本を加えた一冊。『ネコソギラジカル』の、中巻と下巻の間に、発売された。

　戯言シリーズが『わかりやすさ』を追求する方向へ進みつつあるのを感じたので、『わかりにくさ』を追求してみた感じ。

人形士　【にんぎょうし】

右下るれろの肩書き。

詳細は彼女の項で。

人間失格　【にんげんしっかく】

零崎人識の二つ名。

命名・戯言遣い。

　零崎一賊の有名どころは、全員、四字熟語の二つ名を持っているのが先例なのだけれど、それに則《のっと》るならば、この『人間失格』の四文字にも片仮名のルビが振られなければならないはずだ。だが、とうとう、戯言シリーズの中で、この言葉にルビが振られることはなかった。零崎双識やら零崎軋識やらと違って、零崎人識には愛用の武器というものがないので、ルビを振りかねているのかもしれない。

　欠陥製品同様、実際に呼ばれたら、凹むだろう。

人間シリーズ　【にんげんしりーず】

戯言シリーズの外伝的小説である『零崎双識の人間試験』、『零崎軋識の人間ノック』、『零崎軋識の人間ノック2』の、シリーズ名。まあ、戯言シリーズと区別するために考えた名前だ。『クビシメロマンチスト』に登場させた零崎人識が、意外に人気が出てしまったため、急遽設立されたシリーズ、みたいな感じ。

一応、シリーズとしては今のところ四部作計画で、『零崎双識の人間試験』、その内1、2をまとめて単行本化される『零崎軋識の人間ノック』に続けて、『零崎曲識《まがしき》の人間人間』、そして人間シリーズ最終作である『零崎人識の人間関係』が予定されているのだが、かといって別に出版の予定があるわけではない。大体、このような予告は『これから出る本』といいながら、あっという間に『これまで出なかった本』になってしまうのが通例ではあるのだが、まあ、裏話ということで、ひとつ、よろしくお願いします。

第二十三幕——《ぬ》

ZaregotoDictionaJ

つけることができなかった。と言うか、《ぬ》なんて、一つあっただけでもめっけもんだろう。
ぬうう。

0

ついてないなんて言葉は、本来、運の悪い人が使うべき言葉でしょう？　頭の悪い人が使うべきではないわ。

1

【ぬくもり】

拭森

《呪い名》の序列四位。
詳細不明。
色々探したのだが、《ぬ》の項目、これ以外に見

第二十四幕——《ね》

ZaregotoDictionary

0

崩壊、先に立たず。

1

根尾古新【ねお・ふるあら】

研究局員——と見せかけた間諜。

スパイ。

裏切りのプロフェッショナル。

『サイコロジカル』に登場し、利害の一致から、戯言遣いと協力・同盟関係を結ぶことになった人。背景はとうとう伏せられたまんまだったが、まあ、あれくらい書いておけば、推測できなくもないと思う。推測する必要があるとも思えないが。

根尾古新というネーミング。

『ネオ』で『古』くて『新』しい。新しいのか古いのかどっちなんだよ、みたいな感じの面白ネームとして、僕の中ではそこそこのストライク。

まあ、順当に考えれば、本名ではなく、彼の持つ大量の偽名の一つなのだろうけれど。

『ネコソギラジカル』で、どこかの組織に潜入していたスパイとして再登場してもよかったのだけれど、まあ色々あって、諦めた。劇場型のスパイという設定は、いくらでも使いまわせそうな感じがあるから、惜しいといえば惜しいけれど、まあ、この人も、神足雛善よりはいくらかマシな立ち位置とは言え、元々、ストーリーに要請されて作り出されたという側面の強いキャラクターなので、扱いとしては、そんなところじゃないだろうか。便利過ぎるキャラを使い過ぎないことが、ストーリーを絞る、コツとも言える。

ネコソギラジカル（上）【ねこそぎらじかる・じょう】

ネコソギラジカル（中）【ねこそぎらじかる・ちゅう】

ネコソギラジカル（下）【ねこそぎらじかる・げ】

西尾維新の著作、十一冊目、十三冊目、十五冊目。竹・絵。順に、二〇〇五年二月、二〇〇五年六月、二〇〇五年十一月に発売。

正式タイトルは、それぞれ、『ネコソギラジカル（上）十三階段』、『ネコソギラジカル（中）赤き征裁vs.橙なる種』、『ネコソギラジカル（下）青色サヴァンと戯言遣い』。下巻のタイトルは、戯言シリーズの一冊目である『クビキリサイクル』と同じである。それは再来というよりは、回帰だったのだろう。

あら、『ヒトクイマジカル』より前に項が来ちゃうのか。まあ、五十音順だから、当然なのだけれど、戯言シリーズ、ここまでの五冊が刊行順に来ていたので、何だか惜しい気もする……しょうがないことだが。えっと、その『ヒトクイマジカル』が、二〇〇三年の七月に発売された段階で、戯言シリーズの次巻として、『ネコソギラジカル』のタイトルは発表されていた。ただし、その際は、上巻・中巻・下巻という形ではなく、ただ、『赤き征裁vs.橙なる種』とのみ、サブタイトルが振られていた形だった。

が、しかし、『ヒトクイマジカル』が出版される前には、『ネコソギラジカル』が、三分冊になることは決定していたのである。『サイコロジカル』のときは、後付けで上巻・下巻になり、それに合わせて内容をいじるという遣《や》り方を取ったが、そのときの経験を活かして、最初から分冊を前提に、小説を執筆してみたいと思ったのだ。

『ヒトクイマジカル』に西東天が登場したことで、シリーズははっきりと終局に向かうことになったのだが、それでも、狐面の男と戯言遣いの対決を、延々と続けていくと言う選択肢もあった。実際、それは悪くない選択肢だっただろう。戯言シリーズを終了させることにした経緯については、『ヒトクイマジカル』の方で書くのが相応しいだろうのでここでは留めることにするが、ともかく、『ネコソギラジカル』、三冊分の分量をかけることによって、延々と続けるよりも濃度の濃い最終章を書けそうだと、残り三冊で、カウントダウンすることにした。ともすればだらだらしていると思われるかもしれない風に延々と続くよりは、さらっと終わるべきだろうと思ったのだ。

それが正式に予告されたのは、雑誌『ファウスト』三号でのこと。ただし、そのときには、『二〇〇四年、九月・十月・十一月に三ヵ月連続刊行！』と、小説内の時系列に合わせて発売する予定で、告知されている（『ネコソギラジカル』は、作中の時間が、上巻が九月・中巻が十月・下巻が十一月だから）。

まあ、みなさんご存知の通り、その予定に従う形で『ネコソギラジカル』が出版されることはなかった。そんなわけで、計画は修正され、結局『ネコソギラジカル』は、二〇〇五年、丸々一年をかけて、じっくりと、万全を期して、出版される形になった。『ネコソギラジカル』の下巻が、当初の予定の丁度一年後とはいえ、作中の時間とは合致する（というか、曜日などを含めて考えれば、より合致する）、二〇〇五年の十一月になったのは、単なる偶然で、意図したものではない。また、『ネコソギラジカル』のエピローグは、それまでの文章から長い時間が経過してのエピソードとなっているが（あれから四年）、その期間が、戯言シリーズが始まってから終わるまでの時間（四年間）と期せずしてぴったりになってしまったことも、とりたてて、意図なき偶然だ。

　と、思う。

　そのはずだ。

　まあ、『橙なる種』のネーミングのときにも感じた、何らかの何かの、ありがた迷惑な力添えと言ったところか。

　しかし、『ネコソギラジカル』の執筆そのものにまつわる裏話は、あんまりない。少なくとも『ネコソギラジカル』を執筆するときの僕に、迷いは一切なかったからだ。『ネコソギラジカル』の下巻を書いている途中で、ファイルのパスワードをうっかり忘れてしまい、執筆が途中で止まってしまって、でも今更書き直すわけにもいかなくて、必死になって記憶を探る羽目に陥ったみたいな笑い話を、ここでしても仕方がないと思うし……まあ、執筆から時間が経過した今現在の僕の立場で、『ネコソギラジカル』のメイキング時のことで印象に残っているのは、絵本園樹のキャラクターと、零崎人識の再登場シーン、下巻の冒頭部、いーちゃんと玖渚の別離のシーンくらいだろうか。一冊につき一ヵ所ずつ。まあ、小説を書いていれば、そんなものだろう。他は、書いていて、普通に楽しいばかりだった。一冊につき一ヵ所詰まってみるのも、それくらいなら、楽しいばかりだ。

　むしろ気を遣ったのは、外側である。

　執筆よりも、外回りのことだった。

『サイコロジカル』が販売されたときに、自分の小説がまたも世に出たという嬉しさとは別に、僕が一番悔やむことになったのは、上巻と下巻で、ページ数が違ってしまったことである。本当は揃えようと思っていたのだが、それを達成することができなかったのだ。いや、春日井春日の出番を、ただただ自分の好みで必要以上に水増しすれば可能は可能だったのだろうけれど、さすがにそれは、作家らしきものとしての良心、あるいは人間としての常識が、止めた。『クビキリサイクル』と『クビシメロマンチスト』のページ数が揃ったのは全くの偶然。だから『サイコロジカル』では、偶然ではない形で、それを演出してみたかったのに、本当の本当に、遺憾の極みだった。

　そのリベンジ。

　再挑戦である。

　結論から言えば、『ネコソギラジカル』は、上巻と中巻と下巻で、ページ数（と値段）を、揃えることができた。『サイコロジカル』のときとは違って、最初から分冊を前提にし、そして揃えようとしてるんだから、そりゃできるだろう、できて当たり前だと思われるかもしれないが、結構、微妙な調整が難しいのだ。

　ただし、値段が千円を超えたのは僕の誤算。

　上巻・中巻・下巻、ともに、九百八十円にしたかったのだ（まあ、結局、税込みで一〇二九円になってしまうんだけれど）。

　単純に『クビキリサイクル』くらいの厚さにすればいいだろうと考えていたのだが、三年、四年という月日の経過を軽く見ていた。恐るべき日本経済。が、『ネコソギラジカル』は、あれ以上、厚くすることができないのと同じくらい薄くすることもできない本なので、その辺りは痛み分けとするしかない。申し訳ないが、ご容赦いただきたい。

　三冊合わせて原稿用紙二千枚を超えるくらいの分量になるんじゃないだろうか。一つの話でこの枚数は、僕にとってはちょっとした記録だ。

　上巻は壮大な前振り、中巻は中だるみならぬから回り、そして下巻は大団円——と、そう割り振っての執筆だったが、しかしそれでも勿論、一冊ずつにつき、それぞれ序破急、起承転結をつけようと、心がけた。そうでなければ、分冊する意味がないからだ。ヤマが三つある感じ。

それは成功したと思う。

　西尾維新の名刺にして代名詞である戯言シリーズの、全てを取りまとめる完結編としての『ネコソギラジカル』。なんだかんだ言いながらも、僕はどこかで、その戯言シリーズを重圧、重荷のように感じているところもあったから、『ネコソギラジカル』を書き終えてしまえば、もっと肩の荷が降りたような気分になるのだろうと思ったけれど、実際にはそんなような、すっきりした、みたいな感慨は、全くと言っていいほど、皆無だった。むしろ、戯言シリーズを自らの手で完結させてしまったのだという責任が、新たな荷として、背中に積まれたような気分がした。

　それは、両肩に心地の良い重さだった。

ネタバレ　**【ねたばれ】**

　ネタがバレること。ネタをバラすこと。

　響きはツンデレに似ているが、全く関係ない。

　何をもってネタバレとするのかは非常に微妙な問題で、それをミステリー畑の物語に範囲を限ると、更に問題は複雑玄妙になる。

　ある本を読んだ人が、まだその本を読んでいない人に、物語の中核をバラしてしまうことが嫌われるのは、読書好きの人間ならば、誰だってわかるだろうけれど、たとえば、一連のシリーズ作品の途中の一冊を読んだら、それ以前の作品のネタが割れていたという被害も、世の中にはなくもなく、こっちの被害も、受けた方には結構深刻である。

　戯言シリーズは一応ミステリーを起点にして（あるいは起源において）始まった小説群なので、一冊一冊、それ以前の小説に関するネタバレには、結構、気を遣っている。それぞれの項目にもあるよう、石丸小唄やら紫木一姫やら園山赤音やら匂宮兄妹やら。広い範囲では葵井巫女子から三つ子メイドまで。だから、とりあえずは、シリーズをどういう順番で読んでもらっても構わない作りにはなっているのだが（言うまでもなく、『サイコロジカル』は上巻から下巻、『ネコソギラジカル』は上巻・中巻・下巻の順で、読んでもらわなくてはさすがに困るけれど）。

それでも、というかそもそも、色んな人の話を聞いてみると、シリーズ物にはどうしてもつきものであるネタバレは、それは作者がバレてもいいと思っているネタバレだろうから、読み手が気に病むべきところではないらしい。『作者がバラす分にはネタバレではない』と、仰っている先生もおられるし、それは一理あると思う。厳密に言えば、粗筋も帯文もネタバレなわけだから。戯言シリーズで言えば、たとえば、『クビキリサイクル』では、最初哀川潤は男性だと思われていた、そういう軽い男女誤認トリックがあったけれど、『クビシメロマンチスト』以降を先に読むと、それは通じなくなる、とか。それから矢吹駆シリーズとか、矢吹駆シリーズとか。

あと、本書なんかはもう決定的で、ネタバレのことしか書いていないので、これを一番最初に読んじゃったりすると、真面目にかなり台無しである。そういうわけで、かように、袋とじ仕様にしていただいた。

まあ、理屈はともかくとして、やっぱり作者が書いた順番で読むのが一番いいんだろうなあと、読者の一人としては、そう思うんだけれどね。

第二十五幕——《の》

ZaregotoDictionary

0

わかった振りをするのはいい。

だけど、適当な相槌《あいづち》を打つな。

1

ノイズ　**【のいず】**

《十三階段》の十一段目。

不協和音。

ヘッドホン。

『ネコソギラジカル』の上巻において、フェアな判断を下すならば、もっとも輝いていたのが誰かと言えばそれは崩子ちゃんをおいて他にいないだろうが、しかし二番目となれば、彼をおいて他にはいないだろう。


　戯言遣いをかなり際どいところまで、追い詰めてみせる。実質的に、いーちゃんは彼に対するための手段を、最後まで持ち合わせなかったのだから。

　元々は《十三階段》における切り札的存在として、ノイズくんのことは計画していた。戯言遣いと逆ベクトルのキャラクターとして（かつて綾南豹でやろうとしていたことだ）、構想段階では、下巻のラストまで、いい位置で戯言遣いと争い続ける予定だった。

　しかし、園山赤音をストーリーに絡めることになったところで、一つ、問題が生じた。園山赤音の登場は、確かにノイズ登場のいい伏線にはなったのだけれど、しかし、そのことによって、後に登場する哀川潤が、ひょっとしたら名も無き彼女が化けた偽者かもしれないという疑いが、生じる余地が現れてしまったのである。

　ストーリーが進行する——つまり哀川潤と想影真心との戦闘が始まる前に、この疑いは何としても晴らしておかねばならないと、西尾さんは考えた。

　その結果が、ノイズくんの早過ぎる退場である。戯言遣いが異常なほど脅威を感じているキャラクターを、いとも簡単に蹴散らす哀川潤。

　あれで最強・哀川潤が証明されるわけだ。

　本末転倒じゃん！

　ノイズという名前ならぬ記号は、単純に、戯言という言葉から対義的な類義語として連想する感じで。肩書きは、最初は《雑音遣い》にしようかと思っていたのだけれど、先に《病毒遣い》があって、《〇〇遣い》ばっかりになるのはちょっとなー、みたいな感じで、後に、《不協和音》に変更。

　造形的には、まあ、中学生。学帽がイカす。今時いないだろうけれど、お洒落。

　ヘッドホンは、ノイズという記号の象徴。

　ノイズくんのその扱いを、イラストレーターの竹さんも、彼のことを哀れに思ったのだろうか、戯言シリーズのイラストにおいてはかなり例外的なことに、一枚の扉絵の中に、二枚、その姿を描いてもらっている。

第二十六幕——《は》

ZaregotoDictionary

0

生きるために生まれてきた。
死ぬために死ぬのでは、ない。

1

バーコードバトラー　**【ばーこーどばとらー】**

七々見が、崩子ちゃんを通じていーちゃんに贈った、お見舞いの品。黒い機体のバージョン2。僕も結構嵌ったものだけれど、今から思えば、あれは、人間の想像力がやたらと試される遊び道具だったよなあ。

バイサール機構　**【ばいさーるきこう】**

『サイコロジカル』において、根尾古新が斜道卿壱郎に対して挙げた、組織の名前。ああいう場で根尾さんが名を挙げるということは、卿壱郎博士に敵対する形で存在する組織なのだろうとは思うが、その程度で、詳細は不明。

この組織は『零崎軋識の人間ノック2』にも、ちらりと名前が出てきている。

破戒僧　**【はかいそう】**

鈴無音々の肩書き。

本当はこれが登場人物表に載るはずだった……。

墓森

【はかもり】

《殺し名》の序列五位。

詳細不明。

まあ、『墓守』から来ている。


【はぎはら・しおぎ】

萩原子荻
策師。

澄百合学園総代表。

西尾維新のお気に入りトップ3——というより、言ってしまえば、トップ1。そのため、『クビツリハイスクール』でお亡くなりになったとはいえ、『零崎軋識の人間ノック』、『零崎軋識の人間ノック2』で、中学生時代のエピソードが描かれている。

最終的には、その二本で描かれている物語は、『ヒトクイマジカル』で、紫木一姫や西東天が語っていたエピソードへと繋がっていくのだが、それはまた、別のお話ということで。

だがしかし、絵本園樹や春日井春日と同じように、最初から、このキャラクターに対して思い入れがあったわけではない。むしろ、『クビツリハイスクール』の没バージョンに登場したキャラクターの焼き直しということもあって、どちらかと言えば、キャラクターとしてなら、むしろ西条玉藻を描く方に、より力が入っていたくらいである。最初はあくまで、かませ犬程度の扱いだった。かませ犬とは、あまりに言葉が悪い感じだけど、まあ、それが正直なところである。

では、絵本園樹のようなキャラクターチェンジや、春日井春日のような、物語上の要請からの加筆が、萩原子荻にあったかと言えば、そういうことはなかった。普通に『クビツリハイスクール』を完成させて、編集部に送った。

で。

ゲラになったその小説を、イラストレーターの竹さんに読んで頂いて、その内容をビジュアル化してもらったのは、そう、二〇〇二年の六月くらいだっただろうか。

『クビキリサイクル』、『クビシメロマンチスト』が既に刊行されていたので、竹さんの能力についてはそれに相応しいだけの信頼をおいていたつもりの僕ではあったけれど、しかし、そのとき、ラフの状態で見た萩原子荻の絵が、とにかく素晴らしかったのだ。

　んー。

　というわけで、ゲラの段階で、本来ありえないほどの加筆が、萩原子荻の場面について、ほどこされた。加筆というか、修正というか、いや、書き直しだった。どちらかと敢えて言うならば、春日井春日の場合に、それは近いのだろうけれど、しかし、『クビツリハイスクール』が密室本であり、枚数に限りがあったから、僕としては、それでも書き足りなかったくらいだ（そのために削られてしまったシーンもあったりするけれど、それはご愛嬌《あいきょう》）。

　ゲラとは通常、『初校』と『再校』の二回だけなのだけれど、この『クビツリハイスクール』は、あまりにもゲラの段階で（しかも再校の段階で）書き足しをしてしまったため、三回目の『念校』まで出ることになってしまった。関係者各位には深く謝罪をしたいと思う。『ネコソギラジカル』でも、上巻・中巻・下巻と、ページ数を揃えるため、それから念願の最終巻なので、内容に不備がないようにするために、『念校』まで出してもらっている。こんな割合で『念校』を出してもらっている作家は他にいないだろう。本当に迷惑な話だ。

　まあ折角表紙や扉絵に綺麗なイラストをつけてもらっているのだから、イラストに合わせて内容が変わるみたいなことがあっても、たまにはいいんじゃないかとは、普通に思う。既にここまでで、何度か触れたことでもあるけれど……実際、『クビキリサイクル』『クビシメロマンチスト』の二冊と、それ以降の戯言シリーズには、テンションに大きな差があることには、みなさん既にお気付きではないだろうか。それは、はっきり言って、イラストレーターの竹さんの絵が、僕の頭の中に浮かんでいるか、それ以前の状態かの、違いである。戯言シリーズは、第一期を『クビツリハイスクール』まで、第二期を『サイコロジカル』からとわけることが多いけれど、そういう意味では、『クビシメロマンチスト』、それ以降で区切るという手も、なくはない。無論、『クビツリハイスクール』には遠く及ばないにせよ、『クビキリサイクル』も『クビシメロマンチスト』も、ゲラの段階で、イラストに合わせた加筆修正は行われているが、ゲラ以前の段階からあったかどうかというのが、どうしても、出ているのだ。それが全てではないにせよ、大部分はそんな感じである。そういう理屈がどのくらいまで通じるものなのかはわからないけれど、とりあえずライトノベルと呼ばれるジャンルの小説家のみなさんは、そういうご経験をお持ちなのではないかと思う。

萩原子荻は、その死後、評価が鰻上《うなぎのぼ》りになっているが、それはむしろ逆で、『クビツリハイスクール』での彼女の評価が、低過ぎるということなのだろう。それは、イラストが云々とは関係なく、だ。全てという全てを三枚目扱いしてしまういーちゃんフィルターがかかっているせいというのもあるが、単純に、哀川潤と戯言遣いの、ありそうでありえない、ベストタッグを向こうに回したら、あの体たらくでもしょうがないと言えるが（そのベストタッグプラス、実質シリーズ最大戦闘能力キャラにして、萩原子荻にとって身内扱いの紫木一姫、だし）。四人の手下のキャラクターをもうちょっと立てれば、翻って萩原子荻のキャラクターも更に輝きを増したかもしれない。結局実現はしなかったけれど、あの四人にイラストがつくかもしれないという可能性もあったのだ。

　中身の造形としては、策師。

それだけである。

頭がいいだけで他には何もできなくて、実際に何もしないけれど、でも、しっかりと成果を上げ、最後まで中心に立っている——そういうキャラ。

それは、イラストがあがってくる前からそういうキャラクターだったけれど、正直、それでは戯言遣いとかぶるところがあるので、《弱き者》として『敗北』し、お亡くなりになることになったのだ。先にイラストがあったら死なずに済んだだろうか——と言えば、それはさすがになかっただろうけれど、『零崎軋識の人間ノック』、『零崎軋識の人間ノック2』でリカバリーしたのは、全面的に、竹さんのイラストのお陰だろう。

名前。

萩と荻。

恥ずかしい話、僕は昔この二つの漢字を、同じ漢字だと思っていた。『萩原』と書いて、『はぎわら』とも『おぎわら』とも、どちらとも読むのだろうと思っていたのだ。その辺から、一つの名前にこの二つの漢字を組み込めば面白いかな、と、そういうテーマ。最初は順当に『萩原荻子』にしようかと思ったが、なんか普通っぽくてつまらんと思い（崩子ちゃんともかぶるし）、『萩原子荻』とちょっと変にし、苗字の方も、『はぎわら』という一般的な読みより、『はぎはら』と、マイナーな読みにすることにして、『はぎはらしおぎ』。

イエー。

白衣【はくい】

白衣。

白い服。

一部では萌えアイテム。

数えてみれば、戯言シリーズは白衣率が高い。

まあ、フツーに格好いい服だし。

あれで外は出歩かないけれど。

バタフライナイフ　**【ばたふらいないふ】**

崩子ちゃんの愛刀。

ナイフの項参照。

刃物連盟においてはちょっと見下されてそうだ。

「そんなのはナイフじゃありませんよう」

「大して尖ってもねえよ」

「この子のことを悪く言うのは許しません」

バトル。

……駄目だこいつら。

捌限　**【はちきり】**

玖渚機関の一部署。

詳細不明。

バックノズル　**【ばっくのずる】**

時間収斂《しゅうれん》。

起きるべきことは絶対に起きるべきことであり、それはどうしたって避けようはなく、いつかどこかで起きてしまう、たとえ未来において起きなかったとしても、それならばそれは、とっくの昔に起き終わってしまっている事実なのであるという、選択可能な運命という概念を、完全にかき消してしまう、西東天の思想を支える二大理論の内の一つ。

バックは後ろ。

または背景。

ノズルは筒先。

どちらかと言えば、ジェイルオルタナティヴよりも、こちらの方を優先させようとしている節が、西東天にはあるけれど、『ネコソギラジカル』においては、『代替』の方が前面に押し出されていた。

街　**【ばっどかいんど】**

《チーム》の一員、式岸軋騎のハンドルネーム。

『バッドカインド』の『カインド』は、『種類』という意味ではなく『親切』とか『優しい』とか、そういう意味の方。つまり『バッドカインド』で、『大きなお世話』というニュアンス。

造語。

××××× 【ばつばつばつばつばつ】

どこに置いていいかわからない項目なので、勿論そんな読み方をするわけもないが、とりあえず《は》の項に。

伏字である。

この五つの『×』が並んでいる文字列は、戯言シリーズ内に二回、登場している。一回目は『サイコロジカル』で、斜道卿壱郎博士が、玖渚友に向けた言葉として。二回目は、西東天に対し、戯言遣いがあげた、名乗りとして。

伴天連爺さん 【ばてれんじいさん】

隼荒唐丸のこと。

『ヒトクイマジカル』でその名前が判明するまで、戯言遣いは彼のことをこう呼びつづけていた。……なんというか、年長の、目上の人物に対して、あんまり尊敬の念を感じさせない呼称である。年上だろうがなんだろうが、男には淡白ないーちゃんなのであった。

隼荒唐丸 【はやぶさ・こうとうまる】

骨董アパートの住人。

南蛮《なんばん》被《かぶ》れの筋肉爺さん。

趣味は筋トレ。

みいこさんと仲が悪い。

みいこさんがこの人と口喧嘩している様子とか、

書きたかったもんだけれど。

七々見奈波と逆で、台詞は一つもないけれど、『ヒトクイマジカル』で、ダンベル体操をしている生身の彼の登場がある。戯言遣いは、露骨に避けていたが。だからロクに登場しなかったというわけではないが、キャラとしては断トツに扱いづらいキャラだっただろう。

苗字の『隼』も、名前の『荒唐丸』も、考えて思いついた名前じゃなく、瞬間発想型で思いついた名前なのだが、えてしてその方が『いい名前』になることが多くて、中でもこの名前は、なかなかの出来だと自惚《うぬぼ》れている。

切腹マゾ　【はらきりまぞ】

戯言遣いのニックネームの一つ。

アメリカ時代にそう呼ばれていたことがあるらしい。三好心視の苛《いじ》めにずっと耐えていたその姿が、周囲の者達の心を強く打った結果らしい。

ハラキリとハリキリって似てるよね。

張空機関　【はりうろきかん】

バイサール機構と合わせて、根尾古新が『サイコロジカル』で、斜道卿壱郎に対し、挙げた組織。つまり、少なくとも根尾古新は、バイサール機構と張空機関からのスパイではないのだろうと推測するのは、あまりにも単純というものだろうか。

バンダナ　【ばんだな】

布。

ハンカチ、スカーフ、鉢巻。

最初、『零崎双識の人間試験』に登場する、無《む》桐《とう》伊織《いおり》という女子高生のキャラクターに、このアイテムを装備させる予定だったのだが、最終的に、そちらはニット帽ということになった。そうすると、余ってしまった形になるバンダナだったが、折角だったので、哀川潤に装備してもらうことにした。哀川潤・カジュアルバージョンの誕生の瞬間である。

　いーちゃんに装備させてもよかったのだけれど、バンダナの海賊巻きって、男性よりも女性に似合う意匠だと、個人的には思うわけで。


【はんだ・れい】

班田玲

　メイド長。

　しかし『メイド長』って、いいのかな。

　赤神イリアと入れ替わっている。

　いつから入れ替わっているのかはともかく、いつまで入れ替わっているつもりなのだろう。多分、『ネコソギラジカル』のエピソードの時点でも、入れ替わり続けているはずだ。というか、弥生さんは、一体いつまで気付かないのだろう……。

　名前の由来は『パンタ・レイ』。

　万物流転。

　本文にも書いたか。

　投稿時代に書いた『クイン8』の段階からいたキャラだが、その時点では、やっぱりこの人も双子だった。いや、思い出すにつけ、変な小説だったんだなあと思う。双子の設定をそのまま残していたら赤神イリアと入れ替わることができなかったので（双子じゃないから入れ替わることができたというロジックは、僕にしてはまあ新しかったと思っている）、その設定は削ったのだろう。

第二十七幕——《ひ》

ZaregotoDictional

0

本当に叶えたい願いは、第二希望においておけ。

1

ひーちゃん　**【ひーちゃん】**

日中涼の呼称。

玖渚友がそう呼ぶ。

『ひねもす』だから『ひーちゃん』という、これは比較的、ストレートで分かりやすい感じだと思う。

比叡山延暦寺　**【ひえいざんえんりゃくじ】**

比叡山は京都と滋賀の真ん中にある山。

霊山として有名。

延暦寺は天台宗の総本山。

破戒僧とか言いながら、鈴無さんがここで住み込みのバイトをしているらしいが、一体、何をしているんだろう。おみやげ屋の店員さんとかなのだろうか。

犇く血眼　**【ひしめくちまなこ】**

棟冬六月のコピー。

詳細不明。

ひたぎクラブ　**【ひたぎくらぶ】**

西尾維新作の短編小説。

雑誌『メフィスト』二〇〇五年九月号掲載。

原稿用紙二百枚くらいの短編。

『きみとぼくの壊れた世界』でも『ニンギョウがニンギョウ』でもそうだったのだが、僕の小説が『メフィスト』に掲載される場合、イラストがつかないのが通例となっている。そこに目をつけて書かれた小説で、『目には見えない（絵には描けない）』テーマ、即ち『怪異』を主題においている。また、戯言シリーズが『様々なキャラクターが多数登場する』という特性を持っていたのに対し（その最たるものが『十三階段』だ）、この小説では、一人のキャラクターに強くスポットを当てるというやり方を採用している。まあ、ここまででも何度か書いたことではあるが、戯言シリーズ以外の小説は、このようにどこか戯言シリーズに対するアンチ的な要素を含んでいることが多いわけだ。メリハリ。戯言シリーズが終結した今、恐らくはこのシリーズが、アンチ戯言シリーズとしては最後の小説となるのだろう。

もう少し話すとこの小説は、スケジュール上に生じた全く意味のない空白期間に書かれたものだ。調整ミスかなんかで、ぽっかり空いた時間に書かれた。プロになってからは、プロフェッショナルとして、版元から依頼を受けた原稿以外は一文字も書かないという方針を貫いてきた僕だったが、この小説は、そういう意味では依頼原稿ではない。というか、ぶっちゃけ、勝手に書いた。ノーディレクション。だから相当に好き勝手やっている。やりたい放題だ。怒られたらどうしようと思いながら編集部に送付したものである。ノーディレクション、つまり仕事度外視で書いた小説は『クビシメロマンチスト』以来だったが、まあ、たまにならこういうのも悪くないと思った。

『まよいマイマイ』へと続く。

ヒトクイマジカル　【ひとくいまじかる】

西尾維新の七冊目の著作。
竹・絵。
二〇〇三年七月発売。
リバーシブル仕様の両面印刷カバーで刊行された。一冊一冊という単位で数えれば、四七七ページというこの本は、これまでの西尾維新の本の中でもっとも分厚く、長大な話だ。原稿用紙に換算すると、八百枚から九百枚弱というところなのだろうか？　まあ、千枚まではいっていないことは確実だけれど、それでも、かなりの枚数である。

状況から説明すると、それは、『サイコロジカル』の上下巻が発売され、ネット上で、『零崎双識の人間試験』の連載が開始された頃のことである。僕が担当編集者さんから与えられた三回のチャンス（プラス密室本）を全て使い切ったところで、これからどうするかという岐路《きろ》に、僕は立たされていた。そう、次のステージに向けての、岐路だった。

幸い、そこまで至って、戯言シリーズは読者の皆さんから、ある程度のご好評をいただいていたのだ。つまり、それから先もシリーズを続けていける目処は立っていた——その要請も需要もあったし、僕にも勿論、そのつもりはあった。

が、修正したとはいえ、そもそも『サイコロジカル』は、戯言シリーズのとりあえずの終わりとして考えていた話だったし、それに、そもそも投稿段階では、『クビキリサイクル』はシリーズ化するつもりのない話でさえあった。単体での話だったのだ。

どうなるかわからない『クビシメロマンチスト』や『クビツリハイスクール』が世に出た頃には、漠然と、戯言シリーズは人気さえ続けば全二十四冊のシリーズにしようと思っていた。一ヵ月につき事件一つ（一冊）というのが戯言シリーズの基本的なパターンだから（後発的に分冊となった『サイコロジカル』は例外。だからその分の辻褄《つじつま》は最後の方で合わせる予定だった）、つまり、姫菜真姫の『予言』が的中する形にしようと思っていたのだ。

二年ちょい。

って、アレ。

しかしいざそれが可能な条件が整ってしまうと、それに耐えうるだけの力量が、こちら側にあるのかどうかというのは疑問だった。二十四冊もシリーズを続けたら、最後の方なんて、とんでもなく薄い小説が出来上がるだけなんじゃないだろうか、と。

戯言シリーズを、シリーズとして成立させてしまったからこそ、逆に僕は、戯言シリーズを書けなくなってしまうことが怖くなったのだ。

とはいえ、まあまだ時間的にも状況的にも余裕もあるし、もう少しの間考えてもいいだろうと、その時点では結論を出せず、選択肢を残したまま、僕はとりあえず、『ヒトクイマジカル』を、『サイコロジカル』が『クビキリサイクル』の裏返しであったように、『クビシメロマンチスト』の裏返しとして、『ヒトクイマジカル』を書くことにした。

最初は飛行機の話になる予定だった。

空で起きる事件。

玖渚機関の会議に玖渚直の代理で参加することになった戯言遣いと付き添いの浅野みいこ。空を飛ぶ密室とも言える軍用飛行機で行われる会議。壱外から捌限までの代表が、それぞれボディーガードを連れて参加するその会議の中、どこからともなく現れた『殺し屋』、匂宮出夢。

殺戮の末、墜落する飛行機。

みたいな話。

浅野みいこと匂宮出夢のバトルが後半では描かれる予定だった。弁慶牛若丸の向こうを張って、五条大橋で行われる、みいこさんと出夢くんの戦闘行為——

ミステリー的な謎としては、空中を超高速、正しく音速で移動する、完全に管理された飛行機の中に、どうやって匂宮出夢が侵入したかということだったのだけれど、それとは別の見せ場である、『飛行機墜落』のシーンが、調べれば調べるほど、飛行機を、中の人間が無事に済む形で墜落させる方法が思いつかなかったので（あの乗り物、よっぽど頑張《がんば》らないと故障はしない仕組みになっている。大袈裟《おおげさ》に言えば、エンジンが半分ぶっ壊れても、空を飛び続けるらしい。ただの不時着じゃつまらないし）、構想段階で自主的に没にした。

　まあ、ここまでは話の枕《まくら》で、ただの制作秘話なのだが、ここからが話の肝で、『ヒトクイマジカル』には、更に没バージョンがもう一種類ある。そちらの方がより決定的だった。

　病院の話だった。

　形梨らぶみが勤務するあの病院で起こる事件の話を、結構な長さで書いたのだ。現行の『ヒトクイマジカル』と、そんなに変わらない長さだったと思う。その現行の『ヒトクイマジカル』で、形梨らぶみが冗談めかして『わたしについての詳しい事情が知りたいって言うんなら、そりゃあんた、病院ルートに入ってらぶみさんシナリオに進んでもらわないと』なんて、ふざけた台詞を言っているが、それでいうなら、その、バージョン2の『ヒトクイマジカル』は、正に病院ルートのらぶみさんシナリオだったと言っていい。他にも、七々見奈波が出演していたり、闇口崩子が大活躍していたり（匂宮出夢とマジバトル＆膝まくらキャラ）、その代わり、哀川潤や玖渚友は登場しなかったり（無論、紫木一姫も登場しない）、そんな小説だった。この小説を書くにあたって、僕は『クビシメロマンチスト』の裏返しということを重くとらえ、あの話とは逆ベクトルのものとして、完成した。死ぬほど後味のよい話にしたのだ。それがあまりに逆ベクトル過ぎて、決してそんなつもりはなかったのだが、なんだか『これでシリーズ終了』みたいな小説になってしまったのである。

　先に言うと、その小説もお蔵入り。

　書き上げて、没にした。

　戯言シリーズの没は、『クビツリハイスクール』

の一度、『ヒトクイマジカル』のこの二度の、計三度である。全九冊であることを思うと、結構没の確率は高い。もっと細かいことを言えば、あと二、三案は、お蔵入りしている計算になる。

没は没。

自分で決めたこと。

受け入れなければならない。

それがプロフェッショナルということ。

十全な仕事をするから、プロフェッショナル。

ただ。

ただ、僕は、そのとき、バージョン2の『ヒトクイマジカル』のラストに、戯言シリーズの最後を見てしまったのだ。ああ、戯言シリーズは、きっと、こんな風に終わってしまうんだろう、と。どういうルートを辿ったところで、こういう地点に至るんだろう、と。様々な伏線を『とりあえず』張って、どんな風にでも話を展開していけるよう、用心深く書いてきた戯言シリーズの終結が、その時点で、確定してしまったのだ。

そして思った。

今ならば僕は、全身全霊をあますところなく費やした、完全なる形で、戯言シリーズを終わらせることができるはずだ、と。

たとえば、三十歳になったとき、あるいは四十歳になったとき、僕に戯言遣いが書けるかといえば、書けないのじゃないだろうか。多分、十九歳の少年を書くことはできるだろう。十三歳の少女を書くことだってできる。十七歳の女子高生を書くことだってできるはずだ、できる自分であろうと思う。殺人鬼だろうが化物だろうが、書き続けていこう。

けれど、戯言遣いのいーちゃんというキャラクターを書くことができる期間は、もう少ししたら、自分の中では確実に終わってしまう。

そう思った。

高いキーの出なくなったヴォーカルでも、歌を忘れたカナリアでもないけれど、しかし、たとえば、戯言シリーズをきちんとした形で終結させることができなかったなら、僕は作家になった意味を、あらかた失ってしまうだろう。

いいものはそれにとって最速で仕上がる。

それが僕のポリシーだったはずだ。

そして、現行の『ヒトクイマジカル』の執筆に、僕はとりかかることになった。ラスボス・西東天の登場である。そして、紫木一姫の退場である。

とはいえ、やっぱり『ヒトクイマジカル』の後にも、二十四冊とは言わずとも、西東天との戦いをしばらく描きつつ終わりへ向かうという手もあるにはあったのだが（十三人と十三回にわたって戦うとか）、しかし、残り約二十冊分の濃度を、『ネコソギラジカル』の三冊に、費やすことにしたわけだ。『ネコソギラジカル』でキーワードになっていた、『加速』とは、そういう意味もあったのである。これは、作り手の僕だけが知っておけばいいことだけれど。

ちょっと裏話が過ぎた。

つまらない話だったかもしれない。

『ヒトクイマジカル』単体について語ろう。

ミステリー的なテーマは、このくらいになると、もうほとんど放棄しているに等しいが、匂宮兄妹の一人二役ならぬ二人一役が、一応のメイントリックと言える。しかしそのトリックよりもむしろ、第七章において、『登場人物全員が一度に死ぬ』ところが、この小説の要《かなめ》というか、楔《くさび》である。一人目の被害者、二人目の被害者、三人目の被害者……と、推理小説ではとにかく、一人ずつ殺されていく連続殺人が多いけれど、それをどうにかひっくり返せないかな、とか、そんなことを思い、やってみようとしたのだ。疑おうにも犯人を捜そうにも、全員死んでいる、みたいな。その辺り、『クビシメロマンチスト』のテーマを、半分くらい引き継いでいる。

だから前半を必要以上にコミカルにした。

春日井さんがそれに大いに貢献。

グッジョブ。

『クビシメロマンチスト』がそうであったように、この『ヒトクイマジカル』もまた、戯言遣いにとっての、一つの通過点になった。『クビシメロマンチスト』がチェックポイントだったとしたら、『ヒトクイマジカル』は折り返し地点だったということだ。あとは——復路だ。

帰り道である。

戯言シリーズの読者の方には、シリーズ中のベストに『クビシメロマンチスト』を挙げる方が多く、また編集者さんも、大体似たようなことを言うけれど、僕としては、戯言シリーズにピークなんてものが本当にあるとすれば、この『ヒトクイマジカル』なのではないかと思う。

自画自賛！

日中涼　**【ひねもす・すず】**

《チーム》の一員。

ひーちゃん、《二重世界《ダブルフリック》》。

または『葬る静寂』。

戯言シリーズ本編への登場はないが、しかし、『クビツリハイスクール』のエピローグからすると、玖渚友が日中涼に連れられてお見舞いに来たそうなので、つまり、いーちゃんと接触している可能性はある。

まあ、いーちゃんの言葉から推測すると、待合室とかで時間を潰していた線もあるが。

『日中』とかいて『ひねもす』と読むのは、本当は正しくないのだけれど（『終日』と書くのが、意味的には正解）、格好よさ優先。

姫ちゃん　**【ひめちゃん】**

紫木一姫のニックネーム。

また、姫菜真姫の幼少期のニックネームでもあるらしい。

姫菜詩鳴　【ひめな・しなり】

姫菜真姫の本名。

次項参照。

姫菜真姫　【ひめな・まき】

占術師。

超能力者。

本名は姫菜詩鳴。

過去も未来も人の心も、彼女に知らないことはない。『クビキリサイクル』においては、虚実入り混じった感じの彼女のESPであったが、西東天の出現によって、その能力は『物語の閲覧《えつらん》能力』であったのだと、意味づけされる。彼女自身がそれに対してどう思っていたかは、不明。それが彼女の口から語られる前に、闇口濡衣に殺されてしまった。

本来二年後であったはずの姫菜真姫の死が、たったの数ヵ月で起こってしまったことが、『ネコソギラジカル』での戦闘が圧倒的に加速してしまった原因の一つ。

元々は、この人、多重人格者のキャラクターとして考えていた。本名である姫菜詩鳴というのが基本人格で、他に四人の人格がいて、最後に生まれた完全人格が『真の姫』。基本人格を除くそれぞれの人格が、それぞれに一つずつ超能力を使え、真姫だけはその全ての能力を使用することができる——

詰め込み過ぎだ。

まあ、現行の『クビキリサイクル』の通り、そんな設定は全くと言っていいほど生き残っていないけれど、そういう発想から生まれたキャラクターであるということは、明かしておいてもいいだろう。それに、あれほどの超能力がもし本当であるのなら、そこから生じる『完全人格』は、ああいうちゃらんぽらんな、真姫さんみたいな性格になるんじゃないのかとは、思うのだ。

　酒好き。

　陽気なお姉ちゃん。

　戯言遣いと仲が悪い。

　というか、やけに絡む。

『クビキリサイクル』では、いーちゃんは色んなキャラから嫌われて、毒舌を浴びているのだけれど、その最たるキャラクターがこの姫菜真姫だろう。正直、書いていて気持ちよかった。

姫姉さま　【ひめねえさま】

　紫木一姫の愛称。

　崩子ちゃんがこう呼ぶ。

１００万回生きたねこ　【ひゃくまんかいいきたねこ】

佐野洋子先生の名作。

　元々は『１００万回死んだねこ』というタイトルだったらしいのだけど、子供向けの絵本で『死んだ』はまずいということで、タイトルが現行のものに変更されたという経緯を持つ。普通ならば興醒めとなってしまうようなエピソードなのだけれど、その程度のことじゃ全く色褪《いろあ》せない内容を、この本は持っている、と、思う。

　実際、薄い本だからと本屋で立ち読みで済まそうとしたら、マジで泣きそうになって、慌てて買いにレジに走ったというエピソードを僕は持っている。

　姫ちゃんには、そのまま泣いてもらったわけだ。

ヒューレット助教授　【ひゅーれっとじょきょうじゅ】

　天才の中の天才。

　大統領並みの免罪特権が与えられた、地球最高峰の頭脳。西東天の恩師にして、園山赤音も認める、七愚人のトップ。

「彼が女性だったなら大袈裟でなく歴史は変わったのだろうな――」

　という、赤音さんの台詞の裏を読むと、怖い。似たようなことを、彼女はいーちゃんに対しても言っている。油断も隙もない、鵜《う》の目鷹の目とはこのことだ。

　西東天が十三歳の頃から助教授で、『クビキリサイクル』の時点でも助教授。地上最高峰の頭脳でありながら、どうして教授にならないのかは、謎。上が詰まっているのだろうか。

表　【ひょう】

　推理小説にはつきもの。

　タイムテーブルとか、容疑者リストとか。

　戯言シリーズにおいては、『クビキリサイクル』にのみ存在する。これは、シリーズの進行とともに、小説の内容がミステリーから乖離していったから――というよりは、表が必要とされるような事件が、『クビキリサイクル』以降は起きなかったからだろう。

病院　【びょういん】

　いーちゃんの別荘。

　形梨らぶみの勤務先。

　没にした『ヒトクイマジカル』のバージョン2では、事件の舞台だった。その話、内容の細かいところまでは、ちょっともう忘れてしまったのだけれど、確か、いーちゃんが女装して准《じゅん》看護師だかに化けていた。ここだけの話、本来、いーちゃんの女装キャラはもっと推していく予定だったのだ。

病毒遣い　【びょうどくつかい】

奇野頼知の肩書き。

奇野師団のみなさんは、みんなそう。

最初は『細菌遣い』か『毒素遣い』にしようと思ったのだが、ちょっとニュアンスがリアル過ぎて読んだ人が引くかなー、と思って、『病毒』という、この造語に落ち着いた。

第二十八幕——《ふ》

ZaregotoDictional

0

満たされるだけでは、物足りない。

1

ファーストキス　**【ふぁーすときす】**

いーちゃんのファーストキスは哀川潤。

『サイコロジカル』の下巻で。

上巻における、兎吊木と戯言遣いとの会話と、それでは食い違うことになるが、どちらかが本当でどちらかが嘘だとするなら、論理的に、兎吊木との会話の方が嘘である。彼は見得を切ったのではなく、見栄を張ったのだ。きったはった。

ファウスト　**【ふぁうすと】**

戦うイラストーリー・ノベルスマガジン。

二〇〇三年九月創刊の雑誌。

雑誌とはいえ、正確には途中からはムックの形で販売されているので（バックナンバーも遡《さかのぼ》ってムック化されている）、比較的入手しやすいはず。不定期刊行。西尾維新は創刊時から、この『ファウスト』で、『新本格魔法少女りすか』を連載しています。

『ファウスト』三号には、その『新本格魔法少女りすか』の他に、戯言シリーズの外伝的小説、『零崎軋識の人間ノック』が掲載され、更に六号（SIDE-A／SIDE-Bの形で二分冊）では、それぞれ、『零崎軋識の人間ノック2　竹取山決戦』の、前半戦と後半戦が掲載。他にも西尾さんは、この雑誌で、色々やっているようだ。

　戯言シリーズと直接の関係はないけれど、西尾維新を語る上では、『メフィスト』と並んで、今のところは外せない雑誌。

フィアット５００　**【ふぃあっとちんくえちぇんと】**

みいこさんの愛車。

戯言遣いがよく借りる。

スバル３６０に形がよく似ているのだが（僕なんかだと、近くに寄って見ない限り、あんまり区別はつかない）、それは戯言遣いの前では絶対に禁句。『ごひゃく』と言っても駄目。

『サイコロジカル』で言及されているけれど、ルパン三世がアニメや映画で使用しているクルマである。個人的にはルパンのクルマとしては、ベンツの方が先に思いつくのだけれど、さすがに京都の街中で、あれはないか、と……。

フール・オブ・ザ・シーズ　**【ふーる・おぶ・ざ・しーず】**

七愚人のこと。

三好心視がこう言っている。当たり前だけれど『ななぐじん』は邦訳なので、こちらの方が正式名称なのだろう。

シーズは海で、七つの海。また、地球の七割は海だから、世界中みたいな意味。

フールは愚か者。

だからまあ、七愚人とは、ほとんど直訳だ。


不気味で素朴な囲われた世界　**【ぶきみでそぼくなかこわれたせかい】**

西尾維新の未発表小説。

詳細不明。

最初は冗談で考えたタイトルだったので書く気な

んてさらさらなかったのだが、その内、発売されると思う。

　楽しみな人は、お楽しみに。

不協和音　**【ふきょうわおん】**

　ノイズくんの肩書き。

　彼の項に詳しい。

　音楽用語としては、協和性の低い和音のことを言う。

福岡県　**【ふくおかけん】**

　九州地方の県。

　県庁所在地は福岡市。

　市井遊馬の出身地であり、また、匂宮兄妹の隠れ家（の一つ）がある地域。愛知県の他に、戯言シリーズ内において、いーちゃんが京都から出張った数少ない都道府県。『ネコソギラジカル』上巻にて。新幹線とは言え、京都から博多はかなり遠いので、当初のいーちゃんの計画のような、日帰りははなから無茶である。やってできないことはないが、やりたくはない。せめて帰りは深夜バスを利用するべきだろう。

　ところで、僕は福岡市で一万円札を落としたことがある。一万円札だ。世の中には落としていいものと落としてはならないものがあるが、一万円札は明らかに落としてはいけないジャンルに含まれる。そういうわけで、僕にとって福岡市は非常に強く印象に残っているので、このように、小説の舞台として選ばれたのである。

　理由になってねえよ。

　なお、別シリーズの『新本格魔法少女りすか』は、ファンタジー色の濃い小説なので、福岡市ではなく博多市と記述している。福岡と博多の、地名に関する入り混じった事情は、調べてみると、これが色々と、興味深い。

伏線 **【ふくせん】**

ものの辞書を引くと、そこには『ほのめかし』と書かれてある。まあ、おおまかな意味は、確かにそんなところであろう。

戯言シリーズにおける伏線には三種類あって、まずは『普通の伏線』、そして『とりあえず張っておく伏線』、最後に『念のために張っておく伏線』である。しかし、どれにしたって伏線は伏線なので、シリーズを終了させるにあたって、できる限り、回収に努めた。

ただし、それでも『回収すべき伏線』と『回収すべきでない伏線』があって、やっぱり、『伏線』と『ほのめかし』は、厳密には意味が違うんだよなあと思う。

伏線は技法だけれど、ほのめかしというのはあくまで小説を書く上での効果だから、たとえば、いーちゃんの過去とかを全部あますところなく書いちゃうと台無しになるだろうし、《殺し名》や《四神一鏡》についての細かい説明なんて、するだけ鬱陶《うっとう》しいばかりだろう。そういうこと。

戯言シリーズに限らず、小説を執筆していて、行き詰ってしまったとき、僕自身も忘れていたような、『とりあえず張っておいた伏線』や『念のために張っておいた伏線』が生きてくることがあって、そういうときは、昔の自分を褒めてやりたくなる。

あんまりいいことじゃないんだけれどね。

断片集 **【ふらぐめんと】**

匂宮雑技団の殺し屋。

通称、匂宮五人衆。

有名どころらしいが、詳細不明。

紫木一姫いわく、五つの身体に一つの精神という特性を持つ殺し屋らしい。策師の萩原子荻は、高校一年生のとき、この五人衆と一戦交えたことがあるらしく、『ヒトクイマジカル』と『零崎双識の人間試験』内において、そのことについて、いくらか触れられている。ただし、『零崎双識の人間試験』内においては、匂宮五人衆は、『六人』として語られていた。さて。

『零崎軋識の人間ノック』、『零崎軋識の人間ノック2』で描かれているのは、その前哨戦《ぜんしょうせん》といったところだ。

蒼　【ぶるー】

玖渚友の呼称。

滋賀井統乃（宴九段）がこう呼ぶ。

古槍頭巾　【ふるやり・ずきん】

《十三階段》の五段目。

刀鍛冶。

十一代目と十二代目の二人がいる。

十一代目はお爺ちゃん、十二代目は女子高生。

祖父と孫との関係。

刀鍛冶の項目にもある通り、僕は刀鍛冶を滅茶苦茶格好いい職種だと思っていて、もしも職業に貴賤があるとするならば、間違いなく貴い側に属する職業だと考えているので、最初は、古槍頭巾には順当に、刀鍛冶としての活躍をしてもらう予定で、十二代目ではなく十一代目に出てきてもらう予定だった。その孫娘も、確かにオプション的に登場させるつもりはあったが、しかしあくまでそれだけで、頭巾ちゃんという名前でもなかった（別の名前を用意していた）。

が、『ネコソギラジカル』の中巻を構想するにあたり、狐面の男が『敗北宣言』に至るまでに、想影真心の逃亡以外の理由が、もう一つくらいあった方がいいかなと思い、名ばかりの刀鍛冶、十二代目古槍頭巾の登場と相成ったわけだ。

もともと『刀鍛冶』という肩書きは『ヒトクイマジカル』の没バージョンのバージョン1、最初の、飛行機の話の方に出てくるキャラクターとして考えていたのである。そのために色々取材をして、資料も集めたのだけれど、まあ没にしたわけで、『ネコソギラジカル』で、今度こそは刀鍛冶をと考えていたのだが、そういう意味では、それは残念な結果だった。

まあ、いつか機会もあるだろう。

さておき、十二代目古槍頭巾のキャラクターは、いわゆる、『普通の善良な女の子』である。戯言シリーズには、終始も終始、ありえなかったキャラクターだ。

だから、書いてみて、正直盲点だった。

期せずしてニッチを縫った形である。

いきなり登場しいきなり死んだという意味では、《十三階段》の十一段目、不協和音のノイズくんと同じなのだが、読者の皆さんからいただいた反応は、なんというべきなのか、対極的だった。

名前は、なんとなく。

ただし、十一代目・十二代目と受け継がれていく名前であるということは、これとは別に、戸籍名を持っているのだろうと思う。

フレンチクルーラー　**【ふれんちくるーらー】**

この世で一番おいしいドーナツ。

通常価格は一個、百十円。

だから、狐面の男は一万円そこそこで裏切られた。

セール時にはもっと安くなる。

フロイライン・ラヴ

【ふろいらいん・らゔ】

園山赤音が、自分の次に頭がいいと評した人。
詳細不明。

不老不死

【ふろうふし】

歳も取らず、死にもしないこと。
西東天のテーマの、その根源。
『円朽葉』の項を参照のこと。

第二十九幕——《へ》

ZaregotoDictional

0

理解しない者を拒絶する。
同意しない者を排他する。
首肯しない者を弾劾する。
それが正しさということ。

1

ベスパ　**【べすぱ】**

葵井巫女子の愛車。

というほど、愛してなかったみたいで、彼女はなんとなく、親から買ってもらったから、それなりに乗っていただけみたい。

白いヴィンテージモデル。

葵井巫女子の死後、戯言遣いに譲渡される。『ローマの休日』とか『探偵物語』とか『フリクリ』とかで有名……なはずなのだけれど、知らない人も、意外といたみたい。

狂戦士　**【べるせるく】**

ルビのあるバージョン。

ベルセルクというのは、バーサーカーと同じ意味である。そっちの方が一般的というか、通りはいいのだろうけれど、あえてマイナーに逃げた。マイナーに逃げる方がこの場合は安易なんだけど、『バーサーカー』と、長音が三つ連続するのが、個人的に、間延びしちゃうかなあ、とか思ったというのもあった。どちらにしても、調べればすぐわかっちゃうことなんだけれど。

第三十幕——《ほ》

ZaregotoDictionary

0

僕の心は、左手首にある。
時計を巻いて、隠してるんだ。

1

暴飲暴食　【ぼういんぼうしょく】

匂宮出夢の最終技。必殺技である《一喰い《イーティングワン》》を、左右同時、両腕同時に、対象を挟み込むように打ち込む。

当然、この場合、全体重を腕に乗せることはできないので、腕の力だけで打つ形となり、右腕・左腕、どちらも片方で打つときよりは格段に破壊力は落ちることになるけれど（左右両方がヒットしたところで、片腕で打ったときの方が威力が大きいはず）、その代わりに、受ける方は、相応に回避しづらくなるわけだ。超必殺技の方が威力が落ちるという矛盾は、なんか面白い。

傍観者　【ぼうかんしゃ】

いーちゃんの肩書き。

自分はそうであると、主張している。

しかし、そうはいっても、シリーズを通して読んでみると、どう考えても彼は、物事を冷静に傍観できてはいない。熱しやすく冷めやすいだけだ。

傍観者になりきれなかった傍観者。

最後には自分でもそれを自覚して、ああいう立ち位置を、自ら選び取ったわけである。

葬る静寂　**【ほうむるせいじゃく】**

日中涼のコピー。

詳細不明。

『葬る』といえば、滋賀井統乃の方に合致しそうなコピーだけれど、しかし、日中涼のコピー。そこには裏設定が、なくもないけれど、秘密。

ポルシェ　**【ぽるしぇ】**

狐さんの愛車。

純白のツーシーター。

物事に頓着《とんちゃく》しない彼にしては珍しいことだが、絵本園樹のクルマが接触しそうになった際、えらく取り乱していた。まあ、匂宮理澄との会話を見る限り、別に彼は寡黙《かもく》で落ち着きのある男というわけでもないのだろう。

本名朝日　**【ほんな・あさひ】**

女子高生。

『ネコソギラジカル』のエピローグに登場。

桜葉高校に通う高校二年生。

問題児の兄あり。

戯言遣いに『依頼』を持ってくる。

ただし、この名前は偽名。

その由来は、別に説明しなくてもいいよね。

第三十一幕——《ま》

ZaregotoDictional

0

忘れることと、慣れること。

明日を生きるために、必要なたった二つのこと。

1

【まいんどれんでる】

マインドレンデル

零崎双識の二つ名。

片仮名版。

詳しくは次項で。


【まいんどれんでる】

自殺志願

零崎双識の二つ名。

あるいはその由来である大鋏のことを指す。

この大鋏は、十一代目古槍頭巾の作。ただし、『自殺志願《マインドレンデル》』というその銘は、古槍頭巾のつけたものではない。古槍頭巾は、ものに名前をつける習慣というのがなかったらしい——彼のかつての恋人も。

零崎軋識の『愚神礼賛』でもそうなのだが、武器とそれを使用する本人の二つ名が同じだと表記がややこしいので、『零崎双識の人間試験』や『零崎軋識の人間ノック』、『零崎軋識の人間ノック2』においては、武器の場合は『漢字』プラス『ルビ』、二つ名の場合は『カタカナ』表記と、基本的に使い分けていた。

マクドナルド

【まくどなるど】

世界的に有名なファストフード店。

何気に『クビシメロマンチスト』で戯言遣いが葵井巫女子から電話を受けたマクドナルドと、『ヒトクイマジカル』の冒頭の回想シーンで、葵井巫女子と戯言遣いが、小休止をとったマクドナルドは、同じお店である。

このお店、新京極通りの中ほどにあると記述されているのだけれど、今現在、その場所にマクドナルドはない。まあ、新京極辺りはやたらとマクドナルドがあるので、ユーザーとしては不自由はしないのだけれど、ファストフード店やコンビニ、あるいは携帯電話ショップなんかがなくなるのを見ると、僕なんかは、それ以外の店舗がなくなるのとは、全く違う感想を持つことになる。

呪い名　【まじないな】

上から順に、序列一位の《時宮》、序列二位の《罪口》、序列三位の《奇野》、序列四位の《拭森》、序列五位の《死吹》、序列六位の《咎凪》。

総じて《呪い名》六名と称される。

《殺し名》が戦闘集団ならば《呪い名》は非戦闘集団。しかし、やることは一緒。強い人間を敵に回すよりも本当に怖いのは駄目な人間を味方にすることであるという言葉があるが、それにならって言うなら、正に『駄目な味方』。

にもかかわらず、狐面の男は《十三階段》に、二人もの《呪い名》を加入させた。異常というより、常軌を逸している。

《殺し名》に対応する形の組織だが、《零崎》に対応する名前だけは、ない。

魔女　【まじょ】

七々見奈波の肩書き。

詳しくは彼女の項で述べているけれど、魔女って、しかし……。西尾さんの他のシリーズで、魔法の存在を前提にした小説群があるけれど、そっちとは関係がないみたい。露骨なクロスオーバーは禁止（西尾維新・ローカルルール）。

麻酔スプレー　【ますいすぷれー】

『クビシメロマンチスト』において、黒尽くめがいーちゃんに対して使用。かなりの便利アイテムであるため、いーちゃんはあのとき、黒尽くめからこれを奪い取れなかったことを今でも悔やんでいる。

じゃあ買えよ。

あの戯言遣い、とにかく、武器でも何でも、人から貰《もら》ったものしか使わない奴だ。

堕落三昧　【まっどでもん】

斜道卿壱郎博士の二つ名。

狂った手順。

蔑称《べっしょう》のはずだが、むしろ本人から誇って名乗っており、周囲に対してもそう呼ぶように促しているようなところがある。もっと言ってもっと言って、みたいな。

円朽葉　【まどか・くちは】

実験体。

数少ないブレザーだが、なんちゃって女子高生。

八百歳の、不死身の少女。

らしい。

西東天にとっての『きっかけ』。

ただし、彼女の先にはどんな可能性も残されていないとわかるや否や、西東天は、彼女（と、共同研究者であった、当時高校生の木賀峰約）を置いて（忘れて）、再度、渡米してしまった。

取り残された特別、というわけ。

『ヒトクイマジカル』は、第二期二冊目の、『戯言遣い編』であると同時に、戯言シリーズ終局に向けての第一冊目になる本だったので、そういう意味では必然的なキャラクター。しかし、そうはいっても、「あー、このキャラ出しちゃったら、もう後戻りはできないなあ」というような迷いはあった。それは、匂宮出夢の必殺技について考えたのとは、ちょっとばかり違う意味での迷いだった。僕はいついかなる場合でも、退路だけは確保しておきたいと考える人間なので、その迷いを吹っ切るのには相応の覚悟が必要だった。姫菜真姫のＥＳＰと扱いは似たような感じで、本当の本当の本当はどうなのか、確実なところはぼかしている——というか、そもそも確認のとりようも証明のしようもないことなのだけれども、しかし、もう、『クビキリサイクル』の頃のレールには戻れないことは確かだろう。

だから、相応の覚悟と共に書いた。

テーマは、『不死身なだけ』。

漫画だったり小説だったり映画だったりで、とにかく不死身（あるいは長生き）キャラというのは、長生きしているだけあって、不死身である以上に何らかの特殊技能、あるいは卓越した知恵を備えているものだけれど、この場合、そうするとなんだか焦点がずれてしまうので（不死身自体が魅力ではなくなってしまう）、だから、ちっぱーには、これまでずっと無駄に長生きしてきたという風になってもらった。人間、長生きしたくらいで仙人にはなれないよね。

性格もそんな感じ。

自主性なんかは全くもって皆無。

なんとなく流されているだけ。

木賀峰助教授に付き合っているだけ。

殺し屋が来たから殺されただけ。

名前は、キャラクターに合わせて考えた。

円、朽ち果てる。

予定外のキャラクターである春日井春日によって少し食われてしまった感があるキャラだけれど、物語に果たした役割は、いい意味でも悪い意味でも、大きかったと思う。

　死にたい気分ですらも、なかったんだろうなあ。

まよいマイマイ　**【まよいまいまい】**

西尾維新作の短編小説。

雑誌『メフィスト』二〇〇六年一月号掲載。

先述の『ひたぎクラブ』の続編。

長編小説である『ダブルダウン勘繰郎』や『トリプルプレイ助悪郎』よりも分量は多いのだけれど、あくまで短編小説。

　中編という言葉もあるんだけれど、短編と中編の区別って、どうも曖昧だから、西尾さんは雑誌に載ればとりあえず短編小説と考えています。

　この辞典を書き終わったら、続編となる『するがモンキー』を書く予定になっている。

まるごと戯言パンフレット　**【まるごとざれごとぱんふれっと】**

　戯言シリーズ最終巻、『ネコソギラジカル（下）青色サヴァンと戯言遣い』の発売にあわせて制作された、戯言シリーズ販促パンフレット。全国の書店さんの応援コメントや読者の皆さんによる名台詞投票、キャラクター図鑑や二十四人の著名人によるコメントといった風な内容（西尾維新のメッセージや、イラストレーターの竹さんの描き下ろしのイラストもあり）。色んな方々に協力していただいた、やけに豪華なパンフレットである。正直言って、僕なんかは無料配布するのが勿体ないと思うような代物だけれど、無料配布。講談社さんもなかなか粋なことをすると思った。

回る鈴木

【まわるすずき】


綾南豹のコピー。

詳細は彼の項で。

人喰い

【まんいーたー】


匂宮兄妹の別名。

こちらは兄の匂宮出夢の方。

理澄ちゃんの『カーニバル』とは違って、こちらは素直に、『人喰い』の直訳で、ありふれた形の、『マンイーター』。

妹に華を持たせたのだろう。

第三十二幕——《み》

ZaregotoDictional

0

構って欲しいの？

嫌って欲しいの？

僕はどちらでもできるよ。

1

みー姉　**【みーねえ】**

浅野みいこの呼称。

石凪萌太がこう呼ぶ。

誰に対しても馴れ馴れしい奴だ。どうしたって腹に一物ありそうな感じはぬぐえないけれど、でも、こんな年下の友達がいたら、さぞかしいい気分に持ち上げてくれるんだろうなあと思う。

みい姉さん　**【みいねえさん】**

浅野みいこの呼称。

闇口崩子がこう呼ぶ。

姫ちゃんが『姉さま』で、みいこさんは『姉さん』。

どういう基準なのだろう。

澪標　**【みおつくし】**

《殺し名》序列一位、匂宮の分家。

『澪標』とは、船に通行しやすい水脈を示す杭のことらしいのだが、やはり、『早蕨』同様、語源は、

『源氏物語』の巻名。

　この名前を《十三階段》の中に見つけたときの出夢くんの反応からすると、匂宮の分家中でのランキングが、そんなに高い組織でもないらしい。

　澪標姉妹はここに属す。

澪標姉妹　**【みおつくししまい】**

　澪標深空、澪標高海の二人を、まとめてそう呼ぶ。

　一人一人別々に呼ぶのが長ったらしいときとかかったるいときとかに、戯言遣いはこういう表現を使うのだけれど、しかし、この『澪標姉妹』という表現、『澪標』と『姉妹』で、『し』が重複しているため、ともすると澪標獅子《しし》舞《まい》と発音してしまいそうになって、大変だ。

　まあ、詳細は次項ということで。

澪標高海　**【みおつくし・たかみ】**

澪標深空　**【みおつくし・みそら】**

　殺し屋。

《十三階段》の、九段目と十段目。

九段目が深空、十段目が高海。

段数は後で、色々変わるけれど。

澪標姉妹。

　ただ、姉妹と言っても、どちらが姉でどちらが妹なのかは、一応のところ、不明。いーちゃんは二人を並べて言うとき、先に深空ちゃん、後に高海ちゃんと、そういう順番でいうことにしているようだけれど、それは姉・妹を表しているのではなく、単に、《み》が重複しないようにという、アクセントのための気遣い。恐らくは二人を区別できない戯言遣いなのだから、ましてどちらが姉でどちらが妹かなんて、わかるはずもない。誰にもわからない。

それもそのはずで、戯言シリーズに登場する他の双子・三つ子達とは違い、この二人は、完全に『二人で一人』、常に二人セットで扱われるキャラクターだからだ。区別できてはいけないのである。戯言遣いは勿論、狐面の男だって、どちらがどちらか、区別できてはいない。しようと思えば、玖渚友を連れてくるしかないだろう。

一人称は『僕』。本家の出夢くんに対するときは『私』だった。最後、いーちゃんにも『私』だったところをみると、狐さんにも『私』なのだろう。

しかし、読み返してみると……。

ものすごいかませ犬だな、この娘達……。

匂宮出夢の登場シーンを演出し……、零崎人識の登場シーンを演出し……、一里塚木の実にはいいように利用され……、その観点からすれば、『ネコソギラジカル』においては、彼女達は外すことのできないキャラクターだったとも言うことができるけれど、しかしそれにしたって、もう少し、単なる見せ場ではない、活躍の場らしいものを与えてあげてもよかったかとは思う。

て言うか初登場で気絶してるってのはないな。

いくらなんでも。

しかし、名前はお気に入り。

『澪標』は『源氏物語』の巻名の中でも、『匂宮』に次いで、苗字にして格好いいタイトルだと思うし、対になる形の『高海』と『深空』も(双子にしか使えない名前であるという欠点こそあるものの)、その苗字に見劣りしないと思う。

意匠は法衣。

使用技術は合気。

かませ犬とは言え、いーちゃんよりはずっと強い。まあ、二対一ではあっても、シリーズ中における男性サイドの戦闘能力部門ダブルエースを連続して相手にしなければならなかったのは運が悪かったとしか言いようがない(出夢は本質的には女性だけれど)。匂宮出夢の《一喰い》が平手打ちなら、彼女達の技は張り手。拳を傷めない戦い方。

扉絵にはなっていないが、ラフの段階では、イラストレーターの竹さんが描く、オフショルダーバージョンの澪標姉妹というのもあって、それが扉絵になっていないのが非常に惜しい。彼女達が『ネコソギラジカル』の下巻では一切活躍を見せない以上、それはどうしようもないことではあるのだけれど……。

紫木一姫や匂宮出夢と違い、彼女達が誰にも殺されることなく退場したのが、戯言遣いの成長の証《あかし》であって、また、戯言シリーズ終了の証であると言う事ができる。

【みぎした・るれろ】

右下るれろ

人形士。

《十三階段》の七段目。

包帯キャラ。

『ネコソギラジカル』作中においては、とうとう、その身体に巻かれた包帯が解かれることはなかった。澪標姉妹の初登場にして既に負けているというのもアレだったけど、これもこれでどうかとは思う……しかし、そうはいっても、その扱いの格には、天と地ほどの差が生じているのだが。まあ、むしろそれは、あの想影真心と衝突して、るれろさんはその程度の怪我で済んでいると、そういう言い方をするべきなのかもしれない。

構造的な話をすれば、もしも彼女にベストコンディション、五体満足な状態で出演されると、戯言遣いではとてもじゃないけれど太刀打ちができないので、右下るれろさんはああいう満身創痍《そうい》での登場しかありえなかったわけだ。

人形遣いではなく人形士。

人間を人形にしてしまう技術。

主として肉体反応を支配するテクニックで、その過程には『調教』という言葉が使われているけれど、詳細は不明。

段数こそ後半だが、狐面の男との付き合いはかなり長く、心酔もしている。しかしそれ以上に、その思想に同調している、らしい。

名前は瞬間発想。

こういうのは考えても思いつかない。

この『右下るれろ』という名前と、『人形士』という肩書きが先にあって、それからキャラクターを考えることになった。最初は、マペットを標準装備した、常に腹話術で喋る少女キャラを想定したのだが（名前のイメージからすれば、そういう感じの方が相応しいのだろうが）、ちょっとアクが強いかなあと思い、今の形になった。みいこさんなんかと同じで、名前のイメージとは逆を行くことで、ギャップを楽しんでもらうパターン。まあ、少女キャラだと崩子ちゃんとかぶるかなと思って避けたというのもある。少女と少女のバトルというのも、見てみたかったけれど。

絵本園樹とのコンビは書《か》き甲斐《がい》があった。

汀目俊希　【みぎわめ・としき】

零崎人識の表の名前。

西東天が言及。

ただ、本人の様子からすると、もう二度と名乗る予定のない名前であるようだ。過去に何があったのだろうかと、色々と考えさせられる。

水　【みず】

ウォーター。

H_2O。

部屋を訪れたお客様のために、戯言遣いが提出する、心ばかりのおもてなし。

飲んだのは哀川潤だけ。

戯言遣いは客人の器を測っていたのかもしれな

い。

ミスタードーナツ　**【みすたーどーなつ】**

　フレンチクルーラーを売っている店。

　ただし、さすがに、フレンチクルーラーばかりを連続で食べて、万が一、億が一、そんなことはありえないけれど、フレンチクルーラーのあの素晴らしく芳醇《ほうじゅん》な味に飽きてしまうなんてことがあってはいけないので、ハニーチュロやオールドファッションなどを間に挟みながら楽しむのが、風雅を解す通人というものである。神聖な食べ物は神聖な気分で食べなければならないのだ。

ミステリー　**【みすてりー】**

　直訳では謎。

　転じて、推理小説のことを指す。

　西尾維新が主として投稿していた雑誌『メフィスト』のメフィスト賞は、募集原稿を『広義のエンターテインメント』とは謳《うた》っていたものの、それまでのレーベルのカラーも手伝って、基本的にはミステリーの原稿が受賞することが多かった。だから、戯言シリーズ第一作にして第二十三回メフィスト賞受賞作の『クビキリサイクル』は、ミステリーの形式にのっとって執筆されている。

　一般に、途中から人外バトルになったと言われることの多い戯言シリーズではあるが、とりあえずシリーズのどの小説にも、ミステリー的な要素は加えている。まあ、初心忘れるべからずというか、三つ子の魂《たましい》百までというか、あるいは、他の書き方ができないだけとも言えるけれど。

　僕は中高生の頃に読んだ小説の大半が推理小説、ミステリーというジャンルだった。どんな小説を書いたとしても、つたなくもミステリーの文法をなぞってしまうのは、そういう読書体験に起因しているのだと思われる。『話すように書く』なんて言うけれど、現実的には、文章なんて、読んだ風にしか書けないだろう。

みたいなっ　【みたいなっ】

葵井巫女子の口癖。

あれを脊髄《せきずい》反射で言っているんだからすごい。

彼女の死後は哀川潤に引き継がれた。

作者の僕としては、この口癖、キャラクターの名前を考えるときと同じで、考えて思いつく場合と瞬間発想で思いつく場合があるけれど、しかしこれは名前とは違ってどちらにも理があるというようなことはなく、圧倒的大差をもって、瞬間発想で思いついた方が面白い。

三つ編み　【みつあみ】

髪型の一パターン。

石丸小唄と想影真心がおそろい。

玖渚友も、たまに三つ編み。

三つ子メイド　【みつごめいど】

三つ子のメイド。

千賀あかり・千賀ひかり・千賀てる子のこと。

三つ子とメイドのコラボレーション。

密室　【みっしつ】

密閉空間。

閉じられた部屋。

ミステリーでは王道なキーワード。

戯言シリーズにおいては、『クビキリサイクル』と『クビツリハイスクール』、『サイコロジカル』や『ネコソギラジカル』で、登場している。特に

『クビキリサイクル』には、『面の密室』、『高さの密室』、『時間の密室』と、随分と張り込んだ風な、三つの密室が取り上げられていた。

密室本　**【みっしつぼん】**

講談社ノベルス二十周年特別企画。

『クビツリハイスクール』の項に詳しい。

企画としては大成功だったみたい。

美奈山さん　**【みなやまさん】**

戯言遣いのクラスメイトその一。

ジャージにハイヒール。

ドグマグが聖典。

詳細不明。

三好心視　**【みよし・こころみ】**

解剖学者。

戯言遣いの恩師。

橙なる種の『育成』に携わる。想影真心の下の名前は、この人の下の名、『心』の一文字に由来する、らしい。研究の成果にどれだけ大きな貢献をしたのか、わかろうというものだ（それが誰にとっても『貢献』であったのかといえば、そうではなかったようだけれど）。

『サイコロジカル』に登場。

ER3システムを途中で抜け、日本へ。そして斜道卿壱郎博士の研究に協力していた——どういうつもりで協力していたのかは不明だが、かつて橙なる種の製造にかかわっていた彼女の存在は、卿壱郎博士にとっては、掛け替えがなかっただろう。

彼女にとっては、

「別に—」

くらいだったのだろうけれど。

関西弁。

方言というのは文章にするとどうしたって嘘臭いので、むしろ思い切り嘘臭くなるように仕立て上げた。ゆえに、彼女の言葉には偽関西弁も多数含まれているが、そこは勘弁して欲しい。

作者としては、名前は真心の方が先にあったので、それに合わせてつくった感じ。『心』を『視る』から、『心視』。『心身』でもよかったけれど、ちょっと名前には見えないか。無論、『試み』とのダブルミーニングでもある。無謀な試み。

『ネコソギラジカル』で、再登場を匂わされながらも、実際の出演はなし。ただ、なんだかんだ言いながら、戯言遣いはこの先生を、『先生』と地の文で表現するほどには憎からず思っているようなので、あれっきり一度も接触していないということは、ないのだろう。

第三十三幕——《む》

ZaregotoDictional

0

うっかりしていた。

今日は悲しまなければならなかったのに。

1

無為式　**【むいしき】**

『クビツリハイスクール』で、萩原子荻が戯言遣いのことをこう呼んだ。また、『ネコソギラジカル』の中巻において、狐面の男が少しだけ、この言葉に触れている。


無闇の為、あるいは絶無の為の公式。

またはその人物。

なるようにならない最悪。

無桐伊織　**【むとう・いおり】**

『零崎双識の人間試験』に登場する女子高生。

戯言シリーズへの登場は無し。

が、『零崎双識の人間試験』において、零崎双識・零崎人識の兄弟と、この娘は、それなりに接触しているので、そのことについて、『ネコソギラジカル』で、多少の言及はされていないでもない。

棟冬六月　**【むねふゆ・むつき】**

《チーム》の一員。

《永久立体《キュービックループ》》。

または『犇く血眼』。

詳細不明。

『むつき』なのに、一月じゃなくて六月なのかよ、みたいな感じ。

無銘　**【むめい】**

『サイコロジカル』から戯言遣いが愛用している刀子型の刃物。十一代目古槍頭巾の恋人が製作した。元々は哀川潤のものだったが、戯言遣いが愛知県に行くにあたって哀川潤から借りて、そのまま自分のものにしてしまった。どういった経緯で哀川潤がこれを所有するに至ったのかは不明だが、なんとなく、石丸小唄が噛んでんじゃないのかなー、とは思わせる。

紫の鏡　**【むらさきのかがみ】**

都市伝説。

この言葉を二十歳までに忘れないと死ぬ。

『ヒトクイマジカル』で春日井春日が唱えた呪いの言葉、また、『クビシメロマンチスト』で、まんま第一章の、章題になっている。

第三十四幕——《め》

ZaregotoDictionary

0

頑張らずに生きることは、難しい。

1

名探偵　**【めいたんてい】**

一般的に、推理小説における主人公（役）。大抵の場合、犯罪事件の推理をする。シャーロック・ホームズとかエルキュール・ポワロ、明智小五郎やら金田一耕助やらが有名どころ。最近の傾向では、専業ではなく兼業であることが多い（名探偵が副業）。名探偵だけでは喰《く》っていけないのだろう。

戯言シリーズでは、いーちゃん、哀川潤、形梨らぶみなどがこの役目を務めた。『零崎双識の人間試験』においては、零崎人識が推理らしきものをしたが、ああいうのは探偵役とは言えないだろう。

肩書きが『名探偵』なのは匂宮理澄。

いーちゃんが戦慄《せんりつ》していた。

完成していたのか。

メイド　**【めいど】**

メイドはメイドでしかないように思えるので、説明の難しい言葉ではあるのだが、まあ、お手伝いさんとか、使用人とか、基本的にはそんな感じ。

三つ子メイド・メイド長。

つまり、千賀あかり・千賀ひかり・千賀てる子、それを束ねる班田玲が、戯言シリーズに登場したメイド達だが、しかし、春日井春日が言うところの恐るべきメイドマニアであるいーちゃんは、班田玲が本物のメイドでないことを本能的に見抜いていたのだろうか、おおよその興味は、三つ子メイドの方に向いていた。

千賀てる子は戦闘メイド。

メイド長　**【めいどちょう】**

班田玲の肩書き。

何度書いても嘘臭い呼称だ。

『班田玲』の項参照……というほど、語っていないけれども。

メイド服　**【めいどふく】**

エプロンドレス。

様々なバリエーションがある。

三つ子メイドとメイド長は当然この服装をしているのだが、当然ながら、プライベートは私服姿で過ごしているらしい。

変則バージョンとして、春日井春日・想影真心がこの格好で本編中に登場。想影真心のメイド姿は『ネコソギラジカル』の中巻の表紙を、カラーで飾っているが、さすが竹さん、すげえデザインのメイド服だ。こんなメイド服みたことない……。

あくまでもメイド好きであってメイド服が好きなわけではないと戯言遣いは言い張っているが、春日井さんと真心のメイド服は、それなりに評価しているようだ。ただし、メイド服ならなんでもいいというわけではないということを、奇《く》しくも、まさかの崩子ちゃんが証明してしまった。マニアであってファンではないので、色々とうるさいことを言うのだ。どこからがありでどこからが駄目なのか、何がよくて何が駄目なのか、第三者からは全くの謎。戯言シリーズ最大のミステリーと言っていいだろう……言っちゃ駄目だ！

【めいどろぼ】

メイドロボ

　メイドのロボット。

　業務用メイドロボ。

　大垣志人作。

　ところで『ネコソギラジカル』上巻において、西東天が二人の友達と一人の娘と共に日本に戻ってきたとき、一人の使用人を連れていたとの記述があったことを、皆さん、憶えておいでだろうか。この『使用人』というのは、どうせメイドなのだろうと予想されるが、実はこの使用人、メイドロボなのである。

　西東天作。

『死なない研究』の一環。

　残念ながら哀川潤の手にかかり破壊されてしまったが、そういう事実があったことを知っていれば、戯言遣いも、狐面の男と、また別の話ができたのかもしれない。

【めがね】

眼鏡

　遠視や近視や乱視や老眼などを矯正《きょうせい》する道具。

　または強い光線を避けるための器具。

　そういった機能を備えない伊達《だて》眼鏡なるものも。

《十三階段》は基本的に西東天の一方的かつ独善的な趣味によって集められた組織なので、この器具の着用が加入にあたっての条件である。

　理不尽な。

　既に死んでいる架城明楽・姿を見せない闇口濡衣・目隠し状態の時宮時刻・正式メンバーではない想影真心が例外。奇野頼知なんかは別に目が悪くないので（病毒遣いだから、自己管理はむしろ完璧）、サングラスで誤魔化している。彼にとって伊達眼鏡は美学に反するのだろう。

　この《十三階段》が、全員が眼鏡であるということは、読んだ人に自分で気付いて欲しかったので、本文には書いていない。が、しかし、前述したように、気付いた人がどうやら一人もいないみたいなので、本書で明文化しておくことにした。

　狐さんが「ふん。眼鏡の形は無限大（∞）に似ている」などと、適当な理由をでっち上げていたのだろうことを想像すると、かなり笑える。

　てる子さんと石丸小唄（偽者）は伊達眼鏡。

メフィスト　**【めふぃすと】**

究極のエンターテインメントマガジン。

小説現代増刊号。

四月・八月・十二月発売。

講談社文芸図書第三出版部が編集する雑誌。主として講談社ノベルスで執筆している小説家が原稿を寄せていて、僕は中高生だった頃、この雑誌を週刊少年ジャンプと並んで愛読していた。

　その巻末で募集されていた『メフィスト賞』に投稿を執拗に繰り返した末、僕は『クビキリサイクル』で、小説家として世に出ることになったのだった。

メフィスト賞　**【めふぃすとしょう】**

原稿用紙三百五十枚以上の、広義のエンターテインメントの小説を募集する、講談社文芸図書第三出版部が主催の新人賞。賞金も授賞式もないが、下読み、予備選考抜きで編集者が直接、応募されてきた全ての原稿を読むという特色を持つ。京極夏彦先生の登場を受けて、創設された。

　第一回受賞者は森博嗣先生。

　第二回受賞者は清涼院流水先生。

西尾維新は第二十三回受賞者。

受賞作は講談社ノベルスから発売されることが、昔は基本だったけれど、最近は、まずハードカバーで出版するというパターンが多いみたい。

メルセデス・ベンツ　【めるせです・べんつ】

絵本園樹の所有するクルマ。

当然のようにSクラス。

白色。

白衣の白。

他にも色々持っているらしく、こんなクルマでさえも、彼女のマイカーの中では一番安価なものだったらしい。多分、邸宅なんかと同じで、ディーラーから言われるがままに買ってしまったのだろう。

メルヘンさん　【めるへんさん】

戯言遣いのクラスメイトその二。

右肩にハムスターの、ゴスロリ人。

詳細不明……

っていうかなんだコイツ。

別の小説のキャラじゃないのか。

第三十五幕——《も》

ZaregotoDictionary

0

客観的に見ることはできても、相手の立場になって考えることはできないんだね。

1

萌え　【もえ】

戯言シリーズにおいては最早外せない要素ではあるのだが、最初――『クビキリサイクル』や『クビシメロマンチスト』の頃の思想としては、西尾さんは、萌えとミステリーの融和、みたいなことを考えていた。というか、そもそもその頃には、世の風潮として、『ミステリー』と『キャラ萌え』は、切り離せないほど密着する要素だったのだけれど、あくまでそれらは、それぞれ別個のものとして語られていたのだ。『魅力あるキャラ』と『魅力ある事件』は、別々だったのである。

「なんとかこの二つを一緒にできないものか……」

僕はそう思った。

つまり。

いわゆる『萌え要素』をミステリーの伏線にしてしまえないかと考えたのだ。誰が言ったか知らないけれど、『伏線はギャグの中に隠せ』という名言があって、言うならばそこからの派生なのだが、『クビキリサイクル』、『クビシメロマンチスト』は、そういうルールを基盤にしいて執筆された。『萌えキャラが被害者&萌えキャラが犯人』の、『クビシメロマンチスト』の方で、その狙いは大枠の成功を収めたと言える。

で、それ以降はキャラクターを書くのが楽しくなってきちゃったので、そういう目的はどちらかと言えば二の次になってしまったけれど、ただし、僕の基本的な執筆姿勢として、それは今も続いている手法の一つである。

　ちなみに、『萌える』という言葉を辞書で引くと、ここで使っているような意味はなかったが、その代わり『利息がつく』という意味が書いてあった。

……何か、考えさせられるものが、なくもない。

目次　【もくじ】

　戯言シリーズでは、四ページ目。

　粗筋や登場人物紹介表と同様、ネタバレを含みかねない、難しいパート。目次を外すわけにはいかないから、こればっかりはどうしようもないんだけれど。

　『クビシメロマンチスト』や『ヒトクイマジカル』における、それぞれの章題、『〇〇〇〇（●●●●）』というスタイルは、僕自身も好きだし、また、読者受けもいいのだけれど、ただでさえ考えどころである章題の部分にかける労力が二倍どころか二乗になるので、大変だった。『クビキリサイクル』は、既にいーちゃんと玖渚は鴉の濡れ羽島に数日間、滞在しているんですよということを分かりやすくするために、『〇日目（1）』『〇日目（2）』という形を取った。

　ネタバレの正しい使い方。

物語　【ものがたり】

　ストーリー。

　戯言シリーズにおいては、『世界』、あるいは『運命』とおおよそ同義。

　個人的な趣味を言わせてもらえれば、僕は、いくつかの偉大な例外を除けば、メタ小説があんまり得意な読者ではないので、戯言シリーズがそうならないよう、この言葉の使用には結構気を遣ったものである。

モルモット **【もるもっと】**

実験動物。

登場した順に、兎吊木垓輔・円朽葉・想影真心。

広い意味では哀川潤や大垣志人、戯言遣いの妹も。

マーモット。

哺乳綱《ほにゅうこう》ネズミ目リス科。

ただ、厳密なことを言えば、実験に使う、実験体という意味でのモルモットは、マーモットではなくテンジクネズミ（マウス）。哺乳綱ネズミ目テンジクネズミ科。どうやら、日本に伝わってくるとき、名前を間違えられたらしい。

名前は記号じゃないよなあ。

第三十六幕——《や》

ZaregotoDictionary

0

腐った才能は、存在しなかったことになる。

1

谷重さん　**【やしげさん】**

戯言遣いのクラスメイトその三。

夏でもコート。ビーズ集めが趣味。

詳細不明。

八つ橋　**【やつはし】**

京都銘菓。

おたべ・生八つ橋・八つ橋など、種類は多岐に亘《わた》る。生八つ橋は柔らかい皮のみ、それで餡《あん》を挟んだものがおたべ。それを焼いて硬くしたものが八つ橋。基本的にニッキの味がする。

個人的には生八つ橋を皮だけで食べるのが好き。

闇口　**【やみぐち】**

《殺し名》序列二位。

正式には闇口衆。

暗殺者集団。

詳細不明。

闇口濡衣と闇口崩子はここに属す。

闇口濡衣　**【やみぐち・ぬれぎぬ】**

暗殺者。

《十三階段》の八段目。

石凪萌太を殺した犯人。

また、姫菜真姫を殺した人物でもある。

表に姿を現さないために一見地味だが、『ネコソギラジカル』内において、ミスらしいミスを何一つ犯していない、一番如才のなかったキャラクター。戯言遣いにしてみれば、彼には勝ち逃げされたに等しい。しかし本当に、こんな奴仲間にするなよ、西東天。

詳細不明。

その仕える主の正体も不明。

闇口濡衣は『零崎軋識の人間ノック2』にも登場しているが、そちらでも表に出ることはなく、あくまで黒子としての戦いぶりを見せていた。いや、見せていなかった。

闇口としてはそれが常道。

常道過ぎて、異端ですらある。


イラストレーターの竹さんの手によって、戯言シリーズに出演するキャラクターのそのほとんどは、表紙や扉絵においてイラスト化されているが、そんな中で生まれた、透明人間。

イラストつきの小説という手法を逆手にとったキャラクターである。そういう作者側の意図を、デザイナーさんも完璧に汲《く》んでくれて、『ネコソギラジカル』中巻の、第十一幕の扉は、瞠目の格好よさがあった。

闇口崩子　【やみぐち・ほうこ】

少女。

暗殺者未満。

容赦のない少女。

乗り物に乗ると寝てしまう、虫殺し。

存在自体は『クビシメロマンチスト』から、名前は『クビツリハイスクール』から、そして出番は

『サイコロジカル』から。

　十歳までは北海道で過ごすが、腹違いの兄である石凪萌太と共に、家出。京都の骨董アパートに二人暮らし。

　どこかで戯言遣いに惚れちゃった。

げに恐ろしきは年下キラー。

　半分血の繋がった存在である萌太のことを兄とは呼ばず、いーちゃんのことをお兄ちゃんと呼ぶ。姫姉さまとみい姉さんと同じで、その辺りの基準は全く不明である。何かが何かに比例して、何かが何かに反比例している感じなのだろうけれど。

　二〇〇五年二月、『ネコソギラジカル』の上巻が発売されたとき、その評判のほとんどを、この娘が持っていってしまった。それはまるで、シリーズの最終作であるとか、中巻への引きとか、なんかどうでもいいみたいな有様だった。勿論崩子ちゃんは一押しのメインキャラクターの一人ではあったけれど、作者としては波紋を呼ぶのは（波紋を呼ぶと期待していたのは）、そのキャラクター造形的には絵本園樹やノイズくんだろうと思っていたので、びっくりした。

　中巻以降、崩子ちゃんはバックスに下がっちゃうことが、その時点で決まってしまっているわけだから、ああ、惜しいことをしたなあと思った。

　まあ死ななかっただけよしとしよう。

『ヒトクイマジカル』で形梨らぶみが不吉な予言をしているが、澪標姉妹とは逆の意味で、この娘が死ななかったことは、戯言遣いの成長の証と言っていいだろう。実際、この娘が死んでしまうというシナリオも、構想段階では、順当というかなんというかで、なくもなかったのだが……。

『ヒトクイマジカル』の没バージョン、その2、病院ルートのらぶみさんシナリオで、この娘の活躍を一度書いたことは既に明かしたけれど、その原稿の内容とは打って変わって、『ネコソギラジカル』においての崩子ちゃんは、戦闘要員としては、結果的にはやられ役だった。やったことといえば、いーちゃんをさっくりと刺しただけだ。元々、彼女は暗殺者としての訓練を受けただけで、実際の戦場にはまだ出てないから、そこまで図抜けた戦闘能力を持ってはいないのだ。

　心も身体も、そんな強くない。

　いーちゃんのために、強がっているだけ。

　奴《ど》隷《れい》キャラは『ネコソギラジカル』のエピローグの段階でも、どうやら継続しているらしいが、戯言遣いは律儀にも、あの約束を守っているみたいだ。というか、戯言遣いは抜け道を探って四苦八苦しているようである。ただ、あの問題発言、じゃなくて問題の発言は、どう考えても崩子ちゃんからの誘い受けなので、それから四年後のあの時点では、十七歳の崩子ちゃんと二十三歳の戯言遣いとの間で、見る者を震撼《しんかん》させる、デスノートばりの壮絶なチキンレースが繰り広げられているだろうことは、まず間違いがない。

闇突　**【やみつき】**

西条玉藻の通り名。

《殺し名》序列二位、闇口とのかかわりを匂わせる。

　果たして？

　勿論、これは『病みつき』の当て字。

　ただ、『クビツリハイスクール』の段階ではルビを振っていなかったため、『闇突』と書いて何と読むのかわからない人も多かったらしい。

第三十七幕——《ゆ》

ZaregotoDictional

0

落ち込んだことを思い出して、落ち込む。

怒ったことを思い出して、怒る。

嬉しかったことを思い出して、悲しくなる。

1

紫木一姫【ゆかりき・いちひめ】

女子高生。

姫ちゃん。

ジグザグ遣いの曲絃師。


単純な戦闘能力ならシリーズ中、白眉《はくび》。

人類最強の哀川潤だって人類最終の想影真心だって、まともにやったら勝てないだろう。匂宮兄妹がそうしたように、どこかで反則手を使わないと、この娘の技術とは戦いようがない。

匂宮出夢は彼女と戦ったとき、

「こいつが馬鹿でなけりゃ負けていたぜ」

と言ったとか言わなかったとか。

そういう出夢くんも、そんな賢くはないのだが。

人知れず行われた戯言シリーズ二大馬鹿の戦い。とか。

幸福な家庭は大体同じだが不幸な家庭はそれぞれに不幸だと言うように、頭のいいキャラというのはある程度類型的な性格があるので書きやすいところがあるのだが、馬鹿はそれぞれに馬鹿なので、その点においては、書き方の難しいキャラクターではあった。

ただ、園山赤音から引き継いだ『言い間違い』のパターンは非常に書き甲斐があって、だから、このキャラクターがいたお陰で、僕の言葉遊びのスキルに、一層の磨きがかかったのではないかと、自負している。

『クビツリハイスクール』以降、骨董アパートの住人になった彼女なのだが、崩子ちゃんと萌太くんが《殺し名》であることに、気付いていたのかどうかは微妙。馬鹿だから気付いていないという可能性もあるけれど、まあ、三人の間で何らかのやり取りがあったと考える方が、物語的には妥当かな。

　キャラ造形の基本は『後輩』。

　弟子というよりは後輩。

　ただし、それは戯言遣い向けの演技。

　処世術として、それぞれに対してそれぞれ向けのキャラクターを演じている彼女ではあるが、演技が過ぎて演じ過ぎて、本人にも地のキャラクターがどういうものなのか、わからなくなってしまっているようだ。

　没バージョンの『クビツリハイスクール』から登場していたし、また、『紫木一姫』という名前自体は、僕の中で結構長いものなのだけれど（特記事項はないけれど、とにかくバランスがいい）、現在のキャラクターは、今の『クビツリハイスクール』執筆時に生まれたものである。

　シリーズ終了に向けて『ヒトクイマジカル』でお亡くなりになってしまった彼女ではあるが、しかし、『クビツリハイスクール』の時点から、死ぬしかないキャラクターではあった。死が決定されているようなキャラクターだったと言ってもいい。それを、哀川潤が無理矢理に力技で、物語の筋をねじまげて生き残らせたわけなのだが、しかし、その父親である西東天が、バックノズルに従って、軌道を修正したという形。

　自業自得と言えばそれまでなのだけれど。

　あんまりそうは言いたくない感じ。

　哀川潤が恩人で市井遊馬が師匠。

戯言遣いがその代替。

けれど、あの年下キラー、決してその二人の、代替であるだけではなかったようだ。

たまに『柴木一姫』と誤記される。

あと『ゆかりぎ』とか。

ひょっとすると紫木二太郎という名前の弟がいるんじゃないのかという説もあったが、どうやら実在しないらしい。

幸村冬夏【ゆきむら・とうか】

匂宮理澄が名乗った偽名。

苗字が幸村なら、当然、真田十勇士を全員知っているはずだとは、しかし、ものすごい言いがかりである。

『冬夏』は、元々、宇佐美秋春の姉か妹の名前として考えていたのだが、その機会はなく、そうなると、他で使ってもただただかぶってしまうだけなので、こういう風に、偽名という形で使用することにしたわけだ。

戯言遣いが酷いことを言っている。

確か、彼の行動には深い感銘を受けていたはずなのに……。

第三十八幕——《よ》

ZaregotoDictionary

0

人と別れるということを、きみは知らない。

手を振ればいいだけだと思っている。

1

葦柾くん【よしまさくん】

戯言遣いのクラスメイトその四。

金髪逆毛、半ズボン。

将来の夢が宇宙飛行士。

詳細不明。

蘇る失墜【よみがえるしっつい】

滋賀井統乃のコピー。

詳細不明。

四畳一間【よんじょうひとま】

骨董アパートの間取り。

風呂、トイレ無し。

洗面台とシンクはあるらしい。

まあ風呂は銭湯やなんかへ行っているようだが、トイレや炊事場《すいじば》、洗濯場《せんたくば》なんかは共同なのかもしれない。だから、住人同士が、あんなに仲良しなのだろう。

でも四畳一間って、長細い間取りだな……。

普通は四畳半だろう。半畳はどこへ行った。とか、半畳を入れてみたりして。

建て直し後、倍の間取りになった。

第三十九幕——《ら》

ZaregotoDictionary

0

否定することは、意見じゃない。

逆様のことを言えば、いいってものじゃない。

それとも、それが、面白いの？

1

ライトノベル　【らいとのべる】

定義の難しい言葉である。

昨今のいわゆるライトノベルブームの中、いつでも誰かが『ライトノベルとは何か？』と問い続けていたように見えるが、しかしその問いに明確な答を出せた者は一人もいなかったらしい。無論、僕にもわからない。戯言シリーズはライトノベルと言われることもあれば、ライトノベルではないと言われることもある。イラストつきだからライトノベルだとか、ライトノベルレーベルから出てないから（新書サイズだから）ライトノベルじゃないとか、そんな感じ。まあ、内容的にどうとかいうより、戯言シリーズがライトノベルでないと困るとか、戯言シリーズがライトノベルだと困るとか、そういう立場的な問題が大きいらしい。

ただ、発想を転換し、『ライトノベルとは何か？』はわからなくとも、『何がライトノベルではないか？』という風に問いを変えれば、ある程度答は見えてくるように思える。

というわけで、軽く考えてみた。
①イラストがない小説。（表紙や本文に一枚のイラストもない小説は、内容の如何に拘《かか》わらず、精々言

われて『ライトノベル風』である）
②過剰なエログロ描写がある小説。（言うまでもなく、エログロ描写がなければライトノベルというわけではない。何をもって過剰とするかは、常識による判断に頼むしかないが）
③経済小説。（ありえない）
④ノンフィクション小説。（ありえない。ただし、歴史小説の場合は少し話が別か？）
⑤作者が読者を教導することを目的とした小説。またはある特定の政治的・宗教的・思想的立場に、積極的に与した小説。（その判断がまた難しいところではあるが、その辺りは、これもまた、常識で考えるしかない）
　とりあえずは、こんなところかな。

　他にも色々考えられそうではあるが、まあミステリーでいうところの『本格とは何か』に通じる問いではある。


【らっせる】

矛盾集合

《チーム》の別名。

　梧轟正誤がこう呼ぶ。


【らったった】

ラッタッタ

　そういう原動機付自転車のＣＭがありました。

　一昔前、その名称が広く知られ、そのため、原チャリのことを全部、ラッタッタと称する風潮が生まれたのでしたとさ。

　まあ言うなら、ウォークマンみたいな感じ。

　そういう経緯。

　だから、スバル３６０同様に、別に悪口でもなんでもないのだけれど、ごく限られた乗り物に対し異様に強いこだわりを持つ戯言遣いは、ベスパのヴィンテージモデルが、ラッタッタと呼ばれることは許せないようだ。

巫女子ちゃんが死んだ遠因は、案外そこら辺にあるのかもしれない……そんなわけあるか！

第四十幕——《り》

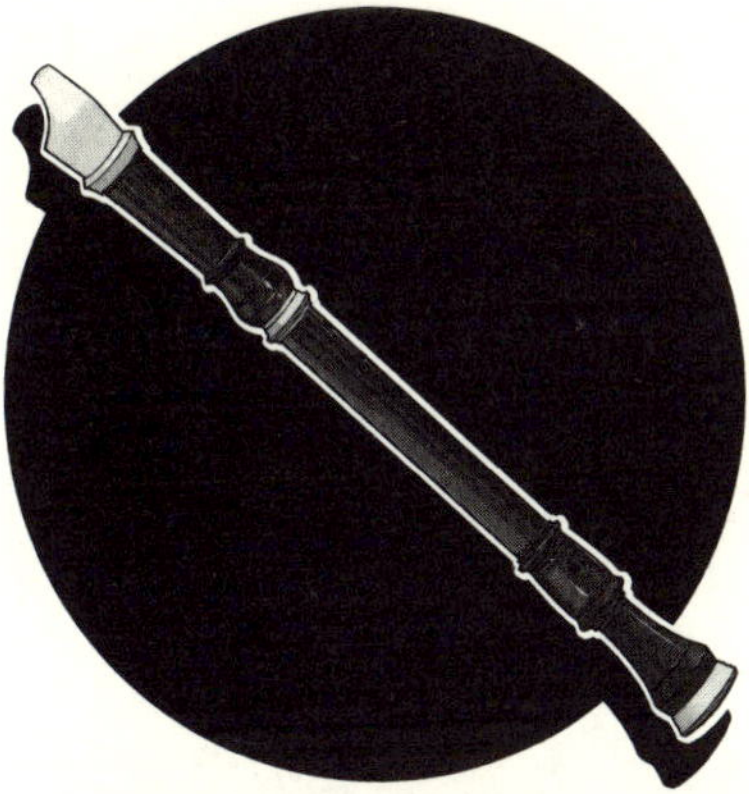

ZaregotoDictional

0

気前よく生きてやれ。

1

リコーダー　**【りこーだー】**

笛。

木管楽器。

初等教育用の楽器。

リコーダーとピアニカとハーモニカは、幼少期の音楽の時間で、等しく全員に教えられるため、楽器としてのヒエラルキーがなんだか低く見られがちだが、大人になってからトライしてみると、却《かえ》って色々と面白い。ただ、左利きの人間は、どうしても、音楽の時間における不遇な扱いが如実に思い出されてしまい、鬱な気分になってしまうのが問題だ。


ともあれ、リコーダー。『クビツリハイスクール』で、姫ちゃんが初登場時に持っていて、いーちゃんに突きつけた。が、別に何にも使わなかった。単に持っていただけらしい。

ミスディレクション。

罪悪夜行　**【りばーすくるす】**

梧轟正誤のハンドルネーム。

瞬間発想型の命名なのだが、やけに悪そう。

ところで、兎吊木さんの『害悪』とこの『罪悪』。ルビなしだと語呂が似ていることには、やっぱり、お気付きかな？

料理人【りょうりにん】

　佐代野弥生の肩書き。

『クビキリサイクル』を執筆するにあたり——というか、出版するにあたり、もっとも深く下調べをしたのは、この料理人という職業についてだった。必要性があったからというよりは、単に調べている内に面白くなってしまい、引き際が分からなくなってしまったからという感じなのだが、しかし、佐代野さんの出番がとても少なかったため、あまりその下調べの成果を披露するような機会はなかった。

　取材行為とは往々にしてそんなものである。

　まあ、血となり骨となっていると、信じたい。

リンクス【りんくす】

　正体不明。

『ネコソギラジカル』のエピローグで言及。

　戯言遣いは、その時点では旧知の間柄らしい。敵なのか味方なのか、微妙な言い草だけれど。また、玖渚友がいーちゃんとの会話の中で一度、『狐』と並べて、『子猫《リンクス》』の存在に触れている。それが同一人物かどうかは、明かされていない。

　リンクスという言葉が好き。

　戯言シリーズが延々と続いていくスタンスを選んでいたなら、きっと、その内タイトルに使われていただろうと思う。

第四十二幕──《る》

ZaregotoDictionary

0

僕を叱る理由を、探さないでよ。

1

ルービックキューブ　**【るーびっくきゅーぶ】**

一九八〇年頃流行した玩具。

いーちゃんが『クビツリハイスクール』で入院したとき、玖渚友がお見舞いの品として、持ってきたパズル。

あれを書いた当時は、その5×5×5のルービックキューブは、どこにも売っていなかったように思う。東急ハンズあたりで、4×4×4のルービックキューブが、手に入ったかどうかという感じだった。けれど、なんかあれから数年後、ルービックキューブがちょっとしたブームになっちゃって、今ではそのプロフェッサーキューブも簡単に手に入るようになっちゃって、つまらない。

ただ、色々やっていると、正直言って、こういうことは割とありがちなので、驚くにはあたらない。だから、ひょっとするとこの先、バーコードバトラーIIも再販されるかもしれない。

神理楽　**【ルール】**

澄百合学園の背景。

また、四神一鏡とも繋がりがあるらしい。

日本のER3システム。

ということは、橙なる種的存在も……？

ルビ　【るび】

　西尾維新は小説を『Microsoft Word』で執筆している。現在のバージョンは『Word2003』。今まで発表された小説は、全て『Word』で書かれている。小説家には動作が軽快な、テキストエディタを使用している方が多いらしいのだけれど、僕にとっては、ワープロソフトの移行は考えられない。ずっと使っていて慣れているので書きやすいからとか、字組みが自由になるので出版されたときのレイアウトを想定しやすいからとか、理由は色々あるのだけれど、ルビが振れることと傍点が振れること、この二点が何よりも肝要である。バージョンが２００３になって、その作業にかかる手間が格段に減ったので、とてもコンビニエンス。

　戯言シリーズには傍点とルビが外せない。が、傍点はともかく、『クビキリサイクル』の段階では、実のところ、ルビはそれほど多用されていない。ルビが頻繁に使用され始めるのは、やはり『クビツリハイスクール』以降になるだろう。イラストレーターの竹さんの絵が、頭の中にインプットされて以来、である。

　好きか嫌いかという話なら、昔から僕はルビというものが元々大好きだったのだけれど、小説においてはそういう手法は、読んだ人に奇を衒《てら》った印象を与えてしまう可能性があるので、デビュー当時は抑えていたのだろう。まあ、絶対に必要な技術かと言われれば、どちらかと言えば、余技の領域の技術だからね。

第四十二幕——《れ》

ZaregotoDictionary

ん似。

0

必死でも決死でも届かないところへ私は向かう。

1

軍団【れぎおん】

《チーム》の別名。

滋賀井統乃（宴九段）がそう呼ぶ。

こういう呼び方をするということは、ひょっとすると彼女、結構好戦的な性格をしていたのかもしれない。まあ、温厚そうで激しいところも、いーちゃ

第四十三幕——《ろ》

ZaregotoDictionary

0

あなたのことは味方だとばかり思っていたよ。

1

浪士社大学　**【ろうししゃだいがく】**

七々見奈波の通う私立大学。

京都御所のそばにあるらしい。

戯言遣いの物言いから推測する限りにおいて、どうやら彼女はそれなりに真面目に大学に通っていたようなのだけれど（というか、『ネコソギラジカル』において、いーちゃんはどうしてだか、彼女の時間割を正確に把握していたらしい節がある）、中退しちゃったんだよなあ。

中退の理由は不明。

この架空の大学、名称自体は『クビシメロマンチスト』の時点から登場している。いーちゃんが暇潰しに、骨董アパートからこの大学までランニングしていた。

蘆花　**【ろか】**

萩原子荻の手下その四。

由来は、小説家の徳富蘆花。

一人だけやけに分かり易いが……。

まあ、《あ》の章からこの《ろ》の章にまで至り、ようやく萩原子荻の手下を四人とも紹介できたわけだが、由来がはっきりしていることから読み取れるように、当然、全員、偽名である。

コードネームみたいなものなのだ。

陸枷【ろくがせ】

玖渚機関の一部署。

詳細不明。

鹿鳴館大学【ろくめいかんだいがく】

戯言遣いの通う私立大学。

葵井巫女子や江本智恵、貴宮むいみなども。

普段から全くやる気がなく、保険というよりもただのモラトリアムとして籍をおいていた風のある戯言遣いだったが、結局というか順当にというか、彼は中退した。恐らく彼は、痕跡《こんせき》も残しちゃいないだろう。

第四十四幕——《わ》

ZaregotoDictionary

0

愉快な感想を言ってくれる。

ところで、それでいいと思ってるのかな。

1

X/Y **【わいぶんのえっくす】**

戯言シリーズ唯一のダイイングメッセージ。

『クビシメロマンチスト』で、三回、登場。

実際はダイイングメッセージではなく、むしろ『サイコロジカル』における、事件現場に残されていた《You just watch,『DEAD BLUE』!!》という言葉と同じ意味での記号であるとでも言った方が正確なのかもしれない。

このメッセージ、解答を明記していない。

本書中、項を設けて正解を書いておこうかとも思ったのだけれど、まあ、十分に匂わしているわけだし、言わなくて済むなら言わなくていいことだろうので、期待されていた方には申し訳ないが、まあ、自分で考えてください。

わん **【わん】**

崩子ちゃんの口癖。

強制的に口癖にされた。

わんこちゃん **【わんこちゃん】**

崩子ちゃんのニックネーム。

元々は彼女自身から発された自虐の台詞だったのだが、うっかりしていたのだろう、わざわざ、戯言遣いに与えなくていいネタを与えてしまった。多分、それから四年、ずっとこのネタを引っ張られているはずだ。

第四十五幕——《を》

ZaregotoDictional

0

省略。

1

を

【を】

……さすがにない。

この項がある小説というのは、多分田中芳樹先生の『創竜伝』だけじゃないのかなあ。こんな辞典を作ることがわかっていれば、この頭文字のキャラクターを一人くらい、出しておいたのに。

第四十六幕——《ん》

ZaregotoDictionary

0

楽しかったよね。
面白かったよね。

1

ん

【ん】

崩子ちゃんのおねだり。
鈍い戯言遣いには通じない。
て言うか、あるのかよ、『ん』。
しかもこれで締めだ。まさかこれで締めとは……

しかしまあ、変に格好よくなってしまうより、ずっと戯言シリーズに相応しい。
戯《あじやら》しい言葉と書いて、戯言。
乱筆乱文まことに失礼！
ここまで読んで頂いて、有難うございました。

《Dictional Dictionary》 is the END.

アトガキ——

小説家になって一番よかったことは何ですかと訊かれたことは一度もないのですが、仮にそう訊かれたと仮定して答を考えてみると、本書の作者の場合、『読書がより一層楽しくなった』ことが、一番よかったことになるでしょう。勿論、読む本読む本全てが面白くなったとまでは言いませんが、面白がれるレンジが明らかに広くなり、小説家になる以前と以後では、読書量が数倍以上、違ってしまっている有様です。じゃあ一番悪かったことは何ですかと続けて訊かれたら大変なことになりますので、そのまま考えを前向きに進めてみることにしますが、そこで不思議なのは『それ、どうして？』ということです。そこにどんな理屈が働いたと言うのでしょうか。小説家になる以前と以後で、本の読み方が変わったというわけでもないはずなのに……。書く能力と読む能力って全く別のものだから、目が肥えたというわけでもない。ならば考えられる可能性は二つです。まず、読書姿勢が寛容になったということがあるでしょう。受ける側から作る側へのシフトチェンジが行われたことにより、『作り手の気持ち』というものが、よりリアルに感じられるようになり、『この作者の人だって頑張ってるんだ』、『大変なんだ、こうせざるを得ないんだ、作者の人だって不本意なんだ』みたいな理解が、読書中に脳の違う領域で行われているわけです。見様によっては失礼無礼極まりない読書姿勢ですが、少なからず、小説家になってからの読書にそういう要素が混じってしまっているのは確かでしょう。そしてもう一つの可能性、こちらの方が更に問題なのですが、『下手なことを言ったらその言葉は自分に返ってくるから』ということです。つまり迂闊《うかつ》に『この本、面白くないなあ』と口走ってしまうと、『ふうん、じゃあお前の書く小説は面白いんだ（にこにこ）』みたいなことになりかねないのです。『キャラが書けてないよ！』、『ふうん、じゃあお前の書く小説はキャラが書けてるんだ（にこにこ）』。自分だってちゃんとできてないかもしれないんだから、他人を否定しちゃいけない的意識が働くというわけです。ゆえに、小説家になったことにより、欠点よりもむしろ長所を見つけるための読書姿勢、作者（ひいては自分）に優しい読書姿勢へ、移行したのでしょう。……なんか、ひょっとして小説家になって一番悪かったことは、『読書がより一層楽しくなったこと』じゃねーのかと、ふと考えさせられましたけど。

　本書は戯言シリーズの用語辞典です。辞典を作るには十年かかると言われますが、まあ、そこまではかかりませんでした。本全体が後書きみたいなものなのに更にそこに後書きを書くなんてある意味滑稽《こっけい》ですが、これはもうそういうフォーマットなので仕方ありません。需要はなくとも受容はあると信じたからこそ出版される書物ですが、ええと、そうですね、戯言シリーズの読者は皆さんいい人ばかりですから、きっと楽しんでいただけたのではないかと思います。そんな感じで『ザレゴトディクショナル　戯言シリーズ用語辞典』でした。

　戯言シリーズを愛してくださった全ての人々に、万謝を捧げながら。

西尾維新

戯言一番
ざれごといちばん
竹
原作・西尾維新(戯言シリーズ)

私立鹿《ろく》鳴《めい》館《かん》大学…？

ここは
どこだろう…
まぼろしか…
もう死ぬのかな
…ぼくは
どうして友《とも》と
人類最強がいるんだろう
いーちゃん
いーちゃん
なぜ…？
いっくーん
今日は
文化祭だねー
わーい
ラブッ!!

殺人鬼だもの

俺は零崎人識《ぜろざきひとしき》
生まれながらの殺人鬼さ
文化祭？
カキカキ
キョーミないね 俺は殺人鬼だしな
まぁヌクヌクたのしむがいいさ
りんごあめいかがですかー
フッ
はーい
みっつください

姫ちゃんとあやとり

ししょー あやとりするですよー
わあわあ
おや
みいこさんに習ったですよ
姫《ひめ》ちゃんもふつうの女の子らしくなって…よかったなぁ
さぁ ししょーの ばんですよー
ええと…
スパ
――曲絃糸《きょくげんし》――

零崎双識《そうしき》の人間切紙

充電

ブレーカー落とすようなもの持ってくるなー!!
わあ
わあ
だってー
どーーん
ブレーカー
ブレーカー
あっ
いーちゃん花火だっ
友…お前なぁ…
…まぁいっか…
おわり。

戯言一番
ざれごといちばん
〜ハッピーバレンタインの巻〜
竹
原作・西尾維新(戯言シリーズ)
今日はバレンタインデー
ドン
何つくってるんだ 玖渚《くなぎさ》
チョコを作るメカなんだよー
……
太陽光でうごくんだよー

弥生先生の
バレンタイン講座 I

弥生先生の
バレンタイン講座 II

竹 原作・西尾維新(戯言シリーズ)

弥生先生のバレンタイン講座 番外編

…………
みなさん
なってません
こんな事では
バレンタインが
台無しです
ここは
策師の私が……
チョコは手作りに
限ります
ラッピングにも
ぬかりなく
渡す場所にも
こだわって……
こだわって……
ですわ……！
ポッ

姫ちゃんの性《さが》

なんとか……
チョコも出来たので
ラッピングを
しましょう
かわいく
ラッピング
するですよっ！
ワーイ
ババババババ
…………
あっ!!
しまった！
——曲絃糸《きょくげんし》——

双識のバレンタイン

おにーいさんっ
これラッピングして下さい!
?
お安い御用っ
ありがとうございましたー♡
キャー
ぼくの分は……?

歌う人類最強

バレンタインはいいな〜♪
男だってだけでチョコもらえて♪
本当〜〜〜にいいイベントだぜ♪
そーんで食べ過ぎて鼻血でちゃったり
めでてぇな〜〜♪
ホワイトデーには倍返しするんでやめて下さい
どっさり
おねがいします

竹 原作・西尾維新(戯言シリーズ)

殺人鬼だもの

玖渚の……

N.D.C.913　378p　18cm

ザレゴトディクショナル　戯言《ざれごと》シリーズ用語辞典《ようごじてん》

二〇〇六年六月六日　第一刷発行

KODANSHA NOVELS

定価はカバーに表示してあります

著者―西尾維新《にしおいしん》
© NISIO ISIN 2006 Printed in Japan
発行者―野間佐和子

発行所―株式会社講談社

東京都文京区音羽二-一二-二一

郵便番号一一二-八〇〇一

編集部〇三-五三九五-三五〇六

販売部〇三-五三九五-五八一七

業務部〇三-五三九五-三六一五

印刷所―凸版印刷株式会社　製本所―株式会社国宝社

落丁本・乱丁本は購入書店名を明記のうえ、小社業務部あてにお送りください。送料小社負担にてお取替え致します。なお、この本についてのお問い合わせは文芸図書第三出版部あてにお願い致します。本書の無断複写（コピー）は著作権法上での例外を除き、禁じられています。

ISBN4-06-182489-9

KODANSHA NOVELS 講談社ノベルス

中国大河史劇
岳飛伝 一、青雲篇 編訳 田中芳樹

中国大河史劇
岳飛伝 二、烽火篇 編訳 田中芳樹

中国大河史劇
岳飛伝 三、風塵篇 編訳 田中芳樹

中国大河史劇
岳飛伝 四、悲曲篇 編訳 田中芳樹

中国大河史劇
岳飛伝 五、凱歌篇 編訳 田中芳樹

ロマン本格ミステリー!
アリア系銀河鉄道 柄《つか》刀《とう》 一《はじめ》

至高の本格推理
奇蹟審問官アーサー 柄刀 一

第31回メフィスト賞受賞!
冷たい校舎の時は止まる(上) 辻村深月

第31回メフィスト賞受賞!
冷たい校舎の時は止まる(中) 辻村深月

第31回メフィスト賞受賞!
冷たい校舎の時は止まる(下) 辻村深月

各界待望の長編傑作!!
子どもたちは夜と遊ぶ(上) 辻村深月

各界待望の長編傑作!!
子どもたちは夜と遊ぶ(下) 辻村深月

家族の絆を描く〝少し不思議〟な物語
凍りのくじら 辻村深月

切なく揺れる、小さな恋の物語
ぼくのメジャースプーン 辻村深月

血の衝撃!
芙路魅 Fujimi 積木鏡介

至芸の時刻表トリック
水戸の偽証 三島着10時31分の死者 津村秀介

一撃必読! 格闘ロマンの傑作!
牙の領域 フルコンタクト・ゲーム 中島 望

21世紀に放たれた70年代ヒーロー!
十四歳、ルシフェル 中島 望

人造人間〝ルシフェル〟シリーズ
地獄変 中島 望

霊感探偵登場!
九頭龍神社殺人事件 天使の代理人 中村うさぎ

これぞ〝新伝綺〟!
空《から》の境界(上) 奈須きのこ

これぞ〝新伝綺〟!
空の境界(下) 奈須きのこ

妖気漂う新本格推理の傑作
地獄の奇術師 二《に》階《かい》堂《どう》黎《れい》人《と》

人智を超えた新探偵小説
聖アウスラ修道院の惨劇 二階堂黎人

著者初の中短篇傑作選
ユリ迷宮 二階堂黎人

会心の推理傑作集!
バラ迷宮 二階堂蘭子推理集 二階堂黎人

恐怖が氷結する書下ろし新本格推理
人狼城の恐怖 第一部ドイツ編 二階堂黎人

蘭子シリーズ最大長編
人狼城の恐怖 第二部フランス編 二階堂黎人

悪魔的史上最大のミステリ
人狼城の恐怖 第三部探偵編 二階堂黎人

世界最長の本格推理小説
人狼城の恐怖 第四部完結編 二階堂黎人

新本格作品集
名探偵の肖像　二階堂黎人

正調「怪人 対 名探偵」
悪魔のラビリンス　二階堂黎人

世紀の大犯罪者VS.美貌の女探偵!
魔術王事件　二階堂黎人

宇宙を舞台にした壮大な本格ミステリー
聖域の殺戮　二階堂黎人

第23回メフィスト賞受賞作
クビキリサイクル　西尾維新

新青春エンタの傑作
クビシメロマンチスト　西尾維新

維新を読まずに何を読む!
クビツリハイスクール　西尾維新

〈戯言シリーズ〉最大傑作
サイコロジカル(上)　西尾維新

〈戯言シリーズ〉最大傑作
サイコロジカル(下)　西尾維新

白熱の新青春エンタ!
ヒトクイマジカル　西尾維新

大人気〈戯言シリーズ〉クライマックス!
ネコソギラジカル(上)　十三階段　西尾維新

大人気〈戯言シリーズ〉クライマックス!
ネコソギラジカル(中)　赤き征裁VS.橙なる種　西尾維新

大人気〈戯言シリーズ〉クライマックス!
ネコソギラジカル(下)　青色サヴァンと戯言遣い　西尾維新

JDCトリビュート第一弾
ダブルダウン勘繰郎《かんぐろう》　西尾維新

維新、全開!
きみとぼくの壊れた世界　西尾維新

新青春エンタの最前線がここにある!
零崎双識の人間試験　西尾維新

魔法は、もうはじまっている!
新本格魔法少女りすか　西尾維新

魔法は、もうはじまっている!
新本格魔法少女りすか2　西尾維新

最早只事デハナイ想像力ノ奔流!
ニンギョウがニンギョウ　西尾維新

西尾維新が辞典を書き下ろし!
ザレゴトディクショナル　戯言シリーズ用語辞典　西尾維新

神麻嗣子の超能力事件簿
念力密室!　西澤保彦

神麻嗣子の超能力事件簿
夢幻巡礼　西澤保彦

神麻嗣子の超能力事件簿
転・送・密・室　西澤保彦

神麻嗣子の超能力事件簿
人形幻戯　西澤保彦

神麻嗣子の超能力事件簿
生贄《いけにえ》を抱く夜《よ》　西澤保彦

書下ろし長編
ファンタズム　西澤保彦

大長編レジェンド・ミステリー
十津川警部 愛と死の伝説(上)　西村京太郎

大長編レジェンド・ミステリー
十津川警部 愛と死の伝説(下)　西村京太郎

京太郎ロマンの精髄
竹久夢二 殺人の記　西村京太郎

旅情ミステリー最高潮
十津川警部 帰郷・会津若松　西村京太郎

KODANSHA NOVELS
講談社ノベルス

KODANSHA NOVELS 講談社ノベルス

西村京太郎

- 時を超えた京太郎ロマン
  十津川警部 姫路・千姫殺人事件 西村京太郎
- 西村京太郎初期傑作選I
  太陽と砂 西村京太郎
- 西村京太郎初期傑作選II
  午後の脅迫者 西村京太郎
- 西村京太郎初期傑作選III
  おれたちはブルースしか歌わない 西村京太郎
- 超人気シリーズ
  十津川警部「荒城の月」殺人事件 西村京太郎
- 超人気シリーズ
  十津川警部「悪夢」通勤快速の罠 西村京太郎
- 超人気シリーズ
  十津川警部 五稜郭殺人事件 西村京太郎
- 超人気シリーズ
  十津川警部 湖北の幻想 西村京太郎

西村 健

- 豪快探偵走る
  突破 BREAK 西村 健
- ノンストップアクション
  劫火（上） 西村 健
- ノンストップアクション
  劫火（下） 西村 健

貫井徳郎

- 世紀末本格の大本命！
  鬼流殺生祭 貫井徳郎
- 書下ろし本格ミステリ
  妖奇切断譜 貫井徳郎
- 究極のフーダニット
  被害者は誰？ 貫井徳郎

法月綸太郎

- あの名探偵がついにカムバック！
  法月綸太郎の新冒険 法月綸太郎
- 「本格」の嫡子が放つ最新作！
  法月綸太郎の功績 法月綸太郎

はやみねかおる

- 噂の新本格ジュヴナイル作家登場！
  少年名探偵 虹北恭助の冒険 はやみねかおる
- はやみねかおる人魂の少年「新本格」！
  少年名探偵 虹北恭助の新冒険 はやみねかおる
- はやみねかおる人魂の少年「新・新本格」！
  少年名探偵 虹北恭助の新・新冒険 はやみねかおる
- はやみねかおる人魂の少年「新・新・新本格」！
  少年名探偵 虹北恭助のハイスクール☆アドベンチャー はやみねかおる

東野圭吾

- 書下ろし渾身の本格推理
  十字屋敷のピエロ 東野圭吾
- フェアかアンフェアか!?　異色作
  ある閉ざされた雪の山荘で 東野圭吾
- 異色サスペンス
  変身 東野圭吾
- 究極の犯人当てミステリー
  どちらかが彼女を殺した 東野圭吾
- 未曾有のクライシス・サスペンス
  天空の蜂 東野圭吾
- 名探偵・天下一大五郎登場！
  名探偵の掟 東野圭吾
- これぞ究極のフーダニット！
  私が彼を殺した 東野圭吾
- 『秘密』『白夜行』へ至る東野作品の分岐点！
  悪意 東野圭吾

氷川 透

- 純粋本格ミステリ
  密室ロジック 氷川 透

〝法医学教室奇談〟シリーズ
暁天の星　鬼籍通覧　槻野道流《ふしのみちる》

〝法医学教室奇談〟シリーズ
無明の闇　鬼籍通覧　槻野道流

〝法医学教室奇談〟シリーズ
壺中の天　鬼籍通覧　槻野道流

〝法医学教室奇談〟シリーズ
隻手の声　鬼籍通覧　槻野道流

〝法医学教室奇談〟シリーズ
禅定《ぜんじょう》の弓　鬼籍通覧　槻野道流

本格ミステリの精髄！
本格ミステリ02　本格ミステリ作家クラブ・編

2003年本格短編ベスト・セレクション
本格ミステリ03　本格ミステリ作家クラブ・編

2004年本格短編ベスト・セレクション
本格ミステリ04　本格ミステリ作家クラブ・編

2005年本格短編ベスト・セレクション
本格ミステリ05　本格ミステリ作家クラブ・編

2006年本格短編ベスト・セレクション
本格ミステリ06　本格ミステリ作家クラブ・編

第19回メフィスト賞受賞作
煙か土か食い物　舞城王太郎《まいじょうおうたろう》

いまもっとも危険な〝小説〟！
暗闇の中で子供　舞城王太郎

ボーイミーツガール・ミステリー
世界は密室でできている。　舞城王太郎

舞城王太郎のすべてが炸裂する！
九十九十九《ツクモジュウク》　舞城王太郎

第一短編集待望のノベルス化！
熊の場所　舞城王太郎

あなたを駆け抜ける圧倒的スピード感
山ん中の獅見朋成雄《シミトモナルオ》　舞城王太郎

殺戮の女神が君臨する！
黒娘　アウトサイダー・フィメール　牧野　修

非情の超絶推理
木製の王子　麻耶雄嵩《まやゆたか》

本格ミステリの巨大伽藍
作者不詳　ミステリ作家の読む本　三津田信三

衝撃の遺体消失ホラー
蛇棺葬　三津田信三

身体が凍るほどの怪異！
百蛇堂　怪談作家の語る話　三津田信三

本格民俗学ミステリ
吸血鬼の壜詰【第四赤口の会】　物集高音《もずめたかね》

本格の精髄
すべてがFになる　森　博嗣

硬質かつ純粋なる本格ミステリ
冷たい密室と博士たち　森　博嗣

純白な論理ミステリ
笑わない数学者　森　博嗣

清冽な論理ミステリ
詩的私的ジャック　森　博嗣

論理の美しさ
封印再度　森　博嗣

ミステリィ珠玉集
まどろみ消去　森　博嗣

森ミステリィのイリュージョン
幻惑の死と使途　森　博嗣

繊細なる森ミステリィの冴え
夏のレプリカ　森　博嗣

講談社ノベルス
KODANSHA NOVELS

西尾維新著作リスト
@講談社NOVELS

エンターテインメントは維新がになう！

戯言シリーズ イラスト／竹

『クビキリサイクル　青色サヴァンと戯言遣い』
『クビシメロマンチスト　人間失格・零崎人識《ぜろざきひとしき》』
『クビツリハイスクール　戯言遣いの弟子』
『サイコロジカル（上）　兎吊木垓輔《うつりぎがいすけ》の戯言殺し』
『サイコロジカル（下）　曳《ひ》かれ者の小唄《こうた》』
『ヒトクイマジカル　殺戮《さつりく》奇術の匂宮《におうのみや》兄妹』
『ネコソギラジカル（上）　十三階段』
『ネコソギラジカル（中）　赤き征裁 vs. 橙なる種』
『ネコソギラジカル（下）　青色サヴァンと戯言遣い』

戯言辞典 イラスト／竹

『ザレゴトディクショナル　戯言シリーズ用語辞典』

JDC TRIBUTEシリーズ

『ダブルダウン勘繰郎《かんぐろう》』イラスト／ジョージ朝倉
『トリプルプレイ助悪郎《すけあくろう》』（刊行時期未定）

「きみとぼく」本格ミステリ イラスト／TAGRO

『きみとぼくの壊れた世界』

零崎一賊 イラスト／竹

『零崎双識の人間試験』

りすかシリーズ イラスト／西村キヌ（CAPCOM）

『新本格魔法少女りすか』
『新本格魔法少女りすか 2』

豪華箱入りノベルス

『ニンギョウがニンギョウ』